冰山之歌

萧青

著

陕西新华出版

太白文艺出版社·西安

图书在版编目（CIP）数据

冰山之歌 / 萧青著. -- 西安 ： 太白文艺出版社，
2025. 1. -- ISBN 978-7-5513-2818-0

Ⅰ. I247.5

中国国家版本馆CIP数据核字第2024CP9386号

冰山之歌
BINGSHAN ZHI GE

作　　者	萧　青	
责任编辑	黄　洁　强紫芳	
版式设计	建明文化	
出版发行	太白文艺出版社	
经　　销	新华书店	
印　　刷	西安市建明工贸有限责任公司	
开　　本	880mm×1230mm 1/32	
字　　数	283千字	
印　　张	12.125	
版　　次	2025年1月第1版	
印　　次	2025年1月第1次印刷	
书　　号	ISBN 978-7-5513-2818-0	
定　　价	68.00元	

出版社地址：西安市曲江新区登高路1388号（邮编：710061）
营销中心电话：029-87277748 029-87217872

目 录
Contents

第一章

我的昆仑梦

初见柳凤祥

这已是四十六年前的事了。

这年的冬季征兵很快开始了，当我听说"今年征的是边防兵"时，我的心头不由得一动。

那几天，已经有两名部队的接兵干部在我们那里开展征兵宣传工作了。我在公路上挡住一个叫郭玉民的，他是甘肃人，穿着绿军衣、蓝军裤。他面色偏黑，相貌英俊。他就地把我打量了一番，说："想当兵是不是？好啊，我们边防军要漂亮小伙。"

他说："你跟我走，我带你去跟我们柳排长认识。"

我后来知道郭玉民是空军红其拉甫导航站的一名排长。他这次是为红其拉甫导航站征兵呢，还是利用假期帮助他的同乡柳凤祥征兵呢？我不太清楚。

这是冬天的早晨。田野里种的冬小麦，绿油油一片。我和郭玉民一起从庄稼地中间的大路上走过。虽然是隆冬季节，但是春天已经在孕育当中了，路边小溪的一层薄冰下面冒出来潺潺流水。

公社革委会有半间客房，接兵的两名军队干部住在那里。

一进门，就看见一个军人盘腿坐在床上埋头记笔记。

郭玉民说："这是我们柳凤祥排长。"

抬起头来，是一双微笑着的机敏的眼睛，目光分外明亮，脸上的皮肤黑且粗糙，颧骨那里有两团高原红。他虽然盘腿坐在床上，但也藏不住身上透出来的青春朝气。

他的着装却和郭玉民的不一样——军衣和军裤都是绿色的。但他和郭玉民都有一件橄榄绿的羊皮军大衣，叠得见棱见角地放在床上。

他直视着我，眼睛笑眯眯的。他说："想当兵是不是？我们部队很艰苦，你怕不怕苦？"

我回答得既干脆又顺口。

他说："我记下你了。"

他在笔记本上记下我的名字。

我梦见了昆仑

这天下午，我步行二十公里回家，向父亲汇报我报名参军的事。路上，当我听闻"今年征的是高原兵，部队在昆仑山上"这句话时，心头又不由得一热。

父亲已经离休好几年了。他坐在一把藤条椅子上，听完我的一席话后，有点忧心。

父亲说："我想让你就留在身边，就算你在农村务农也可以。"

有人在新疆当兵曾经到过昆仑山。他对我说："我上过昆仑山，那里条件很艰苦。"他也劝我别去了。

我没有听劝告。我就是冲着边防和昆仑山去的。

几天后，拿到"入伍通知书"后，我正式回家和父母告别。

这天，我和同学付川相聚，他也报名参军了。

他说："听说我们部队也在新疆，具体是在哪里不知道。但愿我们两人能在新疆相遇。"

当晚，我做了一个在雪山上站岗的梦。那时，我对昆仑山的概念是模糊的。

我梦见我在一道雪坡上站岗，那座岗楼是木板做的，橄榄绿，像邮政局门口邮筒那种颜色。我穿着一件绿色的棉大衣，头戴一顶缀着红色五角星的棉军帽，手持一支带刺刀的步枪，斜靠在岗楼上，抬眼向远方注视。而在我的脚下，雪是那种软绵绵的雪。不远的地方，有一道铁丝网墙，网墙那边有一个苏联士兵在走动。这个苏联士兵的穿着和面貌一片模糊，不过他的肩膀上也背着一支带刺刀的步枪。我警惕地盯着他看。我一个激灵就醒过来了。

我报名参军就是凭着一股子热情，如果不是边防兵，我可能也就算了；偏偏是边防兵，又驻扎在昆仑山上，那是多么的刺激啊！不过，话说回来，如果真的是很艰苦的地方，又有危险，那咱们是男子汉，说话还要算数是不是？咱们要兜得住是不是？咱们不是懦夫，说话要算数。

午夜出发

预期出发的日期是元月七日。元月六日早上，我到公共浴池洗了一个热水澡。我要提前一天回我插队的那个县，到区革委会集中。我是独自一个人离开家的，走的时候带了一支钢笔、一个笔记本、一本影集和一把口琴。我已经坐在班车上了，我的父亲突然气喘吁吁地跑了，他把一个新买的带拉链的绿色帆布提包从车窗口递给我，说："我没有买到合适的锁子，你在路上自己配一把锁吧。"父亲转身出停车场走了。我知道父亲其实是为了多看我一眼。

这天中午，我们这批新兵在区革委会的院子里点名编队。我被编入第十五新兵连第一排第一班，被宣布为第一班的副班长。柳凤祥是我们的排长。换过新军装后，柳凤祥召集我们全排人开会。他说："我们这次是长途行军，你们一换衣服都是一个模样，我把你们记不清楚。我怕你们在路上丢了。"他对一班长、二班长、三班长说："每到一个地方，各班班长在地上画一个圆圈，把你们自己班的人召集在圆圈里蹲着。"然后对我说："这时候，你，还有二班副、三班副，就去给自己班搞吃喝。"

我当时对他安排给我的这个差事没有太在意。这天下午，是我们这批新兵在自己区上吃的最后一顿饭，白菜粉条熬肉和大米饭，分量很足。饭和菜以班为单位分两份用洗脸盆端上来，大家拿着碗和筷子蹲在地上围着脸盆吃，不用我操心。

吃罢饭，我去公路边供销合作社买了一包烟、一盒火柴，给自己的帆布提包上了一把密码锁。这把小锁子也是橄榄绿的，和我的绿色帆布提包很搭配。区革委会所在地是一个小镇子，只有一条街，公路就从街上穿过去，我在路边买了几个麻黄色的土梨。

柳凤祥突然来找我，说我们这个排，晚上被安排在区革委会的阁楼上过夜。附近入伍的农村兵，这会儿他们的家人都送别来了，区革委会的院子里站满了人。柳凤祥带着我到大门外公路边，背农民提供的干稻草，回阁楼上给大家铺地铺。

傍晚，柳凤祥召集我们全排新兵在阁楼地铺上练习打背包，演练紧急集合。

夜里，我们睡在阁楼地铺的草窝里。还没有睡踏实，紧急集合的哨音就吹响了。此时是午夜一点钟，预期出发时间是在七号的白天，我们却提前集合出发了。这是我没有预料到的事。

火 车 站

夜色里，清一色的解放牌大卡车停在公路边。我们以排为单位登车后，分成四排坐在各自的背包上。其中，中间的两排人坐在背包上背靠背。那些农村家庭入伍的新兵，他们的家人都赶来了，有的人骑着自行车。汽车开了，送行的人骑着自行车紧跟在汽车后面，黑压压一大片。

汽车在砂石公路上越开越快，送行的自行车队渐渐地被甩在后面了。半夜，汽车过了汉江大桥。过了汉江大桥，就到我家居住的那个城市了。汽车从城北路过时，我看见夜色里街道两边站了许多人。显然，有些人已经把消息传回家，报告给他们的家人了。

从车站街到火车站广场，这段路尽头，广场东南边有一大片小麦地。从广场边向南穿过小麦地，三百米外，一道院墙里面有一个院子，我家就在这个院子里。

到了火车站，人都乱了，新兵们都在和送别的人话别。我事先没有料到会在半夜里出发，也不知道什么时间转乘火车，因此没有通知我的家人。

车站广场和候车室里到处都是人，男男女女老老少少都有，他们都有说不完的话。我在这里碰见付川，他正在和他的父母说话，顾不上招呼我。我在候车室里转了一圈，走出来穿过广场，站到广场边的麦地边。

其实，现在只有我离家最近。我只需穿过麦地，翻过院墙就到家了。我有点犹豫。我不知道部队会不会马上吹哨子登车出发，柳凤祥一到广场就不见人了，谁知道会不会马上出发呢？其实，我觉得我就这样一个人走也挺好。

突然就看见柳凤祥了，他急匆匆从广场外走过来。跟在他身后的几个新兵，扛着两把崭新的藤条椅子、几个装满东西的布袋子、两大捆细竹子捆扎的大扫把、大盘绳索，还抬着两大箩筐烧饼，提着一个铁皮水桶。柳凤祥看见我就喊："快来！快过来抬烧饼！"我们一起抬着烧饼进站上到站台上。站台停着一列闷罐车。每节闷罐车厢的门上都用白涂料画有编号。柳凤祥找到我们这个排乘坐的闷罐车厢，带领我们把东西抬上车。他说："烧饼是我们路上吃的干粮；竹子大扫把在新疆买不到，这东西带回部队扫雪最好使；布袋子里的东西和藤条椅子嘛，是我买的土特产品。"

这节闷罐车厢，之前可能运载过骡马，车厢里有浓重的马粪和马尿味。柳凤祥对闷罐车很熟悉，他指挥我们用绳索把大扫把和藤条椅子捆绑悬吊在闷罐车顶的一角，把两箩筐烧饼和空水桶放在车厢的中间位置，然后说："好了，你们去和家里人说说话告别吧。"

父亲的心

我穿过广场，来到广场边，隔着麦地看我家门口门头那盏昏黄的电灯。

我想回去看看父亲母亲，我仿佛看见他们已经起床了。已经是后半夜了，紧急集合哨音会不会马上就吹响呢？我在徘徊，我的心也在徘徊。

夜色很浓，我身后告别的人和送行的人乱纷纷。

我突然感到心底有一丝凉。这一丝凉一闪就不见了。不过，说实话，当我回到广场和候车室时，却害怕看见那热气腾腾的送别场景。我躲避着别人的目光，其实，这个时候也没有什么人注意我。

于是，我背着背包，独自一人穿过人群到站台上去了。

站台上冷冷清清，前面空无一人。形单影只，我找到我们这个排乘坐的那节闷罐车厢。上到车上，又闻到了马粪和马尿味。我把背包放下搁在角落里，坐在背包上，点燃一支烟抽。

我一支接一支默默地抽烟。

我们这列闷罐军列是天亮才走的。火车开动前那几分钟，新兵和送行的人都拥挤在站台。新兵上车时，天刚蒙蒙亮。车门外是黎明的晨光，送行的人黑压压一片。机车的汽笛长长地吼叫了一声，列车缓缓开动了。这时，闷罐车厢里的人都往车门口拥，挤不到门口的，就跳起来，扒住闷罐车近两米高的小小铁窗口往外望。大家呼喊着，使劲朝外面招手。

此时，只有我坐在角落里，默默地抽烟。

一个月后，在帕米尔高原，我收到了第一封家信，信中说："那天一大早，爸爸就到火车站等着送你，一直等到中午，才从你插队的那个区传来消息，说你们昨天半夜就出发了。爸爸当时就哭了……"

第二章

闷罐车西行

上车两件事

我们这节闷罐车厢乘坐了两个排新兵，六十多人拥挤在有限的空间里。

两个新兵排，以闷罐车厢大铁门一进门的那一小片空当为分界，柳凤祥让我们把抬上车的两箩筐烧饼和那只铁皮水桶放在空当中间，算是车厢里两个新兵排之间的分界线。

柳凤祥一上车就开始点名，然后宣布："这次是长途行军，白天晚上都在火车上，大家以班为单位，两个人一对结成对子，都把自己的背包打开，一个人的被子铺在车厢的地板上当褥子，另一个人的被子两个人合伙盖。大家都挤一挤，既然当兵了，就不要讲究了，凑合着挤一挤，能睡就睡，不能睡就坐着吧。"

和我结对子的是一个姓廖的新兵，他叫廖明月。他偏瘦身材，个子比我稍高一点，眯缝眼，眼梢嘴角无时不挂着笑意。

他说："把我的被子铺在下面当褥子吧，我知道你们知识青年爱干净。"

一眨眼，地板上就铺得满满当当了。

在我身边，打地铺的是一个看上去很灵光的新兵，我打地铺时和他有点碰撞，他不太友好地瞪了我一眼，但他很快调整过来，和我握手说："我叫邝广勤，我家住在汉江边。"

他递给我一支烟，打算划火柴把烟点燃。

柳凤祥大声喊："行车时不可以点火吸烟啊！行车时失火不得了！谁要吸烟，等临时停车时到车厢下面去吸。"

我俩赶紧把手中的烟收起来。

柳凤祥安排的第二件事，就是让大家用绳索把闷罐车的大铁门绑紧绑牢，不要让它在列车启动和刹车时突然滑动。

柳凤祥说："车厢的门不可以关死，关死了车厢里的空气不够；再说了，我们大家撒尿拉屎都要在车厢门口解决，车门在刹车时如果突然滑动，会把你们的脑袋夹掉，过去，有发生过新兵被夹断胳膊的事。"

他指挥大家用绳子把大铁门牢牢绑紧。然后，又在留了一米宽空隙的车门中间拦腰绑了一道结实的绳索。

这是寒冷的一月，闷罐车的车门开着，冷风灌进车厢，着实冷。有人钻进被子，在被窝里面蜷缩着。

我站在车门口，向晨光中的田野张望，田野里的小麦和油菜绿油油一片。

没想到要抢饭吃

柳凤祥刚把一切安排停当，行军中的第一个兵站——勉县西兵站到了，说是要在这里吃早饭。我跳下车，看见从各节车厢下来的新兵都朝车站的餐厅方向一路疯跑。我们这个班排列整齐，朝车站的兵站餐厅走去。

快到餐厅时，迎面冲过来第十五新兵连的张副连长。他是甘肃古浪人，新兵编队时宣布由他负责后勤工作。他冲到我的面前，劈头就问："一班副，你抢的饭呢？"

我愣了一下，说："解放军还要抢饭吗？"

他把唾沫星子溅到我脸上，吼道："不抢你吃狗屁！"

果然，我们来到餐厅，只见餐厅里里外外全是吃饭的新兵。大家都以班为单位围着脸盆里的菜，手拿馒头狼吞虎咽着，厨房窗口饭菜全都没有了。

柳凤祥站起来，把我们这个班的人分插在二班和三班，塞给我一个馒头，说："吃吧。"

我赌气把馒头放下，恨恨地说："好，只要叫抢就好！"

下一站在略阳兵站，为给自己班抢饭，我挤掉了罩衣上的一颗纽扣。我顺手在路边捡了一根竹棍，回到车厢后把它擦干净。在宝鸡兵站和天水兵站，我已经开始用竹棍挑馒头了，我隔着人的肩膀，在人群中用竹棍把馒头一串串挑起。

第二天，我依然给自己班抢饭。我挑选了两名助手，一个是邝广勤，另一个是郝富贵，他俩比较机灵。

抢饭大战在兰州兵站最为激烈。这天，我们这列新兵军列和东北过来的一列新兵军列在兰州兵站相遇，同时相遇的还有一列从新疆过来的退伍老兵列车。几千人拥挤在兵站餐厅外的广场上，新兵的穿戴都一样，谁也分不清谁是哪个部队的。

我带着邝广勤和郝富贵穿过广场的人群一起往餐厅走，只见餐厅大厅里人头攒动，供应饭菜的窗口被挤得水泄不通。有两个抢得饭菜的新兵端着一脸盆菜和一脸盆馒头从人群里挤出来了，当他们快要走到我面前时，我上前大声喝道："你们是怎么搞的？慢慢吞吞！"

邝广勤和郝富贵立马上前把他们手中的饭菜夺过来端走了。那两个被抢走饭菜的新兵站在原地愣神。

回到闷罐车厢，柳凤祥说："有一个排长到处嚷嚷，说今天大水冲了龙王庙了，自家人抢了自家人。"

第十五新兵连这天趁着临时停车召开紧急会议，说进入甘肃河西，抢饭的形势会更加严峻，不但要抢饭，还要抢水，决定成立抢饭队。由张指导员担任队长，每个班的副班长参加，每个副班长可以带一名助手。我被列为一号队员。

现在出去抢饭抢水，以我为主，负责给我们班抢饭，我的助手邝广勤跟在我的后面，他提一只铁皮水桶专门抢开水。

凋敝的河西

虽说一路抢饭，但我们这个新兵排的两箩筐烧饼，却没有人吃。这种烧饼在我们家乡卖一毛钱一个，箩筐是平时用来装谷子用的，两个箩筐，至少装三百个烧饼。一路上，灌进车厢的冷风，早已把箩筐里的烧饼吹得像瓦片一样硬邦邦了，我们这批兵又都来自汉中盆地的水乡，喜欢吃大米，大家宁可在兵站喝一碗大米粥，也不愿回闷罐车吃又冷又硬的烧饼。

过了兰州黄河大桥就到河西了。冬天，黄河结冰了，看不清黄河水是什么颜色。过了黄河，两箩筐烧饼差不多还没有人动，柳凤祥非常高兴。

第二个夜晚，我蜷在被窝里，听见火车又在钻山洞。柳凤祥在我的身边说："现在火车在翻乌鞘岭。乌鞘岭啊！"

我后来知道，这已经进入他的家乡——甘肃省武威地区的地界了。

天亮时，我和柳凤祥都站在车厢门口，我看见这一带除了荒凉还是荒凉。

柳凤祥突然说："快看，长城！"

我看见苍凉的荒野里，有一道颓废的、破败的、已经被黄沙掩埋了的地埂，它断断续续，同一道普通的荒废了的庄稼地里的地埂差不多。它怎么可能是我从小就在课本上读到的长城呢？

我说："长城怎么是这个样子？"

柳凤祥说："这就是长城啊。"

前面的沙丘上有一个土堆。柳凤祥说："快看，烽火台！"

这么荒凉的沙丘，已经看不到一点砖石城台的样子了。这怎么可能是烽火台呢？这些苍凉的景致，从我眼前一闪而过。这一带是干旱地区，紧靠沙漠，太荒凉了。晨光里，一座像村镇一样的小县城浮现在远处荒凉空旷的峡口。

柳凤祥说："快要到古浪县了。来，抬一筐烧饼过来。"

我和他一起把一箩筐烧饼抬到闷罐车门口。我不知道他要干什么。

忽然，在苍茫的荒野里，出现了黑压压的人群，他们朝火车冲过来，像潮水涌动的浪头。

我说："他们要干什么？"

火车在弯道上减速，逐渐向他们靠近。等靠近了，我才看清楚：他们全都是要饭的人。足足有好几百人，一大片。他们中，男女老少都有，其中以老人、妇女和小孩居多。他们争先恐后加速冲到火车铁路的路基边。

我被眼前的景象震惊了！河西怎么会是这个样子呢？这超出了我的想象。

我在心底里为河西人难受。

烧饼送乡亲

柳凤祥说："过来两个人，准备扔烧饼。"

那些人已经跑到火车的路基下面了，正往路基上爬。他们提着篮子，不分男女老幼，仰着头向我们伸出手，都大声叫我们"解放军叔叔"。他们喊："解放军叔叔，给点吃的！"

柳凤祥说："快扔！给他们扔烧饼。"他抓起一个烧饼扔了下去。

我也抓了两个烧饼扔了下去。

这群人一边捡烧饼，一边追着火车跑。

从弯道上看，我们这列军列上，有好几节闷罐车厢门口，都有人在往车下面扔烧饼。这列军列上，接新兵的干部中甘肃武威籍的干部不少，他们在我们家乡买这么多烧饼，是不是提前在心里就有这样的打算呢？联想到第一天行军，在勉县西兵站张副连长因为我没有抢饭而大动肝火，是不是因为他怕我们没有吃上饭而回车上吃掉这些烧饼呢？可能有这个因素吧。这些甘肃籍接兵干部，是要把烧饼带到自己的家乡，送给家乡的乡亲们啊！

看着那些人朝我们伸出手渴望地喊叫，我便使劲往火车下面扔烧饼。

这列军列没有在古浪车站停。一声汽笛长鸣，火车掠过站台。

柳凤祥说："别扔了，留一筐，到了武威再扔。"

快要到武威了，列车在减速。好像是约定好了似的，铁路路基下面的荒野里，又出现了要饭的人。人群的规模虽然比古浪的小一点，但从火车减速开始沿途都是。我伸头往外面看，只见弯道上，许多闷罐车厢又开始往车下面扔烧饼了。

柳凤祥说："把烧饼都抬过来，全部扔下去。"

列车快要进站时，柳凤祥干脆把两个装烧饼的笆筐提起来，连笆筐一起扔了下去。他兴奋得不得了，眯着眼笑着说："我是武威人，给我的乡亲们多扔了一点，偏心！"

祁连啊祁连

列车在武威车站停下了。柳凤祥跳下车，站台上来了几个人好像是他的亲属，我们帮他把绑在闷罐车厢顶部角落的藤条椅子解下来，抬下车。这列军列上，接兵干部中武威人不少啊，好几个车厢都有人在往下卸东西。

寒暄，握手。火车的汽笛响了，柳凤祥爬上车。挥手，再挥手。一个军人对家乡亲人的留恋，都在这车门口的深情眺望之中。

过了武威，我们这列军列走走停停。河西走廊的北边是沙漠，西南边是祁连山。有的地方，沙漠快要和大山连在一起了，好像流沙要把河西走廊拦腰截断。

军车停在岔道上，我们就近在兵站吃饭，同时给别的列车让路。

我站在闷罐车下，远眺祁连山，只见这苍凉的大山上，好像有一道闪闪发亮的银链，那是山岭上的积雪。

列车临时停车久了，一旦开车就跑个不停。这天晚上，我们这列闷罐军列跑了一个通宵。数九严寒天气，夜晚，寒风从开着的车门口灌进车厢。六十几个人，不时有人起夜。黑暗中，撒在车门口的尿液结冰了。有人肚子受凉半夜起来拉屎。真要命！两个新兵拉住他的两只胳膊，还有一人用背包带拴住他的腰，用力拉住背包带，害怕他滑落到车下面去。

这时候，柳凤祥就一直站在这个拉屎的新兵身边，抓紧绑在他腰间的背包带，防止发生意外。

天亮了，又是临时停车。我下到车下面，看见远处的山岭披着白雪。我问柳凤祥："那是不是天山啊？"

柳凤祥说："不，那还是祁连山。"

我远眺祁连山，心里说："祁连啊祁连！"

望　天　山

又是一次临时停车。我下车沿着铁路的路基往前走，意外地碰见付川，他正站在一节闷罐车厢下。我有点惊喜，说："你也在这趟车上啊？"

他朝前张望着，似乎在揣测前程。

上车的哨音在我的身后吹响了。我掉头往回走，付川也回自己车厢去了。

回到车厢，柳凤祥说："明天，我们就要到新疆了，大家都坐好，我给大家讲一讲新疆少数民族的习俗。"

白天快要过去了，黄昏如期而至。有人喊："嘉峪关！"

只见空旷的原野里，矗立着雄伟的嘉峪关的城门楼。这座古城的四周都是漫漫黄沙，城门楼孤零零的，历经千年刀光剑影，此刻像一个边塞老人坐在那里，安闲，遇事不惊。万里长城的雄姿，在这里显现出来了。"一片孤城万仞山""大漠孤烟直""西出阳关无故人"……这些诗句，一下子都涌进我的脑海里。

茫茫戈壁，夕阳西下。夜来了。这已是在闷罐车上的第四个夜晚了。车门口寒风凛冽，车厢里温度骤降。太冷了，我睡不着。柳凤祥也睡不着，我们都把棉毛帽子的帽耳放下来。柳凤祥坐起来，把羊皮军大衣裹在身上。他说："啊，过玉门了。"他坐在那里打一会儿盹，又说："啊，过瓜州了。"他躺下睡了一觉，又坐起来，说："啊，快到星星峡了。"好像离新疆越近，他的心情就越不平静。

天又亮了，我们在闷罐车上迎来了第五个早晨。我站在车厢门口极目远望，只见苍茫的大漠无边无际。柳凤祥突然抬手指着远处，说："你快看！"

晨光里，大漠上有几头野驴奔跑如飞，它们的脚下卷起一片尘烟。几匹野骆驼，正昂首阔步走在沙山上，洒脱不羁，充满野性。我的视线一直跟着它们。

无边的戈壁，眼前到处都是石头。

柳凤祥在我的身后说："到星星峡了。辽阔苍凉吧？这里已经进入新疆的地界了。"

突然看见天边的山岭上白色闪现。柳凤祥说："快看，那就是天山！"

白色如薄纱披在山岭上，那是东部天山的余脉。

第三章

南疆，南疆!

一件羊皮军大衣

我们的闷罐军列到哈密火车站了。哈密昨天夜里刚下过大雪。

柳凤祥对我说："到了哈密就不用抢饭了，只需要抢开水。太冷了，你抢一桶热开水回来，让大家喝一口暖暖身。"

我提着铁皮水桶跳下车，只见张指导员已经爬上积雪的站台了，他像游击队长一样朝我使劲挥手，大声喊："快跟我走!"

我抢了半桶热开水回来，柳凤祥表扬我说："你这一路抢饭抢水很好。今天，我们要在吐鲁番转乘汽车。从今天开始，我们都在兵站餐厅吃饭，再也不用抢饭抢水了。"

在吐鲁番大河沿火车站广场边的兵站餐厅，我们围着圆桌比较正规地吃了一顿饭。主食馒头，菜是分量很足的胡萝卜烧羊肉，另外，每人可以分得一小碗大米粥。

从餐厅出来，我们列队回到火车站广场。在这个广场，出新疆的退伍老兵从这里上火车返回家乡，进新疆的新兵从这里坐汽车再去四面八方。广场旁边的戈壁滩上，停着一排排解放牌大卡车。这些大卡车的车篷骨架上，蒙着加厚的橄榄绿篷布；车辆按编队排列。广场上，小山一样堆着几大堆羊皮军大衣。这是老兵不久前脱下来的。所有退伍离开新疆的老兵，出新疆前，都要在这里脱下身上穿的羊皮军大衣，把这有限的物资，留给刚刚进新疆的新兵。这些羊皮军大衣一代代往下传，看起来都很旧了。领到羊皮军大衣的新兵，立马就把它穿在自己身上；此后，至少有三年时间，这件羊皮军大衣就会一直陪伴他，直到他退伍离开新疆时，再在这个大河沿火车站的广场上脱下来，传给后来人。

天气晦暗，感觉就是冰天雪地。是该有一件羊皮军大衣穿在身上了。大约有一个多小时，我们排着长长的单人纵队蜿蜒在广场上，按次序领取羊皮军大衣。发大衣的两个军人，手拿着小本本，一个人一个人地逐人登记。

柳凤祥走在我们这个排最前面。他站在大衣堆旁边，当我走过时，他顺手拿了一件七成新的羊皮军大衣递给我，对我说："这件大衣好，你看，它是二毛的，这是最好的羊皮。你把钢笔拿出来，把大衣领子翻开，在领子背后靠后颈项那里写上你自己的名字，免得以后被别人拿混了。"

我不懂什么是二毛羊皮，为什么二毛的羊皮就好，不过我按照他说的做了。我把大衣的毛领子翻起来，发现在后颈那里，已经有人写过名字了，写名字的应该是我的前辈。我就把我的名字写在他们名字的后面。

我这件羊皮军大衣，它的皮毛洁白如玉，手感柔软，团状的毛穗像盛开的白菊花一样，绽放出圈圈花纹。而它的重量却比别的皮大衣要轻一些。我能得到这件羊皮军大衣，多亏了柳凤祥的一片心。

西风不识君

大伙儿穿上羊皮军大衣，背着背包，提上提包，爬上早已发动的大卡车。几十辆军车拉开距离，浩浩荡荡出发了。

柳凤祥一上车就大声喊："所有人都把背包放下来坐在屁股下面，大家分成四排，靠车厢两边各坐一排人，中间坐两排人，中间两排人背靠背坐。"

我们这个排分三个班，每个班十一人，总共三十三人，加上柳凤祥，全排三十四人。这辆带车篷的卡车，拱起四五道钢管骨架，把橄榄绿加厚帆布车篷支撑起来，车篷前面全封闭，后面敞开。大家按柳凤祥的要求分成四排坐，每一排坐八个人，共坐三十二人。剩下我和柳凤祥坐在车尾位置。

柳凤祥对我说："你就跟我坐在一起。他们都没有出过远门，这一路长途行军，你帮我把他们都看好，下车活动、撒尿、拉屎，别把人落下了；别让他们上错车了。"

我点点头。

柳凤祥又大声喊："大家坐一个小时就跺跺脚，别把脚冻坏了！"

车队出大河沿火车站开进荒漠。砂石公路在荒漠中伸向远方。好大的风啊！这个地方是大风区，猛烈的西风刮过来，车开出去不到半小时，车篷的前面就被大风撕开一道口子。冷风呼呼灌进车厢，刺骨的寒冷。

柳凤祥大声喊："都把帽耳放下来，把帽耳下面的纽子在下巴下面扣好，帽子背后有一个棉毛护鼻，取下来护住自己的鼻了；都把皮大衣裹紧，互相挤在一起防寒。"

车篷前面撕开的口子怎么堵也堵不住，坐在前面的人冻得瑟瑟发抖。寒风割面，有的人眼泪和鼻涕都流出来了。

我把羊皮军大衣裹了又裹，身上还是冷。本身在风口，再加上汽车高速行驶，寒风呼啸而来，风扫过时像冰冷的鞭子似的抽人脸。我们都把头埋下去缩在肩窝里。

西风不识君啊，一点也不温柔。

翻过天山

前面是连绵不断的荒山，没有人烟。光秃秃的山上不见任何植被。

柳凤祥说："大家都坐好了，现在，我们在翻天山。"

我一个激灵抬起头来。天山如雷贯耳，我想看一眼它的真容。

奇怪的是这一段路却被称为干沟。汽车缓慢爬高。我觉得天山太平淡无奇了，算不上险峻。好失落啊！

实际上，这是天山的一段余脉。天山山脉像陈横在天空的一条巨龙，而这段余脉只不过是它的一段小尾巴。我当时因为这段小尾巴就把天山给藐视了，这说明，我真的没有见过什么大世面啊。

黄昏来临，远处景物模糊。摇摇晃晃之间，天黑了。我在寒风中竟然昏昏然睡着了。

一阵剧烈的颠簸，漆黑的夜色中有一点微弱的昏暗的灯光。柳凤祥说："大家都站起来，先活动活动脚和腿，然后再下车。库米什兵站到了。"

我一阵咳嗽。

这是一个小小的兵站。黑夜里什么也看不清楚。感觉就是土坯房，有军人值守。

食堂餐厅不大，我们按到达的先后次序排队吃饭。圆桌上又是盆装的胡萝卜烧羊肉，主食是馒头。胡萝卜烧羊肉已经冰冷了，馒头呈姜黄色。兵站的炊事员说："也不知道你们到底什么时候到，菜热过两次，又放凉了。"

所幸，睡觉的屋子里火炕是热的。炕洞里，干枯的红柳枝还在燃烧，还能喝上热开水。

柳凤祥提过来一桶热水，兴奋地说："把脸盆拿过来，大家都用热水泡泡脚。"

一路上坐在车上脚腿不动，虽然都穿着大头皮鞋，鞋里面有羊毛，还有羊毛毡鞋垫，但是，还是有人脚趾和脚后跟冻肿了。

柳凤祥说："一会儿干部开会，我要提建议：明天一定要每过三四个小时就停车，让大家下车在路边活动五分钟，顺便大小便。"

上炕后，我倒下头就睡着了。再醒来时，我一阵咳嗽。

第二天早晨起床后，我才看清楚库米什兵站就是荒山间的几排土坯房，一条结冰的山溪边有干枯的红柳。

早晨在餐厅吃上了热馒头，还有大米粥。

车队出发不久，柳凤祥说："我们翻过天山了。"

这就算翻过天山了？我有点不敢相信。

我一阵咳嗽。柳凤祥说："看样子，你受风寒了。"

接下来的两天平淡无奇。我们在库尔勒郊外兵站和轮台兵站各住了一夜。

在轮台的那个夜晚，我咳嗽加剧了。夜里咳醒来，留心听风声。轮台的这个夜晚相对安静些。我想起唐朝诗人岑参的诗句："轮台九月风夜吼，一川碎石大如斗，随风满地石乱走。"不太像啊？听不见风在吼啊？或许是季节不对吧！

冰窟窿

汽车在戈壁上飞驰。湛蓝的天空下面，天边有一道白线，它一会儿隆起，像一团白云。

柳凤祥说："看见了吧，从这里看天山，看得最清楚。"

在公路边停车休息时，大家都下车找地方大小便。

柳凤祥对我说："你把他们盯住，别让他们跑丢了。"

这天夜里住在阿克苏兵站。次日早晨，出兵站时是大晴天。汽车开出去不过十分钟，就看见阿克苏河了。阿克苏河明光闪闪，河面是厚厚的坚冰。公路从冰面通过。在乱石成堆的河对岸，有一道豁口和公路连接。还有一百多米就要到对岸了，前面的车却突然停下了。我和柳凤祥下车到前面看动静。

我一阵剧烈地咳嗽。

原来，在前面的河上，有两辆军车把河上的冰压塌了，车陷到河里去了，冰面上出现了一个巨大的冰窟窿。路断了。

我们上去几十个人抬汽车，把车刚抬上冰面，却又把这一块冰面也压塌了。已经过河的军车，早就跑得无踪影了。几个司机在找拖拉汽车的绳索。

在河的下方，太阳升起两竿高了，冰河明晃晃耀眼。我看见有一个新兵坐在河对岸的一堆石头上哭泣，他一把鼻涕一把泪，哭得像一个伤心的小媳妇。他是我的同乡，有一张多肉的圆脸和一双眼皮很厚却毫无主见的小眼睛，眼珠子黑亮。我认出来他是我们第十五新兵连的人。

我走过去问他："嗨！你叫什么名字？"

他说："我叫何童娃。"

我说："你哭什么？"

他指着前面的冰窟窿。

我说："那没有什么，一会儿把车拖上来就行了。"

他说："我哪里走过这么远的路啊，听说还要再走好几天呢。"

我说："你没有离开过家吧？"

他说："我最远就是去过镇上的老街。"

我说："把脸擦干净，男子汉，别丢家乡的人。"

于是他抹了一把眼泪，点点头。

他说："你是见过世面的人啊？"

我说："我是知青。"

他说："难怪呢。"

一辆地方上的班车迎面朝我们的车队开来，在岸边河坎上停住。它也没办法过河了。

车上坐的全是维吾尔族乘客。只见一个瘦高的维吾尔族老者从车上下来，他头戴小花帽，银发白髯。他坐在一块大石头上，怀抱着一把热瓦普，眯缝着笑眼，摇着头，热烈地弹奏起来。一曲古老的维吾尔族音乐，就响起在阿克苏河畔了。

几个维吾尔族妇女从车上下来，随着音乐的节奏舞蹈起来。

柳凤祥找我来了，他身边跟着一个背药箱的军人。他叫王望水，是第十五新兵连的随行军医。他是甘肃人，中等身材，偏瘦身形，长条脸。他精干，待人和蔼，见人就是笑脸，面容可亲。

柳凤祥对我说："这是王医生，让他给你看看病。"

他对王望水说："他咳嗽得很厉害。"

王医生笑嘻嘻地看着我。他也没有怎么检查，就给了我一粒小小的白色药片，说："这是可待因（镇咳的药），把它咽下去。"

也没有水喝，我用口里的唾沫把药片咽了下去。

三 岔 口

这天傍晚，我们入住大漠里的三岔口兵站。三岔口当时连一条街道也没有，只有几排土坯房。在这里的兵站吃饭，想喝一口开水也没有。

从餐厅出来，暮色中戈壁茫茫。我在冰冷的月光下寻找。我问兵站的人："哪里有水井？"我想找一口冷水喝。

回答是："这里的水是从十几公里外用汽车和汽油桶拉来的。"

我只好闭嘴。

兵站宿舍没有床也没有炕，大家都睡地铺。窗户破了，窗户上的纸被吹得哗哗响，寒风灌进屋。所幸火墙烧得很热，地上铺着厚厚的干马草。能睡这样的地铺，我已经很满足了。

我把羊皮军大衣脱下来，在干马草上铺开自己的被子。柳凤祥在我的身边拾掇他一路带来的行李。

一个老兵手提着一件羊皮军大衣走进屋，他顺着地铺走过来，把每一个新兵的羊皮军大衣提起来，一件件看过。他看过我的大衣后，走到相互连接的另一间新兵宿舍去了。

柳凤祥赶紧对我说："过一会儿，这个老兵肯定要转回来，用他的皮大衣换你的皮大衣；他的皮大衣是老羊皮的，而你的是二毛的；他是我的老乡，我不好说不让你换给他，到时候你就说你不换。"

正说着，那个老兵果然转回来了，他说："柳排长，让你这个兵把他的皮大衣换给我。"

我立马用不容置疑的口气说："我不换！"

柳凤祥假装为难地看着他的这位老乡。这个老兵只好尴尬地走开了。

柳凤祥很高兴，他说："明天就到喀什了，我原来在南疆军区给副司令员当警卫员，这一次，我从你们的家乡给他带了一些土特产。我要检查一下这些土特产怎么样了。"他把两个鼓鼓囊囊的大口袋封口的细绳解开。

他说："我在你们家乡买了柿饼和板栗，这两样东西我们家乡没有，我的老首长可能会喜欢。"

他怎么就把板栗和柿饼装在一个袋子里了呢？他把袋口敞开，发现满袋子都是柿饼，却不见板栗。

他惊呼道："啊呀，板栗到哪里去了？"

这一路，我们又坐火车又转乘汽车，所有的行李都在车上被人在不经意中踩踏。在车上，我把我的帆布提包夹在我的两腿之间。而柳凤祥的两袋子柿饼，有时候被人压在了屁股下。这会儿，他说他的板栗不见了。

他突然高兴起来，原来一路挤压，板栗都被挤压进柿饼里了。他用手指从柿饼里抠出来一颗板栗，又用钢笔杆从柿饼里捅出来一颗，兴奋地说："原来都挤到柿饼里面去了，来来来，大家都过来帮我抠板栗。"

我们都帮他从柿饼里往出抠板栗，他眯缝着眼开心地笑了。

分兵，忐忑

离开大河沿已经六天了。第六天黄昏，我们入住疏勒县城外的喀什兵站。喀什兵站在公路边，离疏勒县城几百米远，离喀什市区大约五公里。喀什市区和疏勒县城之间隔着一条喀什噶尔河。而疏勒县城，是南疆军区机关的所在地。

柳凤祥一到兵站就看望他的老首长去了。

在喀什兵站，我们找到回家的感觉了。喀什兵站可能是南疆军区后勤的直属兵站。在喀什兵站，屋子里的火炕烧得很热，有充足的热开水喝。用热水泡脚，可以随意添加热水。在喀什兵站，我们分批在餐厅围着圆桌吃饭，这天傍晚吃上了八菜一汤，饭菜可口，分量也足。我看见廖明月和邝广勤吃得心满意足。

接待我们的兵站老兵说："南疆军区的兵，到了喀什兵站，就到自己的家了。"

有人说今天到达的新兵，有一部分住在县城的军区招待所，而各个部队接新兵的"头儿"，这会儿正在军区开会分兵。有一部分新兵会在喀什附近的部队留下来，还有一部分去西藏北部的阿里，其余的新兵去帕米尔高原。

我们第十五新兵连，说好是要上昆仑山帕米尔高原的。

在吐鲁番大河沿，进入新疆的新兵就已经分过一次兵了，有的新兵在乌鲁木齐和吐鲁番一带留下来了。

据说，去帕米尔高原的这批新兵，今天晚上也要敲定。到部队后，谁留在团部直属分队，谁到边防哨卡，今天晚上都要定下来，这样，新兵一到部队，就可以直接编入各个不同的新兵集训连参加集训。

在这个节骨眼上，柳凤祥却不见了。我会被分到哪里呢？我心中有点忐忑。我是冲着边防和昆仑山来的，我肯定不会留在喀什。如果我不能上昆仑山，那就太遗憾了。

大家都准备睡觉了，我一个人出了兵站在大门外张望。一钩弯月升起来，疏勒城外的荒野，月色朦胧。

第四章

翻越冰山

到帕米尔去

晚上，睡觉前，王望水医生到各个宿舍巡视。他说："明天还要行军，你们有谁哪里不舒服？"

我说："我咳得胸口疼。"

王医生又给了我两粒可待因药片，说："这个药不能多吃，你现在吃一粒，明天翻雪山的时候再吃一粒。"

廖明月问："我们翻雪山吗？"

王医生说："当然。"

我把一粒可待因喝下去，把另一粒用纸片包起来放进上衣口袋。

这天晚上，又是午夜时分，紧急集合哨吹响了。我们起床打好背包。柳凤祥带领我们列队出了兵站。夜色里，公路边停着解放牌大卡车的长队，司机已经在发动车了，一片发动机的轰鸣声。

依然是以排为单位乘车。今天乘坐的不是我们从大河沿过来时乘坐的那些车了，眼前这些车，车厢上没有篷布；不过，听说这些车的司机擅长跑雪山高原。

大家还是分成四排，坐在自己的背包上。我和柳凤祥依然挤在车厢车尾位置。

　　这么冷的天，车厢连个遮风挡雨的篷布也没有。汽车在黑暗里过了喀什噶尔河，从喀什老城外开过。柳凤祥指着远处黑乎乎的一片对我说："快看，那里是喀什老城。"

　　我抬头看过去，在黑暗中什么也看不见。这就算是我到过一次喀什了。

　　车队穿过疏附县城。天亮时，进入阿克陶县境。汽车开始在山地绕行，逐渐爬高。这一带的山，都是光秃秃的，呈灰色和驼色。

　　我突然就感觉到口干，眼前的天空似乎比以往看见过的天空更加明亮，阳光也更加耀眼了。好像在太阳之外，又增加了一个太阳，我从来没有见过这么耀眼的阳光。

　　我使劲拧开随身背的水壶的壶盖，却发现水被冻住了，没法喝水。

　　现在，我所感到的寒冷也是以前从来没有感受过的，这是一种干冷，虽然穿着羊皮军大衣、棉袄、绒衣，冷风吹过来还是受不住，风一下子就穿透而过。

　　远远地，我看见一片火焰一样红的山。

　　柳凤祥说："我们要进布伦口峡谷了。"

　　布伦口峡谷其实叫盖孜峡谷，峡谷里的河叫盖孜河。而边防团的人，却习惯把它们叫作布伦口峡谷和布伦口河。

雪山飞龙

前面是一片冰川。它其实就是盖孜河在冬天结冰了。

进入峡谷，公路盘绕上半山腰。海拔在升高，阳光更耀眼了。空气却好像被冻住了，令我呼吸困难。

我觉得口干舌燥。我突然想起我从家乡出发时，在镇上买的麻梨还剩下两个没有吃。我把它们从帆布提包里面掏出来。

柳凤祥笑眯眯地说："还有梨吃呀！"

不料这麻梨已经冻得比石头还要坚硬了，啃也啃不动。

我像敲石头一样把它们在一起敲了一下，扬起手，想把它们扔到汽车下面去。

柳凤祥急忙伸双手把我的手抓住，说："别扔！"

他把这两个梨从我的手上拿过去，解开自己身上的羊皮军大衣，再解开里面的棉袄和绒衣，把一个梨隔着衬衣从领口塞进去，夹在怀里。他被冰得哆嗦了一下。他又把另一个梨也塞进自己的怀里，又被冰得哆嗦了一下。

他笑着说："扔了就可惜了，一会儿暖热了吃。"

汽车在山腰盘旋而上。车的右边是峭壁，左边是深谷。从车上往下看，冰冻的盖孜河像一条白色的大蛇，在深深的峡谷底沉睡。

突然，眼前一片光芒刺眼，使人不敢直视。一开始，我觉得光芒刺眼，却不知道是什么原因。我有点头晕目眩。抬头看，发现前面是一面冰坡，它像一面冰冻的高墙，快碰到我们的鼻子了——它分明是从天空中垂下来的一道冰的绝壁。它明光闪闪——是冰山。太阳照着它，阳光反射回来，空中闪动着无数刺眼的小晶体。这样刺眼的光芒又投射到旁边雪的峭壁上，再反射回来，光芒和光芒交织，人的眼睛难以直视。难怪我觉得天空中有两个太阳呢，那是冰山反射的太阳的光芒啊。

实际上，我看见的这面冰坡，它就是盖孜河。夏天，它从海拔3000多米的雪山垭口逐级而下，像一条从天而降的飞瀑。而在冬天，它被冻在半空中了，成为一条冰雪的飞龙了。它从天上挂下来，它就是天河啊！

冰冻的盖孜河，被固化在半空中了，滔滔河水变成冰瀑了，千姿百态，被固化成具有动感的各种姿势……这是银光闪闪的飞龙啊！我想起李白的诗句"飞流直下三千尺"，看似夸张，却又怎么能和昆仑山盖孜河的冰瀑相比啊！

上昆仑山

汽车在峭壁中间开凿的公路上向上爬。峭壁顶上，冰雪盖住山头。路是石头搓板路。右边是崖壁，头顶上伸出去的石崖，像老虎张开的大嘴的上颌。这一段路有十几公里，人称"老虎口"。路在山腰峭壁中间盘绕，非常凶险。我这下就明白我们这些上山的大卡车为什么都不带钢管的车篷骨架，以及在钢管骨架上面蒙紧的帆布车篷了。因为一旦车篷和它的钢管骨架被"老虎口"的上颌挂住了，那就会造成翻车事故。下面是千米深谷，后果还用想吗？

柳凤祥说："这段路，是中巴国际公路的昆仑山段，还没有最后完工。"

汽车持续盘旋而上，我感到呼吸越来越不顺畅。

出了"老虎口",汽车在一道山垭口停下,垭口有一个地方路面塌方了。我们都从车上下来。有人在旁边抽烟,我咳嗽不止。柳凤祥把揣在怀里的麻梨掏出来,无奈还是啃不动。他说:"扔了可惜。"把麻梨又塞回我身上的挎包里。

从垭口往上看,可见冰山的峰顶。到了这里,司机都在给汽车的轮子装防滑链。我掏出那粒可待因药片,用一口唾沫把它强咽下去。

过了这个垭口,公路上有雪了。两边是绵延不断的雪岭。

柳凤祥说:"这就上昆仑山了。"

实际上,我们的车队正行驶在昆仑山次高峰公格尔九别峰和另一座我不知其名的冰山之间。

前面是一片雪原,雪原那边又是冰山。因为有广阔的雪原,从南边照耀过来的阳光很灿烂。这里,其实是布伦口河口。从西南方向流过来的布伦口河,从西北方向流过来的木吉河,还有从西边流过来的康西瓦河,三条河在这里交汇,盖孜河就是由这三条河汇聚而成的。

三条河交汇,河口一带非常广阔。这一片冰封雪盖的河口地带,被我误认为是雪原了。

柳凤祥说:"我们上到昆仑山上了。"

昆仑山,中华第一神山,万山之祖,它像一条横贯半个中国大陆的蟒龙。它东起青藏高原东部,跃起在新疆和西藏交界地带,千里万里腾空飞越,然后在帕米尔高原昂起了它那冰雪的头颅。在这里,高耸着海拔7000米以上的公格尔峰、公格尔九别峰,还有雄伟无比的慕士塔格峰……天空离我们是那样的近,云彩都从我们的脚下飘过。

我们的车队，在积雪的公路上，碾轧雪的泥泞。

雪山之上

前面就是昆仑山的主峰公格尔峰了。汽车摇摇晃晃。我口干舌燥，空气的湿度不够。怎么就昏昏欲睡了？我身边有人睡过去了。

柳凤祥突然惊呼："怎么都睡着了？"

又说："快！把他们都摇醒来，这样睡过去有危险！"

我使劲摇廖明月，却怎么也摇不醒他。

柳凤祥在车上站起来，解下自己腰间的皮带，用皮带抽昏睡过去的人，把他们抽醒。这时，车队在一道积雪的山脊上停下来。前面遇到雪崩了。有人下车到前面去看，说是正在清除路上的积雪。

我前后眺望，只见前前后后总共有二十几辆军车，在山脊上排成一条长龙。

柳凤祥喊："都下车，到车下面活动活动。"

廖明月从我身边爬起来，他迷迷糊糊，木讷地冲我笑，他的鼻孔里在流血。

我说："流血了。"

他用棉手套擦流下来的血。

在喀什分兵后，我们第十五新兵连的原有人马是一个编队，现在，除了我们这个编队，显然又有新的编队加入进来了。我还发现在新加入的编队里，从一辆卡车上下来了维吾尔族新兵。

道路堵塞，我们暂时被搁在昆仑山上了。我顺着公路往回走了几步，隔着两辆车，突然发现了一个熟悉的面孔。这人直愣愣地看我。他说："怎么是你呀？"

他叫韩民。他虽然和我不是同学，也不在同一个地方下乡插队，但是我们两家曾经住在同一条街的同一条巷子里，我们互相认识，能互相叫出对方的名字。他热爱文艺，我曾经看过他在家乡的文艺晚会上跳独舞。

他使劲调动笑容，说："嗨！一路还上来了好几个知青呢！"

我果然又隔着一辆车看见付川在公路边上雪地里站着。他也看见我了，激动地走过来说："哈！我们在一个车队！"

我说："谁想得到呢，到了昆仑山我们还在一起！会不会不再分开呢？"

柳凤祥在那边喊我上车了。前面的车已经开动了。

帕米尔，我来了

云雾是从我们的身边升腾而起的。汽车在爬一道雪冈。旁边拱起一座冰山，它把半边天空遮蔽了。

柳凤祥大声喊："快看，慕士塔格！"

只见无数雪浪从公路边朝远处的高山上缓慢堆积，这是一道平缓、漫长且广阔的雪坡。积雪的波浪跳跃着，错落有致。它们堆积到一个遥远的距离后，突兀起来，高耸到九霄，在天空下面袒露出冰塑玉裹的雄姿。它离我们太近了。从这个角度看，难以见识它的真容。

汽车在爬雪冈。

柳凤祥说："这道雪冈叫卡拉苏达坂。看见没有，那边是苏联。"

我急忙转过头，想看一看苏联是什么样子。汽车一闪而过，一道峭壁遮蔽了我的视线。

汽车开上雪冈，居高临下。

柳凤祥说："看，前面就是帕米尔高原。"

我打起精神来。

前面的车正在开下雪冈。下面是雪原。雪原向天边延伸，其间有一条依稀可见的公路的轮廓。这段下山公路有海拔近2000米的落差。雪原的四周，有连绵起伏的雪山环绕。

慕士塔格峰在我们的身边，它从海拔5000多米的卡拉苏雪冈拱起到海拔7546米的高空，在蓝天下面形成两百多平方公里的巨大冰盖。此刻，我们的车行驶在卡拉苏雪冈上，就好像站在它的肩头。脚下，海拔3200米的辽阔高原被白雪覆盖着，莽莽苍苍；无边无际的白色铺向远方，天空雾蒙蒙的。向纵深眺望，尽头的云气变幻莫测；落日已经藏身到雪山的背后去了。西南方那片天际，一缕霞光投射到云层上，使得那灰蒙蒙的云气，透出深浅不一的彩色。紫色、橘黄色和玫瑰红，给帕米尔高原绘制出梦幻一般的背景。云气的色彩还在不断变幻，最后变成一抹蔷薇色的微红，黯淡下去……辽阔的高原，显得更加静谧、苍凉和神秘了……

这就是我心中向往的地方吗？这就是我以热血和青春在梦中追寻着的那个神秘的所在吗？

这就是那个人界和天界相交的地方，万千神话在这里传说和演绎，并且代代流传，直至千古。

啊！帕米尔，我来了！

第五章

初进军营

到达，只不过是开始

雾蒙蒙的高原被白雪覆盖，车队在天地之间是那么的渺小。从卡拉苏雪冈下来，雪很深，大地浑然一色，四野茫茫。后面的车轧着前面的车辙行进。

公路边，有一片稀疏的白杨林，树叶全都脱落了，树枝被疾风吹断了，瘦高的白杨树像一根根旗杆，在寒风中瑟瑟颤抖。

柳凤祥说："这里有我们的一个集训队。"

汽车进入一道浅山山口，沿河谷穿行。绕过山冈，雪野更辽阔了，除了两侧的群山，目之所及再也没有什么遮挡。这里是塔什库尔干河谷地带。太阳虽然已经落到雪山的那边去了，但余晖还留在雪山上。这样的景致，如梦如幻。

从昨天半夜开始，我们已行军十八个小时了，一路上没吃没喝，人晕晕乎乎，肚子不断发出饥饿的肠鸣。此地与东部时差四个小时，已是北京时间晚上近十点。尽管太阳早已下山了，但它就是迟迟不收回最后的光辉。

柳凤祥喊："快看，石头城！"

只见前面有一座驼色的山坡，却看不见什么石头。

右边是一道土坡。汽车在土坡下停下来。道路和荒野白雪皑皑。土坡下面，有几间低矮的、用石头和泥巴垒砌的小屋，这是塔吉克人的居所，低矮的门洞，挂着黑黢黢的羊毛毡，既是门，也是门帘。一圈石头垒砌的半身高的矮墙把这小屋围住。两匹骆驼卧在地上，从矮墙里面向我们探头张望。从门洞里走出来塔吉克妇人和小孩子，他们站在门口，好奇地瞅我们。这是我第一次看见塔吉克人，我的目光落在塔吉克妇女别致的硬壳库勒塔绣花帽、花头巾，还有她们被高原太阳晒黑的脸庞上，那深深的眼窝和高挺的鼻梁轮廓分明；小孩子有着乌黑的、天真无邪又清澈的眸子。

柳凤祥大声喊："到了，全体下车！都把自己的背包背上，把行李提上，下车列队！"

我背上背包，提着提包翻身从车上跳下。

刚落地，雪一下子就埋过我的小腿肚子了。好深的雪啊！

我惊奇这里的雪，它不像我们家乡的雪软软的绵绵的湿湿的。这里的雪是沙状的，颗粒状的，踩上去摩擦出"嘎嘎"的响声。我把陷进雪里的大头皮鞋拔出来，跟着人群列队"咯吱咯吱"踏雪往前走。

团　长

我们排成三路纵队。我们这个排走在第十五新兵连的最前面。另外一个新兵连在我们的前面列队行进。我们连和他们连之间保持着一段距离。

一片白雪覆盖的坡地，周围团状的铁丝网墙围绕，铁丝网墙像一条卧地的蟒龙；石堆下面，可以看见暗堡黑洞洞的射击孔。在一处铁丝网墙敞开的路口边，有一个土坯和泥巴结构的岗楼，一名哨兵手持带刺刀的半自动步枪站在岗楼边。

向右拐，是一条通道。汽车可以从通道开过去。但是，今天我们的汽车却一律停在公路上，新兵全体下车。

通道清扫过了，积雪堆在路边。通道是慢上坡。两排老兵分列在通道两侧欢迎我们，其中几个老兵敲锣打鼓。

通道尽头，有两个粗大的砖石门柱，里面是一片宽阔的广场，广场对面是一座修建于二十世纪五十年代的、带有明显苏式风格的军人俱乐部大礼堂。

我们这个新兵连一进通道口就停下了。前面那个新兵连，在广场上受到了团首长的欢迎。

我们在整理队伍。几个军人从大门口走过来了。

柳凤祥大声喊："团首长迎接我们来了，打起精神来！"

我们这个新兵连的连长、指导员，快步上前，小跑几步，并排走到队伍的最前面。他俩表情严肃、郑重，走出标准的军人姿势。

迎面走过来八九个军人。为首的是团长。只见他身形矫健，戴一副圆环眼镜，腮帮子上是青色的刮过的胡根茬子。他没有穿羊皮军大衣，头戴棉毛帽，脚穿大头皮鞋，虽然是棉衣棉裤，一根腰带却把自己扎得精神抖擞，腰带上挂着一把带枪套的54式手枪，酱黄色的牛皮枪套油光闪闪，枪把上飘着红绸巾。

他肉乎乎的鼻子，这个鼻子把他的那副圆环眼镜把持得很安稳，眼镜的镜片是茶色的，后面是沉静的目光，目光里藏着坚毅。这目光带点微笑，这微笑的意思是：啊，我手下又有三百多个小兄弟来了!

他的嘴很大,厚嘴唇。这张大嘴巴、厚嘴唇和他那青色的大下巴很搭配。他走路一摇一晃,不像一个标准的军人走得那么正规。不过,他帽头的红五星、领口的红领章,那么鲜艳地在那里闪耀,在明明白白地告诉你:他就是我们边防团器宇不凡的团长,只因为有鼻梁上面那一副眼镜,才使得他多少带着一点斯文。

他手上戴着一副雪白的手套。手套明晃晃,洁白耀眼。

柳凤祥小声对我说:"这是孙团长,他是东北人。"

我突然觉得:他那走过来的架势,怎么像刚刚走出绿林。而他身后的那几个人,个个都像好汉,他们都像传说中的长白山大山里走出来的英雄。

绿林气十足,这是我的第一感觉。

我们第十五新兵连的连长和指导员碎步上前,一磕脚跟,"呱唧"一声就敬了一个军礼。

团长的随行者

跟孙团长一起走过来的那几个军人,个个都有绿林气。

和孙团长并排走在一起的那位,看上去年龄比孙团长大很多,差不多快五十岁了。他的脸上一团和气。但这和气的面貌当中暗藏着杀气和韬略。他走路很沉稳,一副炸弹崩于侧而心不惊,并且淡定老练的架势。他的脸上挂着从容的微笑。

柳凤祥小声介绍:"这位是何副团长,四川人。"

何副团长的身后走着团参谋长。这个参谋长瘦高个子,走路时身子笔挺。他的面部表情有点僵硬。

柳凤祥小声说："这位是麻参谋长，他是我的老乡。他可不一般。1964年大比武时，他已是排长了。他的军事技术在我们全团数第一。"

所有人都穿着棉袄，腰间挂着短枪，只有政治处主任不仅穿着棉袄，还在棉袄外面披了一件羊皮军大衣，他的腰间没有扎腰带也没有挂短枪。他的脸色带点倦容；但是眼光机敏、深沉。

柳凤祥说："他是政治处主任。"

后面依次是后勤处处长、作训股股长、军务股股长、军务参谋，等等。

这中间数作训股股长最醒目。作训股股长脚有点跛，据说是手枪走火，子弹把脚背打了。他姓谢，有一张隐忍的酱黄色面孔。这隐忍大概率是因为他自己的脚，他走路时脚疼，所以他暗暗地紧咬着牙关。

这群人，除了团长戴着黑边圆环茶镜外，何副团长、麻参谋长、政治处主任、后勤处处长都没戴眼镜，剩下的几个股长和参谋全都戴着墨镜。在帕米尔，下雪天军人戴墨镜都属于规范配置。除了何副团长外，其余六七个人，都像孙团长那样，手上都戴着雪白的手套，白色手套好像是的确良面料，谈不上保暖，但是洁白、耀眼、提神，颇显浪漫。

他们从容不迫、威风凛凛、气势满满地走过来，走出一副绿林好汉的韵味。这股韵味很特别，透出无人可敌的气概。大致意思是：各位老少爷们，边关交在我们手上，就请各位放心吧！你们尽管去生产、生活、玩儿……哥儿姐儿尽管放心恋爱，晚上安然入睡……还有你们这伙刚入伍的小兄弟们，边防军这个名头，不是一般军人可比的，你们一定要珍惜这个荣誉！

这就是"范儿"吧？这就是气场吧？

他们就这样带着一股豪气走来，大有鹰隼在山顶翱翔的气势。

我们第十五新兵连的连长和指导员争相把双手伸向孙团长和何副团长。

孙团长握住连长的手微笑了。何副团长也握住我们抢饭队队长——张指导员的手微笑了。政治处主任也在旁边微笑了，还点了点头。

我作为抢饭队一号队员，也捎带地感到了光荣。

我们开始齐步走了。何副团长高举起双手带头鼓掌。路边，欢迎我们的老兵都哗哗鼓掌。锣鼓声更加热烈地响起来。

我一回头：怎么柳凤祥就不见了呢？

团直新兵连一班

没有客套，也没有人讲话，据说是因为我们长途行军太累了，军务股股长和军务参谋把名册拿出来，直接就在广场上点名分兵。

在新兵队列四周，站着各个集训连来的集训班长，每点齐一个班的人，这个班的班长就把他这个班的人集中带走。他们说："过来，跟我走。"我们这些新兵就像听话的羊，一群人乖乖地被他们带走。我被分在团部直属新兵集训连第一班，班长叫李永明，是个小个子，他说："团直新兵连一班的，都跟我走！"

柳凤祥怎么就不见了？他是我上昆仑山的引路人。

因为高原反应，我有点晕乎。一刻钟后，来到一片戈壁滩。这片戈壁滩在一道高坎下面。这里有两排平房面对面而建。两排平房每一排都有十几个房间。每个房间安排住一个新兵班。这两排房中间，隔着半个足球场那么大的一个场地。场地覆盖着雪，还没来得及平整，中间有几个乱石堆。场地边上，戈壁滩白茫茫一片。

这两排新建的平房是白色墙壁，有双层玻璃的窗户。我们第一班住西边那排房南头第一间。屋子里是混凝土地面，已经用高脚条凳支起了一溜通铺的床板。

李永明四川口音很重，他说："这个地方，是刚建好的团部招待所，还没有启用，就先给我们团直新兵连用了。我叫李永明，是四川人，我知道你们的家乡，你们的家乡离我们的家乡很近。你们爱吃大米饭，是不是？"

他吩咐我们自己倒热水洗脸，转身跑出去了。

我们这个班，总共十一名新兵，除了邝广勤和他的一名同村老乡，大部分人我都不认识。邝广勤咧着嘴朝我笑。

李永明端着一盆大米饭回宿舍来了，他把米饭放在桌子上，说："我知道你们爱吃大米饭。"转身又跑了。

一会儿，他又用一个大茶盘端来好几样菜。有炒鸡蛋、炒粉丝、洋葱炒大肉、胡萝卜烧羊肉。

他说："大家围过来吃饭。你们都饿坏了吧？新疆人把洋葱叫皮牙子，这道菜叫皮牙子炒肉，你们尝尝味道如何？"

李永明热情似火，让人感觉很温暖。

方　杰

一个瘦高的新兵站在我的身边，他虽然瘦却挺拔，浅栗色的面孔，五官端正；剑眉，黝黑闪亮的眼睛；高鼻梁，薄嘴唇，嘴不大，下巴有点尖，说话时露出一口细密洁白的牙齿。他说普通话，东北口音很重。他相貌英俊，似曾相识，少年英雄的韵味十足，明明白白的一位青年男子！

他问我："你是知青？"

我说："是的。"

他说："我也是知青，我叫方杰。"

吃罢饭，开始铺床，我的铺位自然和方杰的铺位挨在一起。

李永明指导我们铺床叠被，说："从今天起，每天都要把床整理好，把被子叠整齐，被子要叠得见棱见角，连里每天都要检查评比内务。"

叠好被子后，他说："你们可以自由活动一会儿，过一会儿回来开班务会。"

我和方杰走到室外，互相递烟。我们抽着烟，朝院子边走去，只见白茫茫的大戈壁在暮色中起伏。

方杰说："来了不少知青兵呢。"他转身看院子对面那排房，只见一些新兵在那里进进出出。他说："那边有知青呢，我们要不要过去走动走动？"

我说："好啊。"

我们在对面果然找见了知青兵。方杰找到了同学乔鹏。我们在一起也不过相互敬一支烟罢了。男人嘛，敬一支烟就算是有了交情。

有两个知青兵在远处望我们，我觉得他俩有些眼熟，我记起，在家乡见过他俩在一次文艺晚会上表演过相声。

他俩朝我们走过来了。一个说："我叫寒冬。"他长着一张活泼喜气的脸。另一个说："我叫华亚平。"我觉得他俩的名字都比较文艺。

华亚平对我说："看你面熟，你是不是叫萧青？"

我们相互递一支烟，相互递一支烟就有了交情。

方杰说："以后大家多联系。"

华亚平吐了一个烟圈。

连续十二天行军，太疲劳了。乔鹏说："太累了，我想回去睡觉。"华亚平说："还要开班务会呢。"我说："对，还要开班务会呢。"于是方杰说："再见。"寒冬扮个鬼脸也说："再见。"

然而，第二天一大早，我和方杰的命运发生了变化。

第六章

住羊圈的兵

柳 显 忠

一大早，李永明去了一趟团直新兵连的连部，他匆匆回来，对我和方杰说："你们两人赶快把背包捆好，把行李拿上，跟我走。"

方杰说："有什么事？"

李永明也不回答。他拿出一个笔记本，在扉页上写好赠言，对方杰说："这个笔记本送给你。"

他从自己身上掏出一张半身照，对我说："这张照片送给你，留个纪念。"并在照片背面写上了自己的名字。

我问："有什么事吗？"

他欲言又止。不过他最后还是说："昨天晚上，第一边防营和第二边防营抗议，说知青兵都留在团直部队了，他们要挑几个知青兵过去。两个边防营一共挑走了八个知青兵，一个营四个，方杰被第一边防营挑去了，你被挑去第二边防营。"

于是，我和方杰相互对望着，我们彼此用力握住对方的手。

方杰说："命运啊！"

最先来接人的是第一边防营新兵集训连的干部，他们开来了一辆卡车，方杰等四人被接走了。他们到塔合曼集训队，参加第一边防营新兵集训。

其实，听说去边防营，我心里挺高兴，既然到边关来了，索性就去边防一线。

来接我们其他人的是第二边防营新兵集训连的指导员，名叫柳显忠。他二十七八岁，相貌端正，言语温和。他中等身材，稍稍有一点发福，总体上身材匀称。他探头探脑走进团直新兵集训连连部，进门就呵呵笑。

他问了我们的名字。

他是河北承德人，普通话标准。

他又问了一次我的名字，确定后，伸手拿走我的背包，夹在胳膊下，笑呵呵地说："你们都跟我走吧。"看来，他对挑选到手的四名知青兵，较为满意。

我们又回到团部俱乐部大礼堂前面的广场，沿着东边一条南北向的路往北走。左边是团部机关。这是一长溜高高大大的平房，房前房后各有一排白杨树。白杨树的叶子都掉光了。在这一溜办公房后面，有几排相对比较矮的平房，这是边防团营职以上干部的随军家属院，院子里静悄悄，偶尔有干部家属在自己家门口向外探头张望。

紧挨这个家属院，路左边，有一间挂棉门帘的屋子，门口写着"理发室"三个字。路右边，有一幢坐东朝西，和理发室隔路相对的军人服务部。此后，在两个半月的新兵集训时间里，我每天都要从这个军人服务部和理发室门前经过。

柳显忠说："我们二营新兵集训连就在前面那个院子里。"

羊　圈

　　二营新兵连在一所老旧的院子里，位置偏僻，房屋破旧。这里原是后勤处养羊的地方，分前院后院。前院有三幢房，供管理人员住。后院是圈羊的地方，是一片低洼地。

　　前院除了大门是正门外，东边院墙有一道侧门。从侧门出去，就到边防团营区外面了，一条不足五十米长的小路，和外面的公路连接。这里，正是我们前天从喀什一路奔波过来，在黄昏时下车后，列队走过的那个地段。

　　边防团后勤处每年夏天把活羊买回来，圈养在这里，陆续宰杀，然后把羊肉分送到各个哨卡连队和团直分队，剩下的入库。在这个过程中，羊群每日从前院的侧门赶出去，放牧到河滩草地吃草，有小羊羔产下来，就养它们长大。

　　从前院到后院，院墙上原来有一道门，可能是被羊群进出时撞坏了，现在是一道豁口。从这个豁口进去，后院圈羊的洼地有篮球场那么大，洼地对面是一排泥巴和石头垒砌的低矮的接羔房。小羊羔快要出生时，把母羊关在接羔房里。小羊羔出生后和母羊关在一起，防备严寒天气把小羊羔冻死。

　　现在，冬宰已经过了。活羊大部分都被宰杀了。留下的十几只羊，圈养在前院西南角，那里有一片三角地带，被一圈齐胸高的墙围起来，那里是宰杀活羊的地方。

　　管理人员只剩下一个临时牧工，她是一个漂亮的三十岁光景的塔吉克女人，她不在这里住，只是每天白天过来看看那十几只羊，给它们喂干草。

　　前院的三幢房，每幢房有两个房间。靠北的那幢房，里面两间房分别做了连部和炊事班宿舍兼库房；另外两幢房子的四个房间，安排了四个新兵班，除了一班、二班、三班外，第四班是个维吾尔族班，班长和新兵全都是维吾尔族巴郎子（维吾尔语，"小伙子"的意思）。

剩下五、六、七这三个班，被安置在后院洼地的接羔房里。

我们四个从团直新兵连过来的知青兵，分别编入四个新兵班，我被安排在第七班。

柳显忠带我们进连部时，我看见连部门外立着一把从我们家乡带过来的竹梢大扫把。我心中一闪念：柳凤祥是不是到这里来过呢？

走进连部，七班长燕宝龙已经在那里等着接我了。他坐在凳子上，抽着莫合烟。

柳显忠对我说："这是七班长，他叫燕宝龙，你跟他到七班去吧。"

七班长收好自己的莫合烟袋，帮我提背包，在前面走。我提着帆布提包跟在他后面。

从连部出来，穿过前院到后院的豁口，只见后院东南角堆着一大堆焦炭，西北角堆着一大堆烧火的烟煤，西南角高墙下面，堆着一大堆没有运走的羊屎。洼地偏西有一个临时垒砌的露天大灶台，灶是马蹄形回风灶，安装了高高的铁皮烟筒，旁边支着案子，案子旁边有一个汽油桶改装的大水缸，这里是炊事班的露天厨房。帕米尔高原几乎不下雨，厨房安置在露天地里用不着担心。下雪天，炊事员在飘舞的飞雪下面做饭，是一种别样风景。

那排低矮的接羔房，外观丑陋，打眼看不像住人的地方；门洞低矮，原来安装有栅栏门，现在把栅栏门拆了，只挂了一道厚厚的棉门帘。

我们第七班住在东北角第一间，燕宝龙掀起棉门帘进屋时，下意识地低了低头，我提着帆布提包随着他低头钻进屋子。屋子里黑洞洞的，走进去就闻到一股羊的屎尿味。

燕 宝 龙

这间狭小的屋子光线昏暗。里面竟然有一道隔墙，把屋子隔成两个小半间。两张通铺，占了屋内十分之七的面积。外面这半间屋，靠墙边放着一个烧焦炭的火炉子。里边那半间，泥巴墙上有一个脸盆大小的墙洞，墙洞里支着两截干树棍当窗户。窗户下靠墙角那里，支了一张钢丝床，那是班长燕宝龙的床。紧挨着燕宝龙的床尾，有一张简易桌子，上面放着一盏柴油灯，还有一个盛菜的大茶盘和盛饭的饭盆。

屋里虽然经过打扫，但是墙角还有羊屎。原有十名新兵，加上我共十一人。我被安排到里面那半间屋，分配到差不多八十厘米宽的铺位。

燕宝龙说："大家挤一挤，将就将就。"

到了晚上，差不多都是侧着身子睡觉。

燕宝龙是河北人，二十三四岁的年龄。他黑红脸膛，有一双和他的年龄不太相称的平静的眼睛。单看这双眼睛，你会觉得他已经有了丰富的人生阅历。他性格沉稳，说话不急不慢，属于泰山崩于侧而面无惊恐之色的那种人。他不像别的班长，说话一副命令人的口气，他总是用商量的语气和人说话，并且话语不多。

他看我盯着那个用铁皮罐头盒改装的柴油灯看，就说："前院的四个班都有电灯，我们啊，只能点柴油灯。"

这种柴油灯的灯嘴儿做得又扁又宽，扁扁的灯芯剪成弧形。大白天，屋里光线太暗了。燕宝龙划一根火柴，把柴油灯点燃，灯芯冒出扇形的火苗，把屋子照得亮堂了。

这团火苗上看不见黑烟。我很稀奇。

燕宝龙说："别看它不见冒黑烟，一会儿屋子里就烟雾沉沉。"于是他一口气把油灯吹灭了。

屋子小，里面自然暖和，然而炉火的烟熏味很重。

在团部直属新兵连，班长李永明热情似火。而燕宝龙平静、沉稳，他总是坐在床边默默地抽烟，想心思。他把心思想好了，抽一口烟，把心思和烟咽进肚子里，觉得意见成熟了，这才开口把烟雾吐出来，发布指令。

他说："这几天外面冷，连里安排我们在室内学习。我们要学习《内务条令》；不过，每天早晨还是要早起跑操，锻炼你们对高原的适应能力。"

他说："这里离县城不远，大家不要乱跑，不到星期天不准到县城去；星期天去县城要请假，不准擅自行动。"

他想了想又说："在我们集训连大门外，理发室前面是团部的家属院，那个家属院你们谁都不准去，如果在路上碰见有干部的家属路过，也不可盯着人家看；记住：这是纪律。"

我们坐在床沿边，燕宝龙指定一人念《内务条令》，包含"军人职责"呀，"官兵关系"呀，"军队内部的礼节"呀，"军人着装要求"呀，等等。总之，规矩多得很。

到开饭的时间了，燕宝龙坐在床沿边不动，他说："去两个人，一个人拿盆，一个人拿茶盘，打饭菜去。"

他连眼皮也不抬，就看你们谁积极谁不积极。

龙 班 长

露天灶台边，站着三个炊事员。炊事班班长姓龙，他是1973年入伍的兵，今年当兵第四年，是老兵了。他今年已经申请退伍，却没有被批准，于是，他要求到新兵集训连来服务，这样，他就可以在团部和县城转转，消化一下他没有被批准退伍的郁闷。他做饭的手艺不差，却是个捣蛋鬼！

他大头大脸，脸颊肉厚。由于常年在室内工作，很少被风霜侵蚀，因此脸色红润。他大鼻子，厚嘴唇，一双稍稍鼓起的双眼皮大眼睛。

他手拿着铁勺乐呵呵地笑，突然就翻脸，鼓起眼睛怒视人。他是那么恣意，一副把谁都不放在眼里的神情。这很正常，在第二边防营新兵集训连，集训班班长全是1975年入伍的兵，而他是1973年入伍的兵，他是老资格了。两年军龄，那可不是一个小差别！

燕宝龙让我们自己去打饭是有他的考虑的。

开饭的时间到了，龙班长不急于开饭，他手拿铁勺，先要给前来打饭的人训话。他用铁勺指点大家，说："你们这些新兵蛋子，别稀稀拉拉的！"

他说："排好队！"接着喊："立正！"然后喊："稍息！"然后又是"立正"和"稍息"。他把这些打饭的新兵指挥一番，扬扬得意。

他好像要给大家做一番长篇讲话，一副准备做形势报告的样子；但又不知道该从何说起。

我想："不就打个饭嘛，有这个必要吗？"

他夸张地把玩铁勺，乐在其中。打饭时，愿意给你多打就多打，愿意少打就少打；如果他不高兴，会强制你把已经打好的饭再倒回锅里。

他喊："回来，回来！回来！"把已经端着饭菜走开的新兵叫回来。

他甚至揪住耳朵把你扯回来，说："把饭菜倒回去！"

他甚至要求前来打饭的新兵"承恩"——打饭时先要对他笑一笑。他说："笑一个，把嘴咧开，干吗愁眉苦脸？"

龙班长的这一番操作让我开眼。入伍后，一路行军奉命抢饭已在我的想象之外了，现在吹哨子吃饭，竟遇到这样的事情！

第一次打饭回来，我有点不悦。

燕宝龙对这些视而不见，佯装不知。他是有韬略，你想想，龙班长比他的军龄还要长两年，如果让他去指点龙班长，两人怼上了，那多尴尬？

那天，一个战士没有吃饱，自己到灶台锅里添了一碗饭，这恰好被龙班长看见了，他上前揪住那个新兵的耳朵，强令他把饭再倒回锅里。

我听见那个新兵被扯着耳朵"哎哟哎哟"叫，定睛一看，这不是那个在阿克苏河边哭泣的何童娃吗？

我于是盯着龙班长怒目而视。龙班长却得意地朝我笑笑，还故意朝我眨眼。

这个龙班长，胡闹时，居然在菜里面放羊屎！一次，用豆豉炒菜，他说这豆豉和羊屎差不离，就用锅铲在旁边的羊屎堆里挑了一点羊屎，混在正在炒豆豉的锅里。

他在放羊屎前，先给连部打出来一盘菜，再给炊事班自己打出来一盘菜，然后才把羊屎放进锅。他看我盯着他看，朝我扮个鬼脸。

回到宿舍，我对燕宝龙说："龙班长，他居然给锅里放羊屎！他给我们吃羊屎！"

燕宝龙听罢吸了一口烟，把烟咽进肚里，又徐徐吐出来，说："他啊，老兵了，想退伍，连里的干部都管不了他。"

难道我只有怒目而视的份了？我心里窝着一股闷气。

夜里，新兵轮流站哨，轮到我站哨是一个后半夜。黑暗里，我背着枪在院子里转悠，突然看见灶台边有一个黑影，我知道这是早起的炊事员准备做早饭。走过去看，意外地发现是龙班长，他正在盆中冷水里洗笼屉准备做馒头。

他埋头洗笼屉，没有白天的恣意了。

我说："龙班长，怎么是你啊？"

他抬头说："是啊；让他们睡吧，他们年青，瞌睡多。"

我说："这水冰啊！"

他说："冰？冰也得把笼屉洗干净。"

我似乎看见他在黑暗中又朝我眨眼睛。

不再是那个捣蛋的面孔了，我感觉到他在黑暗中的老成和持重，我似乎悟出一点部队舍不得让他退伍的原因了。

第七章
军中之花传奇

燕宝龙心里秀

二营新兵集训连的连长于茂堂是河南人，体形健硕，腰杆挺直，身板结实。眉骨稍稍突起，短眉毛挑起，小眼睛聚光，有神；鼻头多肉，脸颊和下巴颏也多肉，但没赘肉；厚嘴唇发紫，下嘴唇有点外翻。他喜欢板着脸虎视你，但也会出其不意地绽出笑容。

天还没亮，我们成两列纵队，跟着于茂堂跑步出前院侧门。这是我们第一次跑早操。院子外面黑咕隆咚，地上积雪很深。上了公路，我们踏着积雪里汽车轧出来的车辙往前跑。我和燕宝龙跑在一起。

不过十几分钟，我们就被于茂堂远远地甩在后边了。我感到胸口憋闷，好像有一只手压在胸口上。我们这些新兵，有的早已蹲在路边，有的站在路边弯腰哇哇大吐。于茂堂差不多把我们甩出五百米远，这才在路边站住。

他让我们看到了我们这些新兵和老兵之间的差距。不等大家都跟上来，就大喊一声："解散！各班自由活动！"

此时，东方有了曙色。

我跟着燕宝龙往回走，来到一面驼色的山坡下。燕宝龙漫不经心地说："这是石头城。"

这是我第二次听人说石头城。第一次是柳凤祥，当时，我们在汽车上，当他喊"石头城"时，我看见荒凉空旷的高原上，雪峰背景前有一面山坡，却看不见什么石头。我对石头城没有印象。

现在，燕宝龙又跟我说起石头城，我顺着他的目光抬头往上看，心想：这不就是一面黄土坡嘛！

燕宝龙看我疑惑，于是说："这上面是一座古城。当年解放帕米尔时，打下它可不容易。"

我想问个究竟，然而燕宝龙却说："走吧。"他吊足了我的胃口。

往前走，又看见公路边低矮的泥石小屋了。我这才看出来：这里正是我们从喀什过来那天下车的地方。

到集训连前院侧门外边了，燕宝龙说："这边上有一口井。"

路边五米处果然有一口井。井口周围地上全是冰。我走近看，井沿里挂着冰锥和冰吊子。井不深，水面离井口有两米。好神奇呀！这么寒冷的地方，四周都是冰，这里却有一口井没有上冻。难怪后勤处的羊圈选址在这里。

此时，天亮了。晨光下，雪野茫茫。

燕宝龙手指东方，说："前面离我们五百米远，是塔什库尔干河；它现在被冻住了，河上的冰有一米厚。"

在这样的地方，居然有一口井没有上冻。

我想：别看燕宝龙看起来不太爱说话，其实他心里挺内秀。他的一双眼睛喜欢观察，他的心喜欢品味。

蹇戚军

中午刚吃罢饭，有人说外面有人找我。

站在后院到前院的豁口，就看见付川和一名新兵在前院往我这边望。这人从气质上看就是一名知青兵。他器宇不凡，眼神却明显是收敛的。看起来年龄和我相仿，实际却比我小两岁，只不过神态稳重，是那种能够把持自己情绪的人。他的身架很好：高个子，肩宽，腰细，窄臀，身姿挺拔。他相貌堂堂：淡眉，眉骨厚重，眉宇间有聪慧之气；眼睛看上去温和却目光锐利；鼻子挺拔，鼻头稍显肥厚，血色和肉色都丰厚的嘴唇；厚重的下巴使他的面貌有可靠的依托。

老同学付川，那时也是一个英姿勃发的青年，在处世上相当成熟。中上身材，国字型脸，剑眉微微上挑，黑白分明的眼睛明亮。目光热情、沉稳、不失机敏；鼻梁高挺，嘴角总是带着微笑……打眼看忠厚，实际上壮怀激烈，不甘平庸，内心有不俗的追求。

付川看我走过来，说："我到团直新兵连找你，他们说你调到二营了。"接着说："这位叫蹇戚军，和我一起分在步兵连了，他也是知青。"

蹇戚军伸手和我握手。

我握着蹇戚军的手说："奇军？"

蹇戚军看着我笑了，说："戚继光的戚。"

我说："哦，不怕倭寇，自然也不怕敌军了。"

蹇戚军说："哪里哪里。"

我们这一批新兵，就数步兵连的新兵特殊。步兵连是边防团满员且稍有加强的连队，是一支机动性很强的连队。团部直属分队别的连队的新兵，都统一集中在团部招待所的新兵集训连集训，只有步兵连在自己的连队单独集训。他们住的是和老兵宿舍一样的正规宿舍。

塞戚军说："我们到军人服务部来转转，他们说边防二营的新兵连就在旁边。"

付川说："你和我们一起去转转吧？"

我说："好啊。"

塞戚军起步前，先挺一挺胸脯，十足的军人姿态。看来，他和我一样，对边防部队的生活怀有一种崇敬之情。

付川就比我俩老练多了，沉稳得好像一个老兵一样。

付川说："走吧。"那模样完全像是走在自己的家乡，像走在自己插队的那个村子里。

海 棠 花

出了二营新兵集训连大门，往前走几十步，左边就是军人服务部。

掀开军人服务部的棉门帘，里面是一道木门，木门敞开着。横着的一道玻璃柜台里面摆放着牙膏、牙刷、手电筒、电池、手绢、肥皂、香皂、香烟、火柴、指甲刀等日常小用品；柜台里面靠墙有一排货架，货架上有暖水瓶、洗脸盆、洗脸毛巾、搪瓷碗、水杯、成沓的信纸、蓝墨水，还有彩色纸张、毛线、绸布、丝巾、尼龙袜子、纽扣、针头线脑，等等。

这个军人服务部不光为军人服务，也为家属院的那些军人家属服务。

整个军人服务部只有一名服务员。据说是上海来的插队女知青，姓唐，嫁给边防团一名干部了，因此被安排在军人服务部工作。大家叫她小唐。因为是上海人，有人私下里叫她海棠花，取"上海小唐"四个字里"海唐"两个字的谐音。

上海姑娘，天生会打扮。她二十四五岁光景，圆脸，相貌姣好，弯弯的细眉做过修眉；眼珠像乌亮的梅子；鼻子和嘴都摆放得恰到好处；整个相貌看上去端庄而清丽；又有婀娜的身姿，明显是一个美人坯子。可惜，她脸色苍白，嘴唇没有血色，要紧的是，看见我们这些军人走进来，她那苍白的脸色暗下来，露出青黄，眼神充满警惕。

她警惕地看着我们，还有点怒气冲冲。她是我们一路走来，在帕米尔高原看到的第一位汉族女青年。

蹇戚军买了一包香烟，付川也买了一包香烟，我买了一个必要的指甲剪刀后，就说："我们走吧。"

我们从另外一个门口掀开棉门帘走了出去。

我想：这小唐虽然暗地里被人叫海棠花，我怎么觉得她像一朵寒风中的蜡梅。

出了门，我一抬眼，看见了一双虎视眈眈的眼睛。

这是一双女人的眼睛，只见她目不转睛地盯着军人服务部的门口看，她的嘴巴张开成一个小喇叭形状，骂了一声："骚货！"

这个女人坐在一个高凳子上，在她的背后，正是那个理发室。门口写着"理发室"三个大字。

我看了她一眼，看得出来她对我们并没有敌意。

那眼睛依然紧紧地盯着军人服务部的门口，原来她是在盯着海棠花呀！

我说："我们赶快走吧。"

沙枣花

我到步兵连去认了认门，转回来，路上碰见何童娃。

何童娃说："前面两个女人在吵架呢。"

我问："是谁？"

他说："一个海棠花，还有一个是沙枣花。"

我问："沙枣花是谁？"

他说："就是那个女理发员。"

此时，沙枣花已在理发室门口从台阶上的凳子上站起来走到路中间了。她大声骂："骚货！"

海棠花从军人服务部冲出来，骂道："你才是骚货呢！"

这沙枣花三十岁左右模样，高个子，健康而精力充沛，有一副好体格。

她居然和海棠花扭打在一起了。

我想起燕宝龙的话："别盯着人家的家属看，这是纪律。"于是我对何童娃说："我们赶快走吧。"

说时迟那时快，沙枣花一伸手就把过路的何童娃给捉住了，说："快去快去，到骚货那里去！"边说边把何童娃往海棠花怀里推。

我想：她俩怎么这么生猛啊？何童娃面红耳赤，被两个女人推来推去。

我回去对燕宝龙说起这段经历。别的新兵都哈哈大笑。那个名叫林汉的新兵说："你才遇到啊？我们都经历过了。那个沙枣花手上好有劲哟！隔着棉袄，把我的胳膊都抓疼了。"说着卷袖子，让我们看他胳膊上的那一块青斑。

燕宝龙平静地抽一口烟，慢悠悠地说："你们说的是沙枣花呀。"

他郑重地说："我们边防团，原来只有她一个女军工的编制。她在团部理发室工作，而我们这些军人，都是自己理发，像我们新兵连，好几个班长都会理发，都是把理发推子借回来理发，没有人到理发室去。团部那些干部，包括团长，都是让警卫员给自己理发，能到沙枣花这个理发室去的，只有家属院那些小孩子。因此，沙枣花那里就比较冷清。"

他把烟头灭掉，继续说："自从海棠花来到军人服务部，一到星期天就红红火火。这边红红火火，那边冷冷清清，于是，沙枣花的心里就失去了平衡。我告诉你们，你们都不要去看她们吵架，尤其是对沙枣花，更是要保持尊重。因为，她比我们团长和政委的资格都还要老，她是我们团的传奇。"

我问："为什么我们这个边防团过去只有沙枣花一个女人带编制呢？"

燕宝龙重新点燃一根烟。

沙枣花的传奇人生

燕宝龙说："沙枣花，过去我们边防团的人都叫她军中之花。她是名副其实的军中之花。"

我说："军中之花，好浪漫的名字！"

于是，燕宝龙给我们讲了下面这个故事。

1950年，解放军开进新疆。我们这个团的老团长，带领一支部队进军到南疆，路过沙漠时，听见路边沙枣林里有小孩子的哭声。老团长骑马走近，看见了一个小孩子。这是一个汉族女孩，两岁多，被人遗弃了，是个孤女。我们老团长下马，把她抱起来。这个汉族孤女，就这样被老团长收留了。从此，老团长带着她在马鞍上长大，一直到后来把她带上了帕米尔高原。

这女孩无名无姓，因为是在沙漠边沙枣林里捡到的，老团长便给她取名叫沙枣。这女孩小时候长得很漂亮，又聪明活泼，于是大家都叫她沙枣花。

然而没过多久，老团长被调走了，他要去朝鲜战场了。老团长走时，把沙枣这小姑娘留在了团部。老团长说："同志们记住：沙枣这孩子，我们这个团养了。我们一个团，养一个小孩子养得起，我走后，不管是谁在这里当团长，沙枣都是我们这个团的人。大家把我的话往下传，各位切记。"不料，老团长一去，再也没有回来，据说是牺牲了。

铁打的营盘流水的兵，我们这个团一茬茬换人，沙枣这小姑娘被一茬一茬的军人养大。她当时是我们这个团唯一的女性，大家都叫她军中之花。不知有多少军人来了又走了，只有沙枣成了我们这个边防团的主人。

沙枣成年后，边防团为解决她就业，专门成立了一个军人理发室，解决了她的工作，占了我们后勤军工的一个编制。其实，谁都知道，军人们都是自己理发，沙枣在理发室等于没有事情做，只有家属院的小孩子偶尔过来理一次头。

本来，这样也就过去了，沙枣还是我们团的军中之花；偏偏这个时候，小唐这个上海女知青来了，后勤成立了军人服务部，小唐被安排在军人服务部工作。小唐爱打扮，也会打扮，而且每到星期天，军人们都往军人服务部走，小唐这边红红火火。更可气的是：小唐居然被人叫作海棠花！在我们边防团，谁都知道，只有一朵军中之花叫沙枣花，怎么又出来了一朵海棠花呢？

听说，后勤处也曾想把沙枣花调到军人服务部，和海棠花一起工作。但是，海棠花和沙枣花搞不到一起。她们之间，就这样时不时地发生冲突。

燕宝龙说："你们都记住：她们吵架，随便她们吵去；只是你们以后走路长点眼睛，对于沙枣花和海棠花，切记都要尊重她们；就算我们这些老兵，也都很尊重她们。她们这些女同志，比我们还要不容易。我要像我们当年的老团长一样对大家说一声：各位切记。"

第八章

小 县 城

结识楚建和莫默

星期天，燕宝龙安排我们进县城。他说："县城叫塔什库尔干，离这里很近，抽一支烟的工夫就到了。你们一次去两到三人，时间掌握在一个半小时之内。"

我昨天就约了付川和蹇戚军，等他们过来找我一起去。

已经有军人踏上去县城的路了。这条路从一处高坡下的洼地经过。军人们三三两两，结伴前往。

前面横着一道高坎，坎上有个豁口，从这豁口爬上去，是一段不足五十米的上坡，坡上面有一段不足二十米长的夹道。从这个夹道出去，就站在塔什库尔干县城的街道边上了。

我和付川、蹇戚军走过洼地。在我们身后，有两个新兵和我打招呼，其中一个直呼我的名字。那个喊我名字的，中等身材，五官端正，稍微带一点孩子气。他说："我叫楚建，我认识你，我们是同校同学，我比你低一级。你可能不认识我。"

在他身边，是一个相貌俊朗且显机敏的青年。年龄可能比我小一点，但面相神态都透露出成熟；穿上军装后，更显得英姿勃发。

楚建向我介绍他："这一位也和我们是同学，他叫莫默，在学校和我同班。他也认识你。"

莫默用一种很了解我的口气说："你是来体验生活的吧？我知道，你搞创作。作品嘛，源于生活，又要高于生活。"

他的话使我变得无遮无掩，好像一下子被人扒了皮。我羞愧不已，也尴尬不已。

于是我赶紧说："你们去干什么？我们去寄信。"

楚建说："彼此彼此。"

后面又有人上来了，大声和莫默打招呼。

这不是寒冬和华亚平嘛。原来，莫默也喜欢文艺，他和寒冬、华亚平一样喜欢演出。莫默多才多艺，口才好；他还有打篮球的特长。他的弹跳力很强，跳起来，能给比他高一头的球员来一个漂亮的盖帽。

莫默说："华亚平，你也是去寄信吧？"他又提高嗓门说："你们知道吧，别人寄的是信，华亚平寄的是情书！他一路上每天给女朋友写一封情书，就是没有机会寄出去，你们看，他手上拿的是包裹啊！"

华亚平立马也被扒掉了皮，露出尴尬。但是，华亚平很快镇定住自己，那一双明亮的、颇带水色的眼睛大放异彩了，好像他的女朋友就站在他面前了，对他充满了深情。

于是他勇敢地说："没错，我寄的就是情书！"

这就使得莫默的"突刺一枪"落空了。

然而，莫默还留有后手呢，大声说："你们知道华亚平的女朋友叫什么名字吧？"

蹇戚军说："好了好了，快走吧，只给了一个半小时的时间。"

我们这一群人站在街道旁边了。

好小的一个县城啊！只有一条街道。这条东西走向的街道大约六百米长、二十米宽，是一条沙土路。街上几乎看不见老百姓。平时应该是很寂寥的。路两边，沿街各有一排白杨树，枝头光秃秃的。树下各有一条从雪山那边引过来的小沟渠，眼下，小沟渠结冰了，大头皮鞋踩踏上去"咔嚓"一声响。

现在，这个小县城的街道上几乎全是新兵，大都是来寄信的，顺便观赏一下小县城的容貌。

县 邮 局

出夹道口往左拐，第一家就是县邮局。上两级台阶，台阶上有一个门面，是双开门，门口挂着棉门帘。撩起棉门帘，里面是两间屋子的进深。门口全是新兵进进出出。

信早就写好了，在边防团军人服务部能买到信纸，现在，就是到邮局来买信封和邮票，找糨糊。写好信封，装好信，再贴上邮票，这就把一颗心装在信封里面了。有写给父母的，有写给情人的，也有写给朋友的，全都交给邮局的女服务员，麻烦她给寄出去。军人们一到县城，首先往邮局走，这里连接着四面八方，军人的心都搁在这里。

门里前厅，左右两侧各有一排柜台，左侧柜台里是一个身穿民族服装的塔吉克女子，她那里冷冷清清。右侧柜台里是一个汉族女服务员，这个汉族女服务员姓魏，她的模样很像小唐。她也是一名上海来的插队知青，嫁给边防团的一名干部了，安排工作时被安排在县邮局。在县城这条街上，她是我见过的唯——名汉族女服务员。

军人们都往小魏的柜台前靠，她的柜台前挤了一堆人。上海姑娘就是会打扮。眉是修过的，眼睛波光荡漾；个子比小唐高一点，身姿妖娆；不过，她却像小唐一样，板着面孔，发青的冷脸不太理睬人。

华亚平还没有挤到她跟前，就大声用普通话说："请问，请问包裹怎么寄？"

那个小魏，麻利地朝他翻了一个白眼。一道冷眼的光芒像刀锋一样划过。华亚平立马以德报怨，给她还回去一个笑脸。

可惜小魏并没有被他感动。

寒冬说："华亚平，你不要在那里自作多情了。咱们往那个漂亮的塔吉克女服务员那里走，我尝试看能不能用手势和她交流！"

我和付川还有蹇戚军在那里耐心等待，我终于把一封写给父母的信寄走了。我告诉他们：我现在到了塔什库尔干这个地方，部队的生活很好，天天都有罐头吃。我都给吃胖了。

吃胖了就是一个幸福的标志。

我们三个人寄完信，心里面阳光灿烂。出了邮局的门，蹇戚军说了一句怪怪的话。他说："你们知道吗，我离开家时，人家有些年轻人正在打捷克式家具。"

我想说"燕雀安知鸿鹄之志"，但是又想："这话太矫情。"

正在这时，步兵连的一个班长走过来了，他正在看手表，给大家计时间。

蹇戚军"呱唧"就是一个军礼。

这个班长受宠若惊。抬眼笑着说："免了，免了。"

民族商店

楚建、莫默、寒冬、华亚平，走得不见了。

县邮局边上是民族商店，它有四间门面，里面全都是少数民族服务员。一个塔吉克族男子，像汉族人一样穿制服，他专门负责销售布匹。柜台上，摆放着黑色条绒，搁着一把剪刀和一卷卷尺。他身后的货架上，放有华达呢、的确良、普通棉布。

他身边是一个四十多岁的维吾尔族女服务员，属于大妈级别。她的身体有点胖，但是她神态大方，表情愉悦，喜气洋洋，大眼睛骨碌碌转，对着我们这些军人绽开笑颜。在她的面前，柜台上放着五颜六色的丝巾；而在她的背后，货架上是各种颜色的丝绸、缎面、毛线、丝织小花帽、尼龙袜子、羊皮乔洛克（皮靴）等等。

付川说："这里的毛线绝对是纯毛的，不会是混纺。"付川的生活常识比我多。

进了商店，我们一般先都在这两个中年服务员面前晃悠一下，问一问丝绸、毛线的价格，眼睛却瞟视前面的一个美人，往那个美人站立的柜台跟前走。

那个柜台里的美人就像是高原上一枝艳丽的花朵。我们声东击西就走到她跟前去了。

这是一个美丽的姑娘，据说是维吾尔族和塔吉克族混血。她的面部线条特别美，面容自带胭脂红。玫瑰红的脸颊，妩媚的媚眼，端正精巧的鼻子，血色丰润的红唇。她分外安静，走过来给你取商品，一举一动都是那么轻柔。她身穿精致的缀花粉色羊皮小袄，里面却是石榴红连衣裙，红色的裙摆轻轻飘。无声走过去，一朵红云就飘过去了。

换一个角度，换一种眼光来描写她。她的面容血色是那么旺，皮肤下面，燃烧着火焰。饱满的额头，修长的细眉，眉梢挑上去又弯弯落下来，清澈的眸子像幽泉一样闪着静谧的光；精致挺直的鼻梁，唇线分明，嘴唇丰润且娇嫩、红艳如丹；而她的一举一动，好像害怕惊扰了天边的什么人……她和你四目相对时，目光有一点乱，犹如惊飞的白鸽，去西天圣山那里，寻一份宁静去了……

说是混血，却完全是塔吉克族姑娘的打扮，那顶库勒塔绣花圆顶帽前面有一排银色闪亮的坠子；红色纱巾从头顶绕过耳根一直到下巴底下，缠绕在脖子上。那模样，太像老托尔斯泰的小说《哈泽穆拉特》插图里面的柴钦美女了。

她管理两个柜台，里面全是日常小用品，品种和我们边防团军人服务部的小商品差不多。有英雄牌钢笔、虎头牌手电筒、百雀灵搽脸油、普通蛤蜊油、钥匙挂钩、搪瓷饭盒、雪莲牌和红山牌香烟、打火机……

她不会汉语，和我们交流只能用手势比画。

蹇戚军在她那里买了一只打火机，我买了一把不锈钢多功能小刀，付川买了一个蛤蜊油。

骑手从街上纵马而过

这半边街上，再没有别的店铺了。前面是一小片民居，都是低矮的平顶屋。往前走，是一家不大的民族医院，门口看不见有人进出。这就走到头了。

民族商店对过，街道那面有一家食堂，单扇门，挂着黑色棉门帘。门头上方，有一串维吾尔族文字，在这串文字上方，用墨汁写了"民族食堂"四个汉字。如果没这四个汉字，我不会知道这是食堂。那时，进食堂吃饭要粮票。几乎看不见有食客在这家食堂门口进出。

从这个食堂门口沿街向西走，有一扇门闭着。再往前走，是一排白色的木栅栏，栅栏里，一片空地上，有一座两层高的建筑。这是这个小县城里最体面的建筑，据说是涉外宾馆。这幢两层高的建筑，它的上层是一个圆球形的拱顶，被刷成天蓝色，属伊斯兰风格。

再往前走，右手边有一个不宽的岔路口，县革委会机关在岔路口里面，旁边有一个规模很小的民族学校。可能是放寒假了，也可能是学校的学生太少了，在这个岔路口看不见学生。

走过岔路口，前面是民族电影院。电影院前面有一家日杂商店。两间门面，里面卖的有熟制好的羊皮，还有羊毛绳、挂毯、地毯、砖茶、方块白糖……

这半边街也就走到头了。

现在，我们从西向东再走回来，回到县邮局门口，再往前走五十米的样子，是个大下坡。从这里走下去，就看见我们那天从喀什过来下车时看见的那几间泥石小屋了。

塔什库尔干县城大致就是这个模样。当时，除了我们边防团的人，常住城镇人口可能不足千人。

我和付川还有蹇戚军转了一圈，觉得时间还早，打算在这条街上再走一个来回。

一阵急骤的马蹄声传过来，从西向东，从街道上飞奔过来一匹乌黑闪亮的骏马，我们纷纷闪开。马背上骑着一个矫健的塔吉克男子，飞马跑过时踩踏起一片烟尘。我们都盯着这匹奔马和骑手看，只见他出了东边的街口，消失在街口斜坡下面了。

县革委会主任

再次走到这条街道西头，朝西望，戈壁滩缓慢地朝远处雪山的山根伸展。正在修建中的中巴国际公路，从这片戈壁滩上经过。

沿着街道折返时，我们看见一个干部模样的大胖子。他是一个壮实的五十岁光景的塔吉克男子，气宇轩昂，漫不经心地在街道中间走。他大头、大脸、大肚子，头戴毛茸茸的帽子，棉衣外罩着一件气派的皮大衣。他浓眉、大眼，高鼻梁隆起，鼻头肥大，大嘴巴，宽下巴，下巴下面是刮过的黑乎乎的胡根茬子。他稳稳地走在街上，不时向街道两边看一眼。

一个塔吉克牧人模样的老者向他走来，他主动向老人伸出手，他右手握着这个老人的手，左手伸进自己宽大的衣兜，掏了一点东西塞在老人的手心里，然后就又漫不经心地往前走了。

那个老人站在那里，看了一会儿他的背影，右手按在左胸前，行一个抚胸礼，转身走了。他在那个老人的手心里放了一点什么呢？

我向一个路过我身边的老兵请教，他说："你说的是那个胖子吗？他是县长。"

我说："是县革委会主任吧？他在干什么呢？"

那老兵说："他在发救济。"

我说："是发钱吗？"

那老兵说："对对对。"

又有一个塔吉克老者走过来了。那个县革委会主任和他行吻手礼后，他们站在那里说话。

我回到二营新兵连，燕宝龙问我："县城怎么样？"

我给他讲了大胖子给人发救济金的事。

燕宝龙说："他是这个县的一把手，这个人了不得。"

我说："他怎么在街上发救济呢？"

燕宝龙说："他是一个很有意思的人。他的工资很高。高原上的干部工资都很高，他的工资比内地同级干部的工资高一倍。他一个月拿两百多元钱呢！"

那时候，两百多元钱是一个很大的数字。

燕宝龙说："你看他的衣服口袋鼓鼓囊囊，那里面装的是钱。他拿自己的工资换一些零钱，一毛、五角、一元的都有，全是纸币；有老百姓来上访，他也不多说话，顺手在自己衣兜里摸一张纸币给来访的人，一毛钱、五角钱还是一元钱，那就全看你的运气了。来访的人就走了。你可别小看他，他把塔什库尔干县治理得很好，这个县没有偷盗等治安问题；法院很多年没有开过庭了，监狱里也没有关押过什么犯人。"

燕宝龙看我吃惊，补充说："当然，此地民风淳朴，这也是原因。"他又补充说："这里的人不会干出格的事，他们认为，真主在看着他们呢。"

第九章

慕士塔格山下

不一样的口令

塔什库尔干河两岸，道路和河滩上积雪融化了。晨光里，塔吉克牧羊少年骑着骏马踏冰过河到对岸，羊群和小马驹跟着他过河去了。

我们开始室外训练了。早饭后，我们列队去河滩。河滩上草地枯黄。

三班长易顺在指挥三班的战士练马步冲拳。

和我并排走着的是一个叫闻智的新兵，老成持重。他突然叫了一声："丫头！"

就看见一个正在练马步冲拳的小兵猛地把头扭过来。他面若银盘，面带稚气，细眉毛，炯炯有神的双眼，孩子气的圆鼻头。他朝闻智咧嘴一笑，腮帮上露出两个酒窝。

我问闻智："他怎么叫丫头？"

闻智说："他们村挨着我们村，他长得像女孩子，大家都这么叫他，这是他的小名。"

燕宝龙带着我们一直往前走，差不多快要到河边了。这里有一片草坪很宽阔。燕宝龙说："好了，以后我们班就在这里训练。"

从县城东边街口大下坡那里，冲下来一匹高大的黑色骏马，骏马的背后拖着一辆汽油桶改装的水车，在它的后面，是两个骑马的公安战士。这匹拉着水车的马，从斜坡上冲下来一路狂奔。

河边，冰层被人炸开了一个大水坑，黑色骏马一到河边就低头饮水。骑马的公安战士下马，提水给水车上的汽油桶装水。

燕宝龙说："他们是县公安中队的。"

装好水，那匹马拉着水车掉头就跑，水花四溅。

闻智说："这水拉回去，顶多只能剩下半桶了。"

又是一匹黑色的奔马，拉着一辆水车，从大下坡边上一段低矮的泥墙豁口冲出来了。这匹拉水的马一出豁口也飞奔起来，在它后面，跟着跑的是两个战士。

燕宝龙说："这是我们团炮兵连的。"

这匹马一到水坑边也是先饮水。他们装好水后，牵着马拉着水车回营地去了。

我们在草坪上跑了几圈，然后开始队列训练。

立正、稍息。身要挺直，两臂自然下垂，双手并拢，手中指挨着裤腿的中缝线，头摆正，下颌微微回收，眼睛直视前面，胸部挺起，腹部收紧，双腿站直，脚跟并拢，脚尖呈八字分开，呼吸要匀……

齐步走，一步跨出七十厘米，手臂自然地前后摆起来，上身挺直……燕宝龙给我们做示范，放开嗓门高声喊口令。

我在学生时代走过队列，口令喊的是："一、一、一二一！"这个边防团差不多所有的教官却都是这样喊："一、一、一二、一！"他们把第三个"一"和"二"连在一起喊，

"二"字拖出长音，紧接着的"一"喊得短促而有力。

这样喊口令我一开始不习惯，不过我觉得这样喊很有韵味。

踏步，齐步走。向左转，向右转，向后转。向右看齐：你只需微微转头，看你右边人的鼻尖，然后快速挪动脚步。敬礼！敬礼时右手要并拢五指，手掌从裤腿中缝线那儿快速呈斜线向右额角举起，手心朝下但又微微朝前面张开。身体不要乱扭。齐步——走！立定！

远眺冰山之父

一个半小时过去了。燕宝龙喊："解散！原地休息！"

那么，我就可以好好看一下帕米尔高原壮丽的风光了。

天气晴朗，天空湛蓝。太阳正从东边的群山背后升起来。辽阔的高原上，塔什库尔干河银光闪闪，它从南方的喀喇昆仑群山中间蜿蜒而来，一直到北边昆仑山慕士塔格冰峰之下，向东拐个弯，绕过一道驼色的山岭，又向南方拐回去了，这样，它就顺路下一个阶梯，迂回数百公里，最终在万千群山中间，汇入叶尔羌河。

远望塔什库尔干河东岸，草原那边驼色的山岭起伏，这些山岭的颜色有朽木色的、铁锈色的和棕色的，大体上都差不多，只是颜色的深浅程度不同罢了。山坡上，白色斑驳，山顶积雪还没有化尽呢。极目朝南眺望，喀喇昆仑山相当遥远，目前对我来说是个未知。而西边就是边防团营地和小小的塔什库尔干县城了。西南方向，雪山高耸，它们像一群白袍裹身的壮士，出类拔萃。

那么，你就朝北方看吧。不要让激动的心跳出来了。你看见高原和你拉开一段距离。蔚蓝的天空下，是一道冰雪屏障，快要把天空遮蔽了。它突兀而起，成为一道横贯天际的奇峰。雄伟、壮美、庄严、瑰丽，峰顶平阔如原，四周如刀劈斧剁……那就是慕士塔格冰山的雄姿了。

啊！慕士塔格！

顺着塔什库尔干河远眺，慕士塔格雄伟的身姿如苍云凝聚，那冷月般的魂魄闪着寒光；这冰雪巨人在天空下凝视高原，万物诱人，使它产生徜徉高原的冲动。又恰似勇士身披银色战袍立身于天地之间，冰封的塔什库尔干河，是他斜挎在腰际的利刃……阳光照耀在慕士塔格冰峰上，云遮雾罩。雾霭蒸腾起来，聚成巨大的云烟，这云烟千里万里扯出去，形成云带，延绵不绝。云带远去了，如玉龙飞天。

燕宝龙说："慕士塔格，人称冰山之父。"

我听见天边有啸声，那是慕士塔格的雪崩，雪浪轰隆隆卷起，犹如大海的潮汐……一名骑手，纵马在雪浪前飞驰。

眺望石头城

塔什库尔干河两岸，戈壁、荒野和草地茫茫。河的东岸，草原辽阔。十几间各自孤立的、低矮的泥石小屋散落在山脚下，还有十几座黑色的毡房在草原上点缀。缕缕青烟，从泥石小屋和毡房的顶上袅袅升起。骑马的牧人、骆驼、羊群、牦牛、牧羊狗，在荒凉的草原上游荡。

在河的这岸，草滩上也有两三间泥石垒砌的小屋。当太阳落山时，我已经有好几个黄昏听见泥石小屋里响起手鼓声。白天，泥石小屋四周静悄悄，连一只狗也看不见，牧羊人和他们的牧羊狗都放牧去了。

燕宝龙说："你们都不要往那边的小屋走。都过来，坐在我身边。"

于是，我们围着燕宝龙，在他的身边坐成一个圆圈。

燕宝龙对这里的一切再熟悉不过了，他坐在草坪上默默抽烟。他的衣服前襟子下面拴着一个小布袋，布袋里装着新疆当地的莫合烟。这是一种小小颗粒状的烟草，一开始我觉得它有一股马草味。燕宝龙的裤兜里装着旧报纸，他撕下巴掌那么大的一片报纸，捏在手上折起来，把烟末从布袋里面捏出来，均匀地撒在报纸上，然后卷烟。他用右手指转动烟卷的一端，使这烟卷成圆锥形的纸烟状，之后伸出舌头把报纸的接口舔一舔，粘紧，再把烟卷竖起来，把大的那一头放在左手大拇指的指甲盖上蹾实，拧紧掐掉捻儿，一支莫合烟便做成了。

他说："莫合烟抽起来平稳。"

我说："有股马草味。"

他盘脚坐在草坪上，说："你们都顺我的手指看。"

越过西北方向的草滩和荒野，遥远的天边有一片浅色的群山。在这片群山的背景下，靠近我们坐的这片大草滩的对面，有一座荒凉的驼色山坡，坡上面矗立着一座驼色的古城。

昆仑山横亘古今，慕士塔格惊世骇俗、夺人眼目。这个驼色山坡上的驼色古城就显得不足为奇了。

燕宝龙说："看，它就是石头城。"

这是他第二次向我提起石头城了。看来，这个石头城也不同凡响。

眼前的草滩在河边低洼地带，滩草枯黄；然而，如果在夏天，当塔什库尔干河泛滥的时候，这里就会变成一片水泽。

从我们这个角度越过草滩望过去，古城居然那般巍峨！古城和山坡浑然一体，那陡峭的坡就成为城墙的一部分了。古城粗犷，城垛还在，有裂缝和坍塌，历尽沧桑。它孤独而高耸，像一个身披风尘的老者。它有过怎样的经历呢？

古城故事

我说："它就是一座土垒的城。"

燕宝龙说："它就叫石头城。塔什库尔干翻译成汉语就叫石头城。这座石头城就是这个塔吉克自治县称谓的来历。在清代，它叫蒲犁。"

燕宝龙懂得真多。

我说："你说过，当年解放帕米尔时打下它不容易。"

燕宝龙调整一下自己的坐姿，把一口浓烟缓缓吐出来。他仰起下巴，眯着眼看这座石头城。衬着蓝天和白云，古城超凡脱俗，让人敬畏。在慕士塔格冰山下，这座古城就是神来之笔。

我说："这个古城有怎样的故事呢？"

燕宝龙不慌不急地抽烟，继续眯着眼看这座古城，说："当初啊，解放军上了帕米尔高原，别的地方守军都起义了，就是这座古城被匪徒占据，一时难以攻克。"

他停顿一下，说："你们看见没有：城这么高，坡这么陡，这地方海拔又这么高，我们在平地走路都困难，当时又没有火炮，敌人在城墙上面用重火力压制，怎么能攻得上去呢？"又说：

"看，前面都是开阔地，连一棵树都没有，四周都在火力的覆盖范围，骑兵的马不可能冲上城墙，步兵远距离就会被火力压制……"

我突然觉得：他好像是在一边观察，一边想，一边编故事；但他的态度那么诚恳，好像他曾经身临其境，当时参加过这场战斗似的。

我也入戏了，说："那就围住它，围困他们！"

燕宝龙说："谈何容易？守城的人早就在上面储够了水和粮食。"

我说："水是怎么运上去的？"

燕宝龙说："用羊皮袋子。"

他接着说："不过，它最后还是被拿下了。大势所趋嘛。"

我说："攻打古城这件事，是你听来的吧？"

燕宝龙说："当然，老兵们一代代往下传。"

我说："什么时候我到古城上去看看。"

燕宝龙说："如果你到古城上去，现在还可以看见当年战斗的遗迹；高原上寒冷、干燥，容易留下遗存。"他把手指间的烟头摁灭，接着说："好了——我们开始操练吧！"

第十章

新 春 到

除夕夜的大仙

晚上，俱乐部大礼堂放电影，政治处主任登上大礼堂舞台给大家宣读慰问信，祝贺春节。我于是记起春节要到了。

第二天，那个漂亮的塔吉克女牧工在前院羊圈宰羊。她穿着民族服装，在气质上，丝毫不逊色于一个性格开朗的汉族女子。她把袖子挽起来，露出手臂，挑选了一只最大的公羊；再把一把匕首横咬在嘴上，露出雪白、整齐、细密、贝壳般闪亮的牙齿。只见她双手抓住公羊的双角，一使劲就把公羊扳倒在脚下，然后压上一条腿的膝盖。她宰羊时果断、精准、麻利。看见我们在羊圈的矮墙边围观，便露出夸张的笑嘻嘻的表情。

她用不太流利的汉语说："过年，给你们用新鲜羊肉包饺子。"

除夕夜，大家都在宿舍里趴在床沿给家人写信。空气凝重。大家写信时都低头不语，只有燕宝龙和我在和面，包着明天大年初一吃的饺子。

我包的是我们家乡传统的包法，燕宝龙包的也是他家乡的包法。我们都用自己家乡的包法，包进去了对家乡的思念。

饺子包好夜已经深了，大家都上床偎坐在被窝里。燕宝龙坐在自己的床沿边默默地抽烟。他说："怎么都不说话？都在想什么呢？"

还是没有人说话。宿舍外在呼呼地刮风，大家都在听风声。

燕宝龙说："在我们家乡，除夕是要守夜的。"

闻智说："我们家乡也是。"

燕宝龙说："守夜时大家都坐在一起。"

他上到自己的钢丝床上，靠墙坐着，眼睛在黑暗中炯炯发亮。他深深地叹了一口气，说："嗨，你们在家乡守夜时，大仙出来吗？"

我说："谁是大仙？"

他说："你连这个都不知道？大仙就是老鼠啊！除夕夜出来的老鼠，我们家乡都把它们叫大仙。"

我想：这倒是一个奇怪的叫法。

燕宝龙吸一口烟，眼睛望着黑洞洞的屋顶。他说："大仙出来时悄无声息。我们都看着大仙，不去惊动它。大仙这天晚上走路飘忽，模样挺潇洒。我们都不出声。大仙这天晚上胆子很大，它好像知道除夕夜人不会惊动它，这天惊动它就讨不到吉利，人一年的好运也就没了。它甚至走到人面前，睁着明亮的眼睛和人四目对视。大仙的鼻头粉嫩，它这天晚上的鼻头很干净，甚至敢上前舔一舔我们的手指，我们手指上面有饺子馅的味道……"说到这里，他不由得长长叹了一口气。

他接着说："大仙这天晚上吃饺子很斯文的。你们见过大仙吃饺子吗？你们肯定没有见过！大仙这天晚上吃饺子一律是啃饺子的边儿，没有一个去吃饺子馅……

"大仙吃饱了就在案板边呼呼睡觉了，它的肚子吃得胀鼓鼓的，睡得很香，呼气时吹动嘴边的胡须……"

我问："不止一个大仙吧？"

燕宝龙说："当然，它们呼朋唤友，还带着孩子呢。唉，大仙它也有自己的家庭呀！"

燕宝龙半天不吱声，眼睛望着黑洞洞的远方。

柴油灯在冒烟。

燕宝龙说了声"睡吧"，躺下去用被子盖住自己的头。

他并没有很快睡着。

塔吉克人的婚礼

大年初二，我到县城去。县邮局开着门，到县邮局寄信的军人很多。我看见塔吉克人也都穿着盛装。矫健的男子骑着骏马，漂亮的女人结伴而行，有的老妇人还戴着面纱。而那些骑着骏马的男子，让马踩出碎步。有时骑手们让几匹马并行，或者马和马迎头靠近，他们在马背上行吻手礼。女人和女人互相亲吻面颊。男长辈把自己的手伸出去，让女孩们亲吻自己的手心。这景象多么祥和。

吃过早饭，隔着院墙传来了手鼓声和鹰笛声。我绕出前院侧门，看见一支塔吉克族人迎亲的队伍。附近正在举行一场婚礼，只见从大路南头过来了一群接亲和送亲的人。几个男子骑在马上拍响手鼓、吹响鹰笛。这是我第一次听到悦耳的鹰笛声。新娘骑在马上，头盖红纱巾。新娘头上的红纱巾偶尔被风掀起。在牧区，由于风吹日晒，塔吉克姑娘本身雪白的皮肤被强烈的阳光晒黑了，被风吹糙了，而这位新娘，面孔和手却露出天牛的奶油白。

龙班长正好站在我身边，他说："塔吉克新娘在结婚前，至少提前两个月，每天用牛奶或羊奶洗脸。"

我说："啊，用牛羊奶洗脸？"

龙班长说："在牧区，牛羊奶一时喝不完，有剩余。"

别人跟出来张望一眼也就转身回去了，只有我跟在送亲的队伍后面走。我天性好奇。来到一个小院落，新娘已被接进屋子里去了，院子里聚集着一群前来祝贺和看热闹的人。鹰笛还在不住地吹，手鼓"嘭嘭"响。

人们开始在院子里跳舞，原汁原味的舞蹈。手臂展开，鹰钩鼻子仰脸朝上，嘴唇"嘘嘘"地吹出风声，腿脚踏出节奏。有一位老者，可能是男方的亲眷，手拿着一角钱，在那位舞姿优美的舞者的头顶上面绕圆圈，我猜想这可能是一种昭示，让人们注意这位舞者，这位老者对他优美的舞姿做出了肯定；也或许是向大家昭示：这位舞蹈者很卖力，也跳得不错。末了，老者把那一角钱放在这位舞者的手中或塞进他的帽檐里，算是奖励。

老者再拿出一角钱，寻找下一个优秀的舞者。

羊肉抓饭用大茶盘端出来了，放在院子中间地上铺好的地毯上，油光光的大米饭混合着熟透的碎羊肉块和碎胡萝卜块，客人们开始在院子里用长嘴水壶洗手准备吃抓饭。

我该走了，但我并没有走远。在离这户人家不远的一大片草坪上，鹰笛还在不住地吹，手鼓也在"嘭嘭"响。这里在举行叼羊比赛，也是婚礼庆典的一部分。

叼羊比赛开始了。两队骑手，一队是塔吉克牧民，个个身手矫健；另一队是县公安中队的战士，个个生龙活虎。他们翻身上马。一只死羊被扔在地上。哨子刚吹响，双方骑手都骑着马冲上去抢夺。一个骑手探臂把死羊提起来，夹在腋下，朝着远处的一处小高地飞驰，那里已用石灰在地上画了一个圆圈，哪个队把抢来的羊扔在这个圆圈里的次数多，哪个队就获胜。

对方骑手一路拦截，探臂想把死羊扯住，双方围在一起互相抢夺拉扯……这场叼羊比赛甚是激烈好看。

叼羊比赛过后是马术比赛。先是赛速度。双方都有快马。塔吉克牧民推选的骑手骑着一匹矫健的毛色油亮的乌龙马，公安战士推选的骑手骑着一匹芦花色银鬃马。号令枪声刚响，这两匹赛马就冲出去了，在草地上像风一样飞驰，到达目标地后又折回来，几乎同时冲过终点线。大家一片欢呼。

骑手站在马背上了，有一名骑手倒立在马背上，还有骑手从马背俯身下去，探臂拾起正在地上滚的帽子。

六班长肖金生

早晨，我到水井边打水时，看见一个七八岁的塔吉克小巴郎子，他骑着一匹光背马，迎着刚刚露出山顶的朝阳，踏冰过河到对岸去了。接着，是一个身穿红色裙子、脚穿毡靴的塔吉克少女，她赶着羊群，也踏冰过河了。

草滩上春草萌芽了。春天到了，人心里却有一种闷闷的感觉。

自从开始室外训练，我就认识六班长肖金生了。第一次看见他，我就觉得他像个女孩子。那阵子，他正在草滩上喊口令操练六班的新兵。他看了我一眼，目光怯怯的，赶紧转过脸，脸颊上竟然飘过去一片红晕。我心想：六班长怎么一副少女面容？

他也是河北人。小个子，身材匀称，杏仁眼，目光清澈，神情怯怯的，含几分娇羞。他是一个漂亮的军人。看起来年龄也小，十九岁光景。他的脸蛋好看，皮肤细嫩，细眉毛微微上挑，两腮上自带胭脂红；小嘴，玲珑的鼻子，尖下巴，上嘴唇边有一颗小小的美人痣。

他在那里喊口令，我瞅了他一眼，他的眼光一下子就慌乱得不得了，赶紧把眼睛埋下去，手足无措。我盯着他看，他就慌乱得一塌糊涂了，甚至口令都喊乱了。

我心想：连男人都长得这么好看，难怪说燕赵出美女呢！

之前，我和六班长肖金生没有说过话，连个招呼都没有打过。每次在路上碰见，他总是先埋下眼帘，一片红晕就罩在他的脸上。我想：他这样害羞，还怎么当班长呢？

春节过后，我突然病了，有两天，我无来由地发高烧和咳嗽。那天晚上我咳嗽了一夜。早晨起床后，燕宝龙说："你别去操练了，在宿舍休息一天吧。"

我烧得厉害，脸发红，额头烫手。中午，别人训练回来，从炊事班端回来馒头和胡萝卜烧羊肉。我没有胃口，一口也没有吃。

怎么是隔壁的六班长肖金生来了？他在六班的火炉子上，亲手给我做了一碗拉面，拉面里调了炒鸡蛋。他把这碗面从六班端到我们七班来。

他说："我听说你没有吃饭，给你做了一碗面。"说着他的脸又红了。把面条端到床边，要喂我。

我坐起身，说："我自己来。"

六班和我们七班门挨着门。我发烧咳嗽，卧床不起，燕宝龙只是说："你别去操练了。"而六班长却在中午亲手给我做了一碗鸡蛋拉面。

他说："我听见你咳嗽了。你还发不发烧？"他怎么这么细心呢？

他坐在旁边看我把拉面吃完后把碗筷收走。

我说："谢谢六班长。"

燕宝龙坐在旁边抽烟，不说话。他可能觉得六班长有点多此一举：怎么六班的班长管到我们七班来了？

不过，我还是感谢六班长的关怀。这件事情过后，我和六班长见面还是很少说话。然而，他再看见我就不脸红了。有时望着我会心一笑。他只不过是对我有好感，看我顺眼罢了。后来，我听说六班长肖金生到新兵集训连当班长之前，是第二边防营营部的一名通信员。

在暮色中静坐

两天后，我高烧退了。晚饭后，熄灯哨音吹响前的那一段时间，我喜欢独自坐在集训连前院那道侧门外面的院墙根下，眺望远处的群山和草原。

落日从西边照过来，东边的山岭上还有一缕阳光。

暮色来临前，那个七八岁的塔吉克小巴郎子骑着光背马，踏着河冰回来了，他从我面前的小路上经过。这时候，在冰河那岸，牧羊少女正在赶着羊群，她和羊群一起下到冰河的冰面上了，水花四溅。好红的石榴红裙子啊，在冰河面上，像燃烧着一团火焰。这姑娘赶着羊群，也走过我面前的这条小路。

　　暮色降临。河滩上，牧民的泥石小屋在昏暗中变得模模糊糊，从小屋里面传出"嘭嘭嘭嘭"击打手鼓的声音。太阳已经在西边雪山的背后消失了。一个干瘦的塔吉克老者从泥石小屋里走出来，他跪在小屋旁边的草地上，虔诚地向着太阳落下去的方向叩头。

　　手鼓继续"嘭嘭嘭嘭"响。这景象，就像远古的画面。暮色越来越暗，跪拜者的身影渐渐在手鼓声中隐去。

　　此刻，愁绪从我的心底涌起。我远望着河对面朦朦胧胧的山岭。越过山岭，我仿佛看见了家乡那个宁静的城市。在家乡的小巷子里，我的裤兜里还装着一本书，我刚刚读过一篇小说，心头不是那么平静。那些熟人正慢吞吞地走在街道上，他们在左顾右盼。他们都不会想到我正在这里眺望远山和雪峰，不会想到高原是这样的荒凉和寂寥。春天来了，春水在冰层上流淌，给人心里添一丝烦乱。

　　我看见家乡的小巷口，有人在爆米花，有人在卖甘蔗，有人刚喝了一碗醪糟，有人在摆弄灯笼。春节过后就是元宵节。

　　我突然想：我可以留在这里当一个牧民吗？我能在帕米尔高原以雪山为伴，以羊群为伴，以穷困为伴，同时享受着大自然给予的自由自在和安宁吗？

　　这颇有民族情调的傍晚，这充满了宗教仪式感的牧区生活，和我思绪中家乡那宁静而纷乱的城市生活相比，是那么不同。

　　手鼓声一直在耳边响。

　　我喜欢享受这一时刻高原静谧的时光，渴望内心的平静。

　　我仿佛看见我自己赶着一群羊从冰河那边归来。我穿着一件老羊皮大衣，目光苍冷，像走在峡谷深邃的黑洞里，离现代文明越来越远。

其实，这里有不同的文明。这里没有偷窃，没有犯罪；到目前我也没有看见尔虞我诈、钩心斗角。

当一个牧民吧！

这样一个傍晚之后，是一个不眠之夜。

而在第二天，晨光里出现的又是那个骑着光背马的七八岁塔吉克小巴郎的身影。他的那匹赤色的大马在冰面上走得那么平稳。赤色的大马听得懂他的每一句话，明白他的每一个眼神，懂得他的每一个手势。

而紧跟其后的，还是那个身穿石榴红长裙的美丽少女，我判断她是这个小巴郎子的姐姐。她头上的披巾也是石榴红的。在冰河上面，她被像白云一样雪白的羊群团团围住，朝对岸飘移……

这是多么撩人的景致啊！

第十一章
预备用枪

鲍　仓

副连长鲍仓最早教我们认识轻武器的结构和性能。鲍仓是河南人，他的年龄看起来比我大不了几岁，相貌非常英俊。他身姿挺拔，眼如晨星，青春勃发，神态眉宇之间稍带点孩子气。据说，他原先给南疆军区司令员当警卫员，后来提拔到我们边防营，当了一名排长，这次他被抽出来在新兵集训连担任副连长，协助于茂堂主持军事训练。

鲍仓最拿手的是走队列。他身形好，随便往那一站，身体笔挺，胸脯挺起，腹部微收，两肋被腰带稍稍卡进去，双眼炯炯放光，嘴角略带笑意。如果再把手枪挂在腰间，这个形象绝对不错。

鲍仓走队列时，喜欢戴一双雪白的的确良手套，他还把脚上的大头皮鞋换成了一双雪白的网球鞋。他这样打扮，使得他更加精神了。

他把手臂摆动起来做示范，半握的拳头，应该摆到什么位置，白色的手套可以给人更加醒目的标记；他的脚踢出去，离地面多高，脚尖是否绷直了，白色的网球鞋可以加深视觉印象。他走出标准的小正步，"唰"的一下，踢出去一道白光，在离地面四指的地方停住了。

这都不重要，重要的是：我们都穿的是大头皮鞋，鞋里面有羊毛，还有羊毛毡鞋垫；而鲍仓穿的是白色网球鞋，在这么寒冷的地方，无疑相当于只穿了一双白袜子。他给我们做示范，不一会儿就冻得流鼻涕了。鼻尖上的清水鼻涕流下来，他也不知道，直流到胸口。

他发现这个情况后，弯腰把鼻涕拧了，尴尬地一笑，接着转过脸来傻笑不止。

这时候，他的孩子气就暴露得一目了然了。

我们坐在小马扎上，鲍仓站在大家前面，他面前的一张桌子上摆放着56式半自动步枪、56式冲锋枪、56式轻机枪、69式火箭筒、67式长柄手榴弹；他的旁边，墙上挂着一个黑板。他给大家讲解武器的结构：枪身、枪管、枪机、标尺、准星……如何装填子弹，子弹如何被击发，弹头如何飞行，枪膛的气压如何把枪机推回去，弹壳如何被退出，复进机如何自动再给枪膛里推送一颗子弹……射击时最好使用标尺三……如何拉动67式长柄手榴弹的拉环，如何使用刺刀，等等。

三天时间，鲍仓又是画图，又是讲解，又是做示范，把这几样轻武器讲得清清楚楚、明明白白。

之后便是射击、投弹、拼刺刀训练了。

到了训练间歇和傍晚自由活动时间，鲍仓的孩子气就又显露出来了，他带头和班长吴拴成掰手腕、摔跤、打闹，以至在我们二营新兵连，兴起了一股掰手腕、摔跤、打闹之风。这其实是他和干戈堂的小手段，他们通过这个形式观察我们这些新兵谁机灵，谁身手矫健，从而为下一步集训结束后的分兵做准备。

认识维吾尔族战士

我们这个新兵连有个维吾尔族班。班长阿扎提是来自克克吐鲁克哨卡的老兵，体格结实，不善言谈。

我在这里认识了两个叫阿尔肯的新兵。他俩堪称美男子。其中一个阿尔肯比我高半头，还有一个身高和我差不多，为了区分他们，我们把个子高的那位叫大阿尔肯，把个子小的那位叫小阿尔肯。

大阿尔肯说话时神采飞扬，眉飞色舞，表情夸张。两个阿尔肯在待人接物时，都有君子一般的谦恭。

自从鲍仓带头在我们这个新兵连兴起掰手腕、摔跤、打闹之风后，维吾尔族班的战士也跃跃欲试。

一天，汉族兵和维吾尔族兵各选出五名选手在一起较量。

先是掰手腕，一班长吴拴成和四班长阿扎提扳了几个回合，各有胜负。

维吾尔族班的顶级选手是一个叫买买提的新兵，他膀大腰圆，大脸，皮肤黑糙，乌鸦羽毛一样黑亮的眉毛，乒乓球一样大的眼睛，眼睛白多黑少，鼻头又大又圆，厚嘴唇，大腮帮，络腮胡子，看人时故意瞪眼，表情凶狠。

买买提把袖子卷起来，露出又粗又黑的铁臂，巴掌伸开攥成拳头像一柄大铁锤，他掰手腕时张着嘴，半吐舌头，暗暗使劲，没有人是他的对手。

吴拴成和阿扎提摔跤，阿扎提把吴拴成按在地上了，吴拴成灵活，一翻身跃起来，又把阿扎提压在身下。

维吾尔族新兵和汉族新兵分开站在两边。维吾尔族新兵每次摔跤，最后出场的都是买买提。

和买买提摔跤，如果你被他抱住那就完了。他用双臂紧箍你的腰，用下巴使劲顶你的脸，一点点地顶得你背过脸去。

买买提的胡子又粗又硬，如果不刮，像刺猬似的。

买买提把对手摔倒后，就挺起胸脯，伸展双臂，把拳头攥紧，歪着头，斜视大家走一圈，显示自己不同凡响的力气。

修正射击

新兵集训接近尾声，实弹投掷和实弹射击考核开始了。我投弹不错，实弹投掷出五十多米。手榴弹爆炸的那一刻，我很从容。

实弹射击考核开始了。每人打十发子弹，满分一百环，九十环以上是优秀。我射击时，燕宝龙趴在我的旁边。于茂堂和鲍仓站在我们后边。一百米距离打胸环靶，我信心十足，很有把握。

我采用标尺三，用标尺缺口上平面和准星的上平面压胸环靶下沿的白边。胸环靶的靶杆，插在一百米距离外的一个乱石堆上。乱石堆下面挖了一道深壕沟，报靶员隐蔽在那里。

第一枪，报靶员报出六环，弹孔在胸环靶的头部，差点脱靶了。

于茂堂说："六环，打高了。"

我果断地调整，不再用准星和缺口的上平面去压靶标下沿的白边了，而是留出一道缝。

第二枪，报靶员报出了七环。

于茂堂说："七环，还是打高了。"

我干脆把靶标下面的白边露出一半。

第三枪，报靶员报出了八环。

于茂堂说："八环，不错，你会修正射击；还是打高了，继续往下修正。"

这次，我干脆瞄准靶标和靶标杆的接合部打，接合部后面是一堆石头。

"好！十环！"报靶员刚报靶，鲍仓就在我的身后说。

接下来的六枪我都打出了十环。十枪打出了九十一环的成绩。

燕宝龙说："不错，优秀！"

我站起来拍拍身上的土。

于茂堂拍拍我的肩膀，说："你会修正射击，这一招我们训练的时候没有教大家，你居然会！不错！不错！看来是枪有问题。"

他提起我用过的那支枪，趴下，取卧姿，一连开了三枪，全都打出了十环。

他站起身拍拍身上的土，说："枪没有问题呀！"他挠挠自己的后脑勺。

此时，我已有时间反省自己。我瞄准没有问题，一定是我太自信了，扣扳机过猛，这样，射击时枪口就会朝上微跳，自然就打高了。应该是这样的。我每次扣扳机用力猛，弹着点就会往上跳，左右没有偏差。看来，要打出好成绩，射击时一定要沉住气，扣扳机时不要慌，用力要平稳。

我说："连长，能不能让我再打三枪，看是不是枪有问题。"

于茂堂说："好，破例让你再打三枪。"

这次，我取卧姿，依然用标尺三，依然瞄准半身靶的下沿，调整好呼吸，不紧张，缓缓地扣动扳机，果然打出了十环。我又连开了两枪，都是十环。

于茂堂说："刚才怎么就打高了？"

我说："刚才我扣扳机太猛了。我最后是瞄着靶标和靶标杆的接合部打的，才打出了十环。"

鲍仓说："我就说嘛。"

燕宝龙："你果断修正，有的战士不会也不敢这么做。"

于茂堂说："就是要果断纠错，不然，在战场上就会失去机会，丢了自己的性命。"

这次射击考核，我没有影响到我们班的总成绩，我很欣慰。

检　阅

军事训练最后一个考核项目是走队列。分管军事训练的何副团长亲自检阅全团新兵。新兵都集中在团部前面的操场上。这个操场在俱乐部大礼堂广场旁边，是砂土地面。虽然已进入3月了，地面还是一层冻土。

新兵们全都穿着大头皮鞋，走队列时大头皮鞋踩踏出整齐的脚步声。齐步，纵队走；向左转，变成横队……大家都精神抖擞，在行进中不断变换队形。

走威武雄壮的正步时，大头皮鞋整齐划一地踢起来，齐刷刷落下去，用力砸向操场地面。好威风啊！

方队走过后，又一个班、一个班地走正步。每个班都呈横队走过去。

最抢眼的是我们第二边防营的维吾尔族民族班，清一色的巴郎子，他们的脚步有力，胳膊甩起来也有力；他们的大头皮鞋落地时，恨不能把操场地面的冻土砸出坑。脚步声"嗒！——嗒！——嗒！"好响呀。巴郎子们胸脯挺起，眼睛圆睁，正步走出了不同凡响的气势。他们还雄壮地吼出震耳的"一！二！三！四！"

场面很是热烈。

检阅队列的主官是何副团长。他身后是参谋长、作训股股长和几个参谋。

小伙子们经过两个月的集中训练，军事技能进步很快。

最后压轴的，是麻参谋长的射击表演。

早就听说麻参谋长射击厉害，他是1964年大比武时的神枪手。胸环靶立起来，背后是一道土墙，一百米的距离，使用半自动步枪。作训参谋把手中的半自动步枪立式抛给麻参谋长，麻参谋长接在手中。这一抛一接，动作干脆、标准、利落。验枪，压弹，子弹上膛，一气呵成。

麻参谋长采取的是最难的立姿射击姿势。我们还没有反应过来，"叭！叭！叭！……"九发子弹已经打出去了。

麻参谋长身体笔挺地站在那里，左手托枪，右手握枪，仍然取立姿射击姿势。他突然松开左手，右手单手持枪，把枪膛里的最后一发子弹打出去。

收枪。验枪。作训参谋接枪。报靶员把胸环靶拔出来，跑步展示给大家看：十发子弹打出了一百环。全是十环！大家都不由得欢呼赞叹。

何副团长开始大声给大家训话："同志们，我知道你们中有来自陕西汉中的，那是西北的小江南，好地方啊！我是四川人，我去过你们家乡，你们的家乡挨着我们家乡，你们家乡和我的家乡一样，我们那里都有水牛！"

大家都欢呼起来："原来是老乡啊！"

"我们四川和你们汉中，在古代都属于巴蜀国！"

真的是老乡啊！

"同志们！经过两个月的集训，你们的射击、投弹、刺杀、队列成绩都不错。你们合格了！可以入列了！可以佩戴红领章和红帽徽了。不过，这也只是千里跋涉走出了一小步。"

大家都安静下来了。

何副团长大声说："同志们！你们也看到了，我们部队所处的地方条件很艰苦。下一步，有人还要到条件更加艰苦的哨卡去。但是，国家对我们边防军人，还是很优待啊！我们吃的大米，是新疆最好的阿克苏大米；我们吃的花生米，是山东运来的最好的花生米；昆仑山下的新兵，每月拿六元钱的津贴，我们每月拿七元钱啊！同志们，我们每月多拿一元钱啊！山下的部队，他们穿的罩衣，是的确良面料的；我们穿的罩衣，是涤卡面料的。同志们，我们穿的是涤卡啊！"

大家都哈哈大笑了。

我后来比较了一下，涤卡面料要比的确良面料厚实很多。

这个何副团长真的有一套啊！

经过一番检阅，我们可以正式入列了，大家欢欣鼓舞。

第十二章
明天，哨卡天空灿烂

展现才艺的人

当天中午，就给我们发红领章和红帽徽了。这就算正式入列了。这时，大家都开始打听谁会被分配到哪一个分队。有传闻说，我可能被分配到明铁盖哨卡。明铁盖哨卡在哪里？那里是一个什么地方？它是我梦中梦到的那个雪山的模样吗？

明铁盖到底是个什么样子啊？燕宝龙的嘴巴太严了，什么也不透露。

老同学付川说："我这就算定了，我肯定留在原地不动了。听说我们排长过去在明铁盖哨卡干过，我帮你打听打听情况。"

付川给我带来一句顺口溜。他说："我们排长说：'卡拉其古的雪，托克曼苏的风，克克吐鲁克的雪莲花，明铁盖的冰。'意思是说：卡拉其古冬天雪很厚；托克曼苏是一个风口；克克吐鲁克在雪线，那里开雪莲花；明铁盖哨卡前面是冰河，背后是冰山，在一个冰窝窝里，那里冬天非常寒冷。"

付川说完用忧虑和同情的眼光看着我，好像我就要被送进冷库，冻成冰棍了。

我做出一副接受他同情的样子。

许多知青兵现在都期待赶紧展现才艺，这样，就能根据自己的特长被分配到自己满意的分队去。他们一有空就使劲打篮球。据说，会打篮球有可能受青睐，被重视。

最后，还有一场新兵文艺汇报演出，这是一个展示才艺的绝佳机会。

韩民在排练独舞。他说舞台大，独舞只有一个人，表演时一定要展现舞蹈的力度。

我说："什么是舞蹈的力度？"

他说："比如说，你摆出一个上下求索的造型，把双手举起来，伸向天空，你的一只脚站稳了，另外一只脚的脚尖立起来，向前跟进，这个时候，你的屁股一定要夹紧，夹到不留一点缝隙，只要夹紧，力度就起来了。"

寒冬和华亚平在练说相声。莫默在打快板，练习说快板。

最作难的就是罗英杰了。他参军前已经是我们家乡一家国防工厂的二级工了，却也报名参军了。他是一个颇有童心的人。别人问他为什么当兵，他说："不为什么，我这一辈子就想当一次兵。"

他大个子，像黑铁塔，像寺庙里的金刚塑像。大头、大脸、大鼻子、大嘴，粗腰、大屁股，腿粗、脚大、胳膊粗，大手张开像一面小蒲扇，攥紧拳头像一个大铁锤，就是他的眼睛小了一点。不过，全凭这双小眼睛，这双小眼睛不停闪烁，放射出豁达、机敏的光芒。他笑起来时，配上咧开的大嘴巴和雪白的牙齿，使得他像一个天真的孩子，是那样单纯、那样烂漫、那样干净。

然而，他明显不太自信。笑过后，就四面张望一下，看看别人的表情，看别人是不是对他加以肯定。

像他这样已经参加工作拿一份可观薪水的产业工人选择到我们边防团参军的不多。因此，他就喜欢跟我们这些知青兵一起混。

他说："我招工之前也是知青！"

他在才艺这方面是个短板。他选择了吹笛子。他勉强能把《我是一个兵》这支曲子断断续续吹下来。

他站在俱乐部大礼堂的舞台上。那么大的手，那么大的脸，那么大的嘴，嘴唇又厚，那支笛子拿在他手上，放到嘴边吹，显得就像一支细铅笔。

他一吹就是一个尖锐的声音。于是，他咧开大嘴哈哈大笑起来。

精彩的演出

新兵文艺汇报演出如期举行。地点在边防团军人俱乐部大礼堂。政治处主任先讲话，肯定了大家集训期间的表现。

演出开始了。

韩民跳了一支独舞。韩民在灯光下不断地把双手高举，韩民在表现追求。他又跑出一圈小碎步。韩民双手举向天空时有强烈的爆发力，灯光像帕米尔的阳光一样洒在韩民身上，追着韩民跑。韩民是个有理想的人。

寒冬和华亚平的相声，是模仿中央人民广播电台的，讽刺和撩拨，全都诙谐滑稽。起点很高，胆大泼辣，抓住不放，扭住不饶，节目大受欢迎。

莫默说快板落落大方，他不时把竹板上的红缨甩起来。莫默在台上好像不那么自信了，暗中观察观众的表情。其实，他表演就是了，他在明处，观众在暗处，观众有什么表情他又看不清楚。

罗英杰站在灯光下。一座黑铁塔，一支笛子。他在吹奏前，三番五次地舔自己的嘴唇，他把上嘴唇和下嘴唇舔得明光发亮。《我是一个兵》这首曲子，他只吹了一半就接不住了。于是他像孩子一样张开大嘴憨笑，露出雪白的牙齿。他下来后说："吹笛子比开车床还要费劲！"

我们第二边防营新兵集训连的四名演出人员表演了三句半，高个子黄满仓打头，锣鼓家什敲响，总共转了四个圆圈。说最后半句的是年小林，他每说最后半句时，就把脑袋一缩。他的脑袋和脖子十分灵活。四圈转完，收场。他缩着脖子提着铜锣跑下台。他的这个自由发挥，也收到了热烈的掌声。

"嘭嘭嘭"，手鼓响起来了。一群巴郎子跑上台，他们不知从哪里借来了民族服装，随着音乐跳起了维吾尔族舞蹈。他们跪下去一条腿，面对着想象中的姑娘表达自己的追求。许多巴郎子围住一个巴郎子跳舞，好像这个巴郎子的性别变了，这个巴郎子像少女一样面露羞涩，作风情万种状，好像在撩拨这一帮小弟兄。于是，他们大喊一声"耶——嗨！"用拳头捶打膝盖，再捶打地面，好像激动的情绪无处宣泄。他们半蹲着走圆圈，好像要找到一个宣泄情绪的出口。他们终于没有找到这个出口，于是也就作罢，站成一排，右手抚胸，体面地给大家鞠躬。

这一场新兵汇报演出波澜起伏。

照张相片寄回家

知青兵去向定下来了。罗英杰去后勤军械修理所开车床，不过先得到炊事班白案子上揉面锻炼，释放一下他那一身牛力气。

寒冬、华亚平、莫默去炮兵连，这个连聚集了团部文艺宣传队的一批骨干。平时训练炮兵技能，有文艺演出任务，就拉出去表演。

怎么韩民就被定在通信维护连了？要去爬杆子架电线。可能是看他跳独舞时身姿灵巧，手脚灵活。

已确定我去明铁盖哨卡了。

燕宝龙找我谈话说："我本来想把你要到廊口卡拉其古我们哨卡连，可是，柳指导员把你挑走了。"

我说："廊口是哪里？"

他说："就是瓦罕走廊的入口。"

我说："瓦罕走廊？这个地方我在书上看到过。"

燕宝龙说："柳指导员是从明铁盖哨卡来的，他指名点姓要把你要到明铁盖哨卡去；我也没办法。"

我们这个班共十一个新兵，卡拉其古哨卡、明铁盖哨卡、托克曼苏哨卡、克克吐鲁克哨卡，都分的有。闻智和林汉被分到克克吐鲁克哨卡了。林汉说："于茂堂连长是从克克吐鲁克哨卡来的，他点名要我和闻智。我在他面前好几次调皮捣蛋，他却点名要我，要把我带到克克吐鲁克去。"

团部从喀什市请来了两个维吾尔族摄影师。这两个摄影师工作认真负责，一丝不苟。

我们要去哨卡的兵，可能有的人直到退伍只有这一次照相的机会。过两天，我们就上雪山了，可能再也没有照相的机会了。两天后，我们要拿一张照片寄给家乡的父母，把另一张揣在自己怀里，然后就起程。

照相的地点在边防团俱乐部大礼堂前面的广场，广场边有几棵小柏树。这天上午，阳光很好，日照强烈。摄影师选择好地方让我们站立，我们排队按次序照相，随着阳光的移动，摄影师调整我们站立的位置和角度。一定要保证一次拍摄成功，每人拍两张照片，再没有多余的。

我刚理过发，理发师傅就是燕宝龙。他从沙枣那里借来了手动理发推子。

天气冷，我脱掉了羊皮军大衣和棉袄，换上了夏季才穿的绒衣和的确良罩衣，戴上了夏季才戴的单军帽。这样照出来的照片，比穿冬装照出来的照片要精神很多。

我在广场上脱掉羊皮军大衣，打了一个冷战，又打了一个喷嚏。

阳光好强呀！面对太阳，我不能直视。军帽的帽檐遮住了我眼前的阳光，我可以从帽檐下面朝远方的天空斜视。我这个样子是不是有一点豪迈呢？其实完全是因为高原的阳光太刺眼，使我不能直视。

照完相，燕宝龙叮嘱："都提前把信写好，等照片到了，就可以立马寄走。"

出发上哨卡，已迫在眉睫了。

方杰骑着骆驼走远

第二天，方杰他们一大早从第一边防营新兵集训连骑马过来了。

方杰被分到阿然保泰哨卡了。这个哨卡眼下还没有通公路。方杰他们骑马到团部来，是要换骑骆驼。

方杰他们在俱乐部广场边背着背包跳下马。

二十几匹骆驼早就拉来了，骆驼卧在俱乐部广场边上，后勤的人在给骆驼的驼峰后面捆绑一些用麻袋装好的蔬菜和其他物品。

方杰他们跨上骆驼，骑在驼峰之间。骆驼先是前腿跪着起来，然后后腿站立，最后前腿也站立起来。骆驼这么站起来时，方杰就前后大幅度地在驼峰中间摇晃。方杰开心得哈哈大笑。

方杰看见我过来了，远远地朝我招手。

我走到骆驼跟前，骆驼扭过头来朝我吐了一口气。骆驼吃进肚子的草料咽进肚子后，过几个小时又回到嘴里咀嚼，骆驼嘴里呼出的气味就特别臭。我被这气味臭得后退了一步。

方杰哈哈大笑。

我大声问："去什么地方啊？"

方杰大声回答："阿然保泰哨卡，中苏边界！"他回答得很豪迈。

我问："远不远啊？"

方杰大声说："现在走，夜里到，明天就可以看见哨卡的太阳啦。"

我后来听说，阿然保泰哨卡夹在雪山中间，每天只有两到三小时的日照时间，方杰要想看见哨卡的太阳，得等到明天中午。

骆驼在俱乐部广场走了一圈，试试身上的物品捆绑结实没有。骑在骆驼上的新战士都挥手向大家致意。方杰朝我们大家敬了一个军礼。他骑在骆驼上，我对他抬头仰视。他们出了军营大门，绕过营区，穿过大戈壁，进入山沟，豪情万丈地往雪山的深处去了。

方杰他们比我们先走一步。我望着方杰走远的背影，我很快也要到哨卡去了，我将看到明铁盖的天空。我到高原边防是为什么呢？是因为一腔热血和激情吗？我对我的前程没有周密的考虑。我的前程一片模糊。柳凤祥对我说"我们部队很艰苦"。我不知道到底有多艰苦。听说部队在昆仑山上，我就热血沸腾。我是有一点浪漫吧？我真的向往边防和昆仑山，有一种莫名的好奇。我喜欢探索，如果让我选择道路，我宁可选择披荆斩棘而不选择坦途。我认为一马平川太没有意思了。我对去雪山哨卡，一点顾虑和犹豫都没有。我现在有的就是一点烦闷：我不喜欢被口令反反复复地约束。我们把队列走得那么整齐，在雪山上给谁看呢？谁来欣赏我们队伍的整齐划一呢？

现在好了，我就要入列了。我会得到一支配备给我的枪，一支属于我自己使用的枪。有一支属于我自己使用的枪，我心里就踏实了。

我当时有个梦想，也就是说，我当时有一个幼稚的想法。我猜想，在我们一线哨卡，一定配备有我们国家、我们军队当时最先进的武器，它们是我们国家的尖端武器，是自动化武器。至少，配备一支枪是没有问题的。预备用枪，我就不再是新兵蛋子了！明天，也许我就要上岗。我的刺刀会挑起一片霞光，我的头顶天空灿烂。

第十三章

冰雪走廊

驶向喀喇昆仑

又是午夜出发。打好背包，把羊圈清扫干净，这是我们部队的传统。

以哨卡为单位，人员分开乘车。分配给明铁盖哨卡十七个新兵，有一名留在团部学报务了，上车的只有十六人。柳显忠上了我们这辆车，他在清点人数。怎么二班长郑芳和三班长易顺也上到我们这辆车上了？原来，郑芳和易顺抽调到集训连来当班长前，都是明铁盖哨卡的副班长。

郑芳说："总算是归队了。"

进入3月一个多星期了，然而，天还是很冷。我们穿着棉袄棉裤，还要再套上羊皮军大衣。棉毛帽子的帽耳放下来，羊皮军大衣的领子竖起来，大家都坐在自己的背包上。前面开走了一辆车，这是去卡拉其古哨卡的一号车。我们的车是二号车。这天夜里没有月光，也没有星光，我连身边人的面孔都看不清楚。

汽车开出营区，在浓黑的夜色里摇晃颠簸。我辨不清方向。

一个多小时后，天空露出曙色。我从车厢里抬起头，看见道路两侧都是白色的山峰。眼前的公路是砂石路，路面被疾风刮出一道道凹痕，被称之为搓板路。

公路在群山中蜿蜒，没有明显的爬升。车队拉开了距离，在山谷里卷起滚滚黄尘，一条冰河在右边闪着寒光。

我问柳显忠："指导员，这是什么河？"

柳显忠说："这还是塔什库尔干河，我们现在要到它的上游去。"

我望着前面白雪皑皑的群山，又问："指导员，前面是什么山？"

柳显忠说："喀喇昆仑山。"

我说："怎么从昆仑山到喀喇昆仑山来了？"

他说："我们现在行驶在中巴国际公路上，这是喀喇昆仑段，又叫喀喇昆仑国际公路，这段公路还没有最后完工。"

他又补充说："到巴基斯坦去，就走这条路。前面有个口岸叫红其拉甫。"

现在，我们正驶向喀喇昆仑方向。

进入积雪的山谷

我们的车队，正在从北向南穿过帕米尔高原，从昆仑山脚下到喀喇昆仑的群山中去。在遥远的目力不及的前方，世界第二高峰乔戈里峰矗立天边，还有三座海拔8000米以上的冰峰，以及十几座海拔7500米以上的冰峰，它们好像是一个家族的兄弟，居住和分布在周围。而在方圆上千公里范围，5000米以上的雪山和冰峰多到难以计数，它们仿佛连成了一片大海，正掀起汹涌澎湃的雪的浪涛，现出惊世骇俗的景观。

一条冰冻的静止的河流在我们的右侧。这是从喀喇昆仑山下来的塔格敦巴什河。我们的汽车突然朝右拐，驶过一座公路桥，绕行一个大圈子后，向西驶进一个神秘的山谷。

在这里，冰冻的卡拉其古河和塔格敦巴什河闪亮握手，共同汇成了塔什库尔干河。我后来才知道，卡拉其古河上游、派依克沟口之上就叫明铁盖河，明铁盖河是塔什库尔干河的源河。

隔着冰河，西北边是一座黑色的高山，山顶积雪皑皑；而在山谷南边，驼色的山岭次第升高；再往南，是一片冰峰的尖顶。

进入山谷后一路往西，道路逐级抬升，两旁群山夹道，形成高山走廊。

喀喇昆仑山，在突厥语里意思是"黑色岩山"，黑色是其标志。

眼前是一条简易公路，它原来是一条驮运路，被汽车碾轧成公路了。

一座军营孤零零地坐在公路边。这是一个不大的院落。它的四周，地上积雪没有化，几个军人从晨光里走出来。

一号车扭头开进这座军营的大门了，我们的车停在公路上。

一个身材瘦削的四十多岁的黄脸军人走过来，和柳显忠打招呼。

柳显忠说："这是我们营的董得水副教导员，他是老边防了，他在我们明铁盖哨卡干过。"

一号车走后，我们的车变成打头阵的了。前面的路被白雪覆盖，再没有汽车开过的痕迹。前面看不见汽车，也看不见人烟了，天空中也没有鸟飞过。

两边山峰高耸，山崖重重叠叠。棕色的、黑色的山峰和山崖都有。这些高高的山顶都被白雪裹住。瓦罕走廊在冬天如此苍凉。

说不完的传奇

白茫茫的雪谷里，公路依稀可见轮廓。太阳出来了，阳光耀眼，冰河在公路边闪闪发光。我们的车爬过一道道雪冈。

天空突然更加明亮了，光芒刺眼。太阳从天上照下来，照在雪山、冰河和雪谷里，阳光被反射回天空，光芒互相交织，光线呈网格状。

在拐弯的山坳背阴处，积雪堆在山根。前几天才下过暴雪吧？也或许这些积雪是狂风刮过来的。

见大家神情黯然，柳显忠笑笑说："你们别小看这个地方，唐僧取经就是走的这条路。"

我左顾右盼，眼睛不够使。然而大家对唐僧好像不感兴趣。

这个话题没有打动大家，柳显忠又说："你们别小看我们明铁盖哨卡，没有修建喀喇昆仑国际公路之前，这里是我们国家去巴基斯坦的主要陆路通道。过去，边境口岸不在红其拉甫，而在我们明铁盖，到了夏天，就有驼队从我们那里经过。"

冰河对岸有一座棕色高山，山崖层层摞起来，直上云霄。

我觉得脑瓜不够用，反应有些迟钝了。

柳显忠看大家情绪低落，于是又说："你们知道吗？当年，周总理出国访问，飞机飞过的就是我们明铁盖达坂山口。那次，导航台的人和我们哨卡的人，带着棉被和柴油，一起爬上明铁盖达坂，点燃三堆篝火，给周总理的专机导航，周总理在专机上致电嘉勉导航台的官兵，实际上也是在嘉勉我们明铁盖哨卡人啊！"

昏昏欲睡的战士都坐起来了。

柳显忠说："你们不要睡觉，这样睡着不好。我告诉你们，有一部电影叫《冰山上的来客》，讲的就是我们明铁盖哨卡发生的事。这部电影当年拍摄时，董副教导员还在明铁盖哨卡，听他说这部电影就是在我们哨卡那里取的外景；在这部电影里，帕米尔高原被改成萨里尔高原了，明铁盖冰峰被改成明特尔冰峰了。电影插曲里就这么唱。"

汽车在冰谷飘移

前面是一片冰谷。太阳照在上面，就像照在一面巨大的魔镜上。阳光耀眼，光斑飞舞。

在这片开阔的冰谷北侧，高山形成巨大屏障；而在南侧，大片低矮的雪山，像波浪涌向天边。七八条山涧和山溪，处于冰封状态；但是，当中午阳光最强烈时，这些冰涧和冰溪，就流过来雪水。它们流入冰封的河道，溢出河岸，在山谷肆意流淌；到了夜晚，这些水叠加上冻。第二天中午，融雪水又下来了，再从河道溢出来。这些横流的河水，夜间又冻成冰，在原有的冰层上重叠，日复一日，把山谷铺得满满当当了；冰河渐渐和两边的雪山连成片。于是，一段完整的冰谷，就构成了冬季瓦罕走廊的奇观。

我们的车开上冰面就失速了，车轮空转。

我们跳下车推汽车。然而，汽车在冰面上，从高处往低处飘移，像一片随风飘飞的落叶。我们的目标是把汽车推到冰谷对面，那里有一个连接公路的豁口。豁口那里，是一小段冰坡。

我们终于把汽车推到那个豁口跟前了，却无论如何也不能把它推上冰坡。柳显忠把自己身上的羊皮军大衣脱下来，铺在汽车轮子下面，郑芳和易顺也把自己的羊皮军大衣脱下来，铺在汽车轮子下面。大家在后面使劲推，司机启动油门，奋力冲上冰坡。

这时，三号车和四号车也开到冰谷了。他们的车也在冰谷里飘移。

从冰谷上来，瓦罕走廊在这里上了一个阶梯，抬升到一个新高度。

柳显忠忽然大声喊："快看，前面是派依克沟。到这里，就是我们哨卡的防区了。"

我抬头朝他手指的方向看，只见右前方有一条山沟。沟里有一条冰河从远处雪山上挂下来，激流被固化了，在沟口铺成碧玉，却依然还有波浪翻滚的动感。

柳显忠又说："到这个山口巡逻，要从沟口一直上到云端。"

我们没有等三号车和四号车，我们的车先开走了。

老营房以西

汽车刚启动，柳显忠又大声喊："快看，老营房！"

这是旧时代的哨卡营房。只见路左边有一个小山坡，小山坡上有一排老营房的残垣，屋顶没有了，土墙上，窗洞和门洞还在；门洞下，斜坡上残留着一溜破损的台阶。

这个小山坡高度不大，坡两边的小山沟像两条胳膊把这个小山坡抱在怀里。夏季，沟里溪水清澈，饮用水和生活用水伸手可得；冬季，可以采冰解决饮用水和生活用水问题。关键是，它的位置选择在派依克沟口斜对面，既便于守卡，也便于进沟巡逻。我不知道这座老营房是不是在清代就有了。

过了老营房这个地段，汽车在山冈和谷地继续西行。再往前，山谷收窄了，冰冻的明铁盖河就在我们脚下。

冰河闪着寒光，放射出青铜兵刃一样的光芒，视觉上，这条冰河的冰面有点发绿，像一条蜿蜒而行的未经雕琢的巨大浅绿色玉龙。

这条河，在此后的一千多个日日夜夜里陪伴着我，我对它太熟悉了。每到冬天，我们就去这条河的冰面上破冰取水；而到第二年的4月底，冰河解冻，在河水还没有开始上涨的那段日子，我会下到河底，在清澈的河水中间，坐在大石头上晒太阳，观察河道里像透明的绸子一样起伏的河水的变化。

我熟悉它怎样开河融化，那透明的温柔的河水如何扩散波纹；熟悉它怎样在夏季像野马在河道里奔腾翻滚铁质的黑色波浪；熟悉它重新封河，河冰渐渐填满河道，它在太阳和月光下的每一个姿势、每一个动作、每一个表情；我有时甚至和它对话，我们彼此交流，互相理解……

冰河对岸，是一排雄伟的高山。高山之上冰雪盖头，它们就像一排健壮的陕北小伙子，头上扎着白羊肚毛巾站成一排，挺胸抬头。飞鸟也难以从它们的头顶飞过去。

而在河这岸，紧挨冰河，是一排黑色崖山，这排黑色崖山是阴山，山顶积雪未化。公路从河边爬到这排黑色崖山的半山腰，山腰上的这段路不知是何人在何时开凿的，它的左边是峭壁，右边是悬崖。汽车发动机"咔嚓咔嚓"响，水箱冒白烟。在这里，汽车也有高山反应。阴山的公路一旦被雪掩埋，要想等它自然化掉，那就要等到5月。这段路，若没人除雪，肯定是没有办法通过的。

第十四章

明 铁 盖

冰峰下的哨卡

山腰公路上，积雪明显被人挖过了，路两边堆着雪墙。

柳显忠直起身子，抬起胳膊手指着前面大声喊："都快看！我们的卡子！我们的卡子！"

买买提一个激灵爬起来，伸长脖子。好几个人从昏睡中抬起头来。

我伸长脖子极目远望，只见前面的公路在半山腰擦着山崖向前延伸，目之所及，是一片茫茫雪谷，寒气在那里像雾一样扩散。雪谷尽头，有一座峭拔的冰山，它像一个白衣巨人矗立着，又像一把寒光逼人的宝剑，尖锐的剑锋直刺向云端。

这就是明铁盖冰山！

汽车继续摇摇晃晃往前开。疏通这段积雪公路的是些什么人呢？

太阳已经西斜，到冰峰的背后去了，明铁盖冰峰的模样更加清晰了。它峭拔、端庄、有型；在喀喇昆仑万千雪山中间，它算不上壮士，可以说它是冰山王子。它像是一名白衣少年，有精气神，有青春勃发的英俊面容。

在这冰山之下的茫茫雪谷，我极目眺望：我们的哨卡在哪里呢?

明铁盖冰河在山腰公路边悬崖下的谷底闪着寒光。它真的是浅绿色的，像一河浅绿色的翡翠。它起伏着，散发着冰冷的光。

绕过一个弯道，柳显忠又大声喊："快看，那里! 就是那里! 我们的卡子!"

我再次远望，只见在冰山巨人脚下有一抹土色印痕，仿佛是冰山巨人用脚趾划出来的。仔细看，渐渐看清楚了，它们像扔在冰山脚下的三四块土坯。那就是明铁盖哨卡吗? 那就是我们未来的家吗? 今后，至少有三年时间，我们的青春就要在这里度过!

有的新兵眼睛里流露出失落。

没有人响应柳显忠，每个人的目光都显得冷峻和凝重。一丝尴尬和愧疚落在柳显忠的眉梢，好像是在说："对不起，我把你们带到这个地方来了。"

我的目光依然被激情点亮。

迎接我们的老兵

弯道边，从雪堆里闪出一个军人，他身穿羊皮军大衣，棉毛帽子的帽头和帽耳上挂着寒霜，冻得发青的酱黄色脸表情木讷，干裂的嘴唇上翻着白皮；他摘掉右手上的棉手套，站直了，眼睛里使劲放射出欢喜的光。他用右手朝车上使劲敬了一个军礼，叫了一声："柳副指导员好!"他就站在崖壁下边，有个雪堆在他身旁。

柳显忠叫了一声："邱明!"从车厢探出身子和他握手。

原来柳显忠是副指导员啊!

柳显忠看了我一眼,尴尬地笑了一下。

那个邱明长条脸,高鼻梁,眼睛不大却特别聚光,他身上溅满了雪尘。我后来知道,他们这些老兵半个月前就已经开始在这条路上挖雪了,为的就是迎接我们这些新兵到哨卡。今天,天刚亮,他们就过来挖雪,已经挖大半天了。他们和我们一样没有吃饭,连一口水也没得喝。口渴了,就捧一捧雪吃。

汽车又往前开了十几米,又是一个军人从路边的雪堆里闪出来,他也给柳显忠敬了一个军礼,大声喊一声:"柳副指导员好!"

柳显忠还礼说:"董良!"

董良身体健壮,酱黄色的国字型脸,浓眉、大眼睛,也是脸颊蜕皮,嘴唇发紫、干裂。他也是使劲挤出一个笑容。

接着是铁民、华魁、詹河、海平、阎良等老兵。他们站成一排,都手拿铁锹,全都脸色发青,嘴唇干裂,神色呆滞,面部肌肉僵硬。虽显苦寒之色,但是他们也都使劲挤出笑容,在崖壁下朝车上的柳显忠敬军礼。

下午已经过去大半了,太阳在冰山后面渐渐落下去,雪谷笼罩在阴影里。

汽车从山腰往下开,碾轧过冰冻的小河沟,爬上一道不高的雪坡。

翻过雪坡,一眼就看见明铁盖哨卡了。它其实就是冰山下一座孤零零的院落。下了雪坡,白茫茫一片,看上去很平坦,其实,这是一片洼地,积雪很深。

哨卡的人从远处往回挖雪,洼地的积雪上,只有人走过时踩踏的深深脚印。汽车开到这里就陷在深雪里不动了。

邱明和董良他们扛着铁锹从后面赶上来，在汽车前面不停挖雪。华魁、铁民、詹河、海平、阎良他们几个在后面推汽车。

我们新兵怎么能坐在车上，让劳累了一天的老兵推着往前走呢？

我抬头看，哨卡离我们不远了。我看见了院墙上和岗楼上黑洞洞的射击孔。有几个老兵在哨卡大门口敲锣打鼓欢迎我们。

我说："我们走过去。"

我背上背包，提着提包跳下车。雪一下子就没过了我的膝盖，我深一脚浅一脚地往哨卡走。

大家也都纷纷跳下车。

郑芳大声喊："可以把背包留在车上，人先走过去！"

有两个维吾尔族老兵手提铁锹，从哨卡跑出来，朝汽车跑去。他们向柳显忠敬了一个军礼，然后在车轮子前面使劲铲雪。

十几个新兵都跟在我的后面往哨卡走。

明铁盖哨卡，我们来了！

我的老营房（一）

让我告诉你当年明铁盖哨卡的老营房是什么样子吧。

明铁盖哨卡是一个东西大约一百米宽，南北大约一百五十米长的矩形院落。它在雪谷里显得落寞。院墙是土坯墙，高两米多一点，墙体很厚，墙上有射击孔。院落的四个角，三个墙角根下有暗堡，只有东南角是一个旱厕。旱厕建在一个平台上，进入旱厕要上几级台阶。哨卡呈坐南朝北的姿势，大门朝北开。大门只有门柱，泥石结构的四棱门柱很粗，约三米多高。紧挨着西边门柱，是一座哨楼。泥石结构的阶梯连接哨楼，阶梯堆砌到大门西边门柱顶部位置，那里有一个小平台，是瞭望台。哨楼是土坯和泥巴结构的，呈圆形，里面可以容纳三人。哨楼的墙壁上有瞭望孔，瞭望孔有玻璃挡风。紧挨着大门东边的门柱，在哨楼的对面是一间工具房。工具房只有门洞，没有窗户。这个工具房除了放铁镐、钢钎、铁锹等挖掘冰雪的工具外，还放着一辆板车；最里面的墙角堆放着一辆残破的大马车车身、破烂挽具、马车轱辘和挽绳。明铁盖哨卡在没有通汽车之前，全凭一辆马拉大车从山下往山上运送粮食等给养。这间工具房，其实就是原来的马车库房。

走进哨卡的大门，迎面是一个照壁。照壁两侧空间充足，汽车可以从照壁的两侧开进开出。照壁面南而立。紧挨着照壁南边，在哨卡院子的中心位置，是一个篮球场。照壁跟前就有一个篮球架，照壁对面隔着篮球场也有一个篮球架；篮球架很旧了，木篮板开裂了，上面的漆也快掉光了。

我走进大门时，看见一个儒雅的军人从球场上匆匆走过。我后来知道他是哨卡的军医，名叫金玉。

我的老营房（二）

明铁盖哨卡的老营房建于二十世纪五十年代末。它的主体共分三部分。

篮球场东边有一排平房，平顶，坐东朝西。这排平房的北边，顶头是一间不大的粮食储藏室，一道小门朝北开，里面地上是木地板，主要存放袋装面粉和人米。这排平房，面朝篮球场这

116

边，偏北有一个双开门的门厅，这里面是连部。连部占据了这排房子的主要位置。走进连部门厅，左右两边共有四个房间，靠里面的两个房间，左边这间是指导员和副指导员的宿舍兼办公室，右边这间是连长和副连长的宿舍兼办公室。由于哨卡干部实行轮休，连队干部很少有满员在岗的时候，这两间连部的房间，政工干部和军事干部混住；连部的文书、通信员、驭手也在连部住；我驻守哨卡三年，大部分时间住在连部。连部门厅里面，一进门口两边的这两间房，左手这间，是所谓的文化室，里面有一面国旗、六七面彩旗、两个篮球、一个给篮球打气的气筒、一套锣鼓家什。右手这间是一个空置库房，里面冰冷，墙角扔了两双高筒毡靴。这两个房间都没有窗户，也没有生火炉子，没办法住人。

　　这排房子，从连部门厅口往南走几步，是食品仓库。这个仓库进深很浅，里面有货架，主要摆放生冷大肉和生冷羊肉、各种罐头，还有粉丝、花生米、压缩后的酱萝卜条等副食干货。明铁盖一年四季寒冷，食品放在仓库里就像放在冷库里，不会变质。

　　在这个食品仓库背后，是马草库。马草库的进深比较深，它和食品仓库背靠背，门开在这排房子背后。

　　食品仓库和马草库前面就是马厩了。当时，明铁盖哨卡有八匹马、两头毛驴；后来，昆仑山下的军马场又给补充了六匹军马，加上后来从炮兵连骑过来的一匹马，明铁盖哨卡的军马就达到了十五匹。哨卡没有通汽车之前，拉大车搞驮运全凭这些军马。哨卡通汽车后，这些马匹主要用来巡逻。马厩占了三间房的面积，里面有一道长长的马槽，马槽顶上有拴马的横杆。马厩门朝东开，有一道齐胸高的拦马横杆。

　　东边这排平房，就到头了。

不过，在马厩南边，隔着一条过道，还有一间孤零零的小屋子，是所谓的发电室，里面有一台柴油发电机。可惜，这里天气严寒，这台发电机基本上无法使用。使用它时，全连战士排队摇发电机的摇把，一个小时过去了，被冻住的发电机的转轴纹丝不动。于是，夜间我们只好用柴油灯照明。

　　在哨卡院子篮球场西边，也是一排平房，平顶，坐西朝东，隔着篮球场与连部的那排房子平行相对。这排房子靠北有一条过道，过道口对着篮球场，过道里面共有四个房间。走进过道口，右手那道门里，是一个带套间的屋子，这里是电台人员的工作室兼宿舍。正对着电台门口的，是医务室，它是一个小单间，十五平方米的样子，里面很整洁，军医金玉和卫生员肖国住在这里。这个过道靠里面还有两个房间，一间是文档室，另一间是储藏仓库。

　　这排房子，从这个过道口往南走八九步，又是一个过道。过道里，入口处左右各有一间小屋。左手这间是司务长宿舍兼办公室，右手这间是机要室。过道的最里面，右手边是炊事班宿舍。

　　从这个过道口，再往前走几步还有一个过道。走进过道，右侧一间小屋里放着一台手摇压面机；左侧那道门里，是哨卡的厨房。过道很短，顶头有个门洞，门洞里是餐厅，餐厅横向右拐、狭长，里面可一溜摆放五张大圆桌。走进餐厅，左边是连接厨房的窗口，从这里传送饭菜；而正对着过道门洞的那面墙，一溜开了四个大窗户，使得餐厅里面在白天比较亮堂。

　　在厨房外，南墙根有一个大水池。夏天用来储水，冬天用来储冰。

　　这排房子也就到头了。

我的老营房（三）

明铁盖哨卡最主要的一幢建筑，是战斗班宿舍。它建在院子正面，坐南面北，在篮球场南边一个过膝高的平台上。这个平台，有砖石砌成的坎沿。这幢房子和院子东西两侧的两排房子一样，都是平顶房，但因为它建在平台之上，地势稍高，因此显得高大。

这幢房里面有三个独立的大房间，东面、北面和南面都带窗户，进入这三个独立的房间，要经过一个中间过道，过道的出入口，开在这幢房屋西头正中间。过道口挂着棉门帘。

三个战斗班，分别住在过道的两侧和顶头。第一战斗班和第三战斗班住在过道南北两侧的屋子，掀开过道口的棉门帘，顺手就可以推开左右两侧的房门。右手这边是第一战斗班的宿舍，左手这边是第三战斗班的宿舍，过道顶头是第二战斗班的宿舍。第二战斗班的宿舍横在过道前面，和过道构成丁字形。

第一战斗班宿舍的四个窗户朝南开，与后院围墙保持五六米距离。第三战斗班宿舍的四个窗户朝北开，面对着室外的篮球场。第二战斗班宿舍的四个窗户朝东开，面对着马厩的后墙。整幢房屋，与篮球场两侧的两排房子一起，在院子里构成一个马蹄形组合；不过，它与两边这两排房屋都互不连接，之间留有宽阔的空地。这样，如果有紧急情况，从过道口出来，便于朝不同方位行动。

哨卡所有房屋的墙壁原本是白色的，年深日久，外墙的墙皮都脱落得差不多了，露出土色墙体。战斗班那幢房屋外墙的墙皮脱落最严重。难怪，当汽车在半山腰行驶时，我从那里遥望过来，看见冰峰下面像扔着三四块土坯。那就是我们哨卡的土坯院墙和土色营房啊。

明铁盖哨卡还有一些小的附属设施。

在大门口工具房背后，北边院墙里面，围了一个猪圈，土围栏约齐膝高，院墙根有两个圈洞，猪躲在圈洞里可以避开风雪。据说，最早从山下带上来了五只小猪崽，有三只不适应，死掉了，剩下的两只小猪，靠厨房的泔水和残汤剩汁生活，现在已经是近两百斤重的大肥猪，连路都走不动了。

在猪圈前面，粮食储藏室旁边有一个沙坑，沙坑边有一架单杠和一副双杠。

在战斗班那幢房屋的平台上，第三战斗班窗户外面，立着四根练习刺杀的木桩。

在营区院子外面，紧挨着东边围墙，有一个大约一百五十平方米的羊圈。羊圈的围墙有一人多高，目前没有圈养羊。

此外，在卫生室和电台之间过道的入口旁，卫生室窗外的墙上，有一个墙龛，墙龛上有一个带框的玻璃门。在这个墙龛里，放着一台青岛牌座钟。每上紧一次发条，这个座钟能走一个星期，哨兵上哨和下哨，都靠这个座钟计时。我调到连部后，只要我在哨卡，每周都要用钥匙给这个座钟上一次发条，并在下午七点，收音机里中央人民广播电台播报时间的时候，给这个座钟对一次时间。

当年明铁盖哨卡的营房和它的附属设施大致如此，肯定有遗漏的。遗漏的内容，就是我不方便再讲的内容了。

在冰冻状态下

山谷白雪茫茫。东边，是我们乘汽车过来时翻过的那道雪坡。西边，是一道雪冈，挡住视野。北边，冰河那面也是一道雪坡，之上是一座黑色的山峰，壁立而起，上摩千仞。这座雄伟的高山抬头挺胸，直入云天，冰雪从峰巅盖下来，远望如残云堆积。之后三年，我每天都和它面对。

在这白茫茫的山谷南边，也就是在哨卡院子背后大约二百米远处，冰峰拔地而起。它像一个身披白袍的武士，威风凛凛。一开始，是一段积雪的高台，就像白色战袍的袍围；接着，是明铁盖冰峰的真身：峭拔、雄劲，如剑锋直指日月，寒光四射。

形象一点说，这段雪谷在冰山下、冰河边呈船型，像冰船；又像是一个敞开的天然大冰柜。冰山就是这大冰柜掀开的白色柜盖；坐落在雪窝里的哨卡营房，就像是放在冰柜里的保鲜盒；我们这些驻守哨卡的军人，被"冰镇"在保鲜盒里。

明铁盖在历史上是著名的驿道节点。之前，明铁盖也曾叫明铁克，老兵们也有叫它明特克的，这只不过是翻译成汉语时音译的差别。我到哨卡后的第三个星期，被任命为明铁盖哨卡边防连的文书兼军械员，在我管理的军械库的一角，立着一个一丈高的宽宽长长的木牌子。这牌子白漆打底，我挪动它时手感很重，上面用红漆写着几个规规矩矩的宋体红字："明铁克边防检查站"，这说明明铁盖曾经就叫明铁克。这个牌子之前就挂在我们哨卡大门口泥石结构的门柱上，这是明铁盖哨卡曾经叫作"明铁克边防检查站"的标志。

明铁盖，翻译成汉语，叫千头羊。这对它的生态环境做了界定。夏季，冰山素衣裹身，明铁盖冰河 5 月初解冻，塔吉克牧民在 4 月底就开始到雪山上来游牧，追逐水草。野黄羊翻山越岭到明铁盖来，繁殖羔羊，生活得蓬蓬勃勃。千头羊这个名字，形象地反映了这时的景象。

苦寒、寂寞，考验着每一个哨卡人，考验着我们的体魄和意志。"明铁盖的冰"，果然一点也不夸张！

在大雪封山时，我们爱惜哨卡的点滴温暖，虽然在雪窝窝里"冰镇"着，但依然坚守、坚持。我们把炉火烧旺，把钢枪握紧，把边防线的乾坤紧紧握在手中。

第十五章

第 一 夜

他们继续挖雪开路

我踏着积雪走进明铁盖哨卡大门。

那几个在大门口敲锣打鼓的老兵把锣鼓家什收了，其中一个老兵带着我们穿过院子操场往餐厅走。我晕乎乎的，脚底下有点飘。

从过道进入餐厅，撩开棉门帘，狭长餐厅里，从四个玻璃窗透进外面积雪的反光，室内光线充足。

五张大圆桌栗色的漆皮都脱落了，圆桌四周放着折叠椅。有两张圆桌上，摆放着刚刚端上来的冷菜和热菜。菜品很丰富。

带领我们到餐厅去的这个老兵名叫靳仓，他是司务长助理兼炊事班班长。

靳仓扁脸矮个子，河北人。他到窗口亲自为我们端饭，大声说："你们都饿坏了吧？柳副指导员昨天打电话，说你们爱吃大米饭。你们就可劲吃吧！"

桌上的菜，真的很丰盛啊！有爆炒冰冻鸡蛋、炒粉丝、油炸花生米、凉拌海带丝、红烧肉、土豆烧羊肉，加热后的酸辣白菜罐头、蚕豆罐头，还有苹果和菠萝等水果罐头，它们都分别盛在不同的搪瓷盘子里。所谓冰冻鸡蛋，哨卡人都叫它"冰蛋"，实际上就是把鲜鸡蛋，打开扔掉蛋壳，再把蛋清和蛋黄搅匀，冰冻在密封的铁桶里，再运到哨卡。

靳仓从窗口端过来两盆热气腾腾的大米饭。

郑芳和易顺也到餐厅来了。他们和新兵一起把两张餐桌围得满满当当。

这么丰盛的饭菜，我却一时没有胃口，吃了几口，反胃。

靳仓说："这很正常，刚上山都有一点反应。"

司务长谭仕民来了，他是甘肃河西人，长圆脸，眼睛不大，脸颊酡红。眼下，他临时主持哨卡工作。

谭仕民对大家说："我们高原边防的伙食，可比昆仑山下部队的伙食好很多啊！因为我们常年在高山上，所以，伙食标准高一些。到了我们这里，缺氧、气压低，都影响胃口；能吃能睡也是一种本事。大家慢慢就适应了。"

怎么不见柳显忠来吃饭啊？

我没有吃几口就离开餐厅了。走出哨卡，看见我们乘坐的那辆二号车从雪窝里挣扎出来了。司机把车停在路边。邱明他们帮忙把车上的背包和行李卸下车。

柳显忠和司机、副司机一起到餐厅去了。

此时，黄昏来临，雪谷里阴沉沉。

后面的三号车和四号车也开过来了。柳显忠从餐厅出来，跑到大门口。

三号车上坐着鲍仓和十几个新兵。四号车上坐着于茂堂、闻智、林汉、何童娃等十八九个人。

于茂堂对柳显忠大喊："兄弟，帮帮忙，不然今天晚上到不了克克吐鲁克啊！"

柳显忠说："没问题！"接着大喊："明铁盖哨卡的老兵都跟我走！"他抄起一把铁锹就爬上了二号车。十几个老兵也都手拿铁锹爬上二号车。二号车的司机和副司机从餐厅那边小跑着过来爬上驾驶室。二号车发动了。

柳显忠在二号车上大喊："我们在前面开路！"

还是二号车打头，三辆车翻过西边的雪冈，不见了。

库房冰冷

继续西行，前面是托克曼苏哨卡，再往前是克克吐鲁克哨卡。这两个哨卡在半个月前，也都开始派人往山下挖雪疏通道路了。但是，在这样的季节，难说雪山上哪个地方有雪崩。大风起来，有的路段已经挖通了，却又被大雪掩埋了。柳显忠带领明铁盖哨卡的十几个老兵乘二号车在前面开路，就是为了送三号车和四号车一程。只要和托克曼苏哨卡挖雪的老兵会合，他们就可以返回明铁盖哨卡了。

暮色降临，天更加冷了。一个老兵走过来，他把我们带到连部门厅里，指着右手边那间空置的黑洞洞的库房说："你们就在这间屋里休息。"

这个老兵面色黝黑，脸相扁平。他叫惠文盛，是明铁盖哨卡的代理文书。他就要调到山下去了。

我们提着背包，犹犹豫豫地走进这间冰冷的库房。

他看我们犹犹豫豫不放下背包，又说："这里是边防，你们晚上不要出去乱跑，你们不知道口令，万一哨兵开枪，可能误伤你们。"

这天晚上，再也没有见到他。

这个空置的库房好冷啊！这间屋子常年不住人，里面没有生火炉，像冰窖。

我以为我们是临时待在这里等待分配，就把背包放在地上，让背包绑着鞋的那一面鞋底触地，坐在背包上休息。

雪山的夜说来就来。气温骤降。山上温差很大，气温白天就在冰点以下，现在寒气笼罩了整个哨卡，这小小的营区院落，在重重冰山的包围中，能给予人多少温暖呢？我们真是被搁进"冰柜"里面了。

又是那样的安静。没有狗叫，也没有刮风的声音。雪山的狗大气得很，它们见过大世面，知道今天来往于哨卡的都是自己人，它们不理睬那些微小的动静。

哨卡的人也大气得很，见过太多的艰难，一般的苦难不放在眼里。到了雪山，不是让你欣赏风花雪月来了，随便一个日常就不是简单的生活。

库房里真的很冷啊！没有火炉，没有灯光，甚至没有一把干马草铺地。

再也没有人过来招呼一声。

今天是个特殊日子：新兵来，退伍老兵明天早晨要走，前面还有两个哨卡的新兵得送他们一程，明铁盖哨卡除了轮值站哨的人，老兵们都挖雪去了。明天即将退伍的老兵，有的要站最后一班哨，有的有点时间都在收拾行李，彼此话别。

好冷的库房啊！屋里黑暗，地上是光溜溜的泥巴地，门口挂着一个棉门帘，我们都蜷缩在黑暗里。大家都不说话。毕竟在汽车上颠簸了一天，又增加了海拔，人困马乏，有点迷迷糊糊。

年小林是我的同乡，他从我家居住的那个城市的郊区入伍，在汉江边长大，自带灵气，人比较机灵。他嘀咕了一句："妈的，在这屋里怎么过夜？"

没有人回答他。

在别的部队，新兵没有到来之前，退伍老兵就可以提前离开部队，边防哨卡却必须等待新兵到达，老兵得站好最后一班岗，不然他们走掉了，谁填补他们的空缺？而明铁盖哨卡没有多余的铺位，我们得等待退伍老兵明天离开后，才能给我们腾出来那一胳膊宽——九十厘米宽的通铺。

看来，我们只能在这冰冷的库房里过夜了。

好 冷 啊

有人解开背包，在地上铺被子，裹着被子睡觉了。

我不忍心把自己的被子铺在地上。已经到哨卡了，这里就是我们的家了，已经到家了，我为什么不坚持一下，而要把自己的被子铺在地上弄脏呢？我不打算解开背包，我想在背包上坐一夜。

像我这样在背包上坐着的还有三个人。他们是三个维吾尔族新兵。他们是买买提、沙地克和库尔班。我在新兵集训连已经认识他们了，但是我们彼此还不太熟悉。他们三人坐在背包上，一边抽着莫合烟，一边叽叽咕咕用维吾尔语交谈。

我不习惯莫合烟的味道。但我还是喜欢这三个维吾尔族战士在黑暗里吸烟。库房里太冷了。那一点烟火光在他们的嘴边明灭，把人的心照亮一点点，给我一点温暖的感觉。

哨卡的院子里静悄悄。

今夜，就这样在库房里，在哨卡度过我们上雪山后的第一夜吗？真是一个难熬的夜晚，又不准我们出去走动。

冷，黑暗，黑暗使寒冷在心里加剧。

在明铁盖哨卡，一般人员往来留宿，都由连部的文书安排。在后来的三年里，明铁盖哨卡先后在春季补充过河南兵和湖南兵，他们到来之前，我都会和通信员把这间库房用火炉子烧得暖暖和和，至少还要用干马草铺地。

棉门帘突然被掀开了，一个哨兵背着上了刺刀的步枪走进来。他名叫詹河。他对正在抽烟的三个维吾尔族新兵严肃地说："把烟灭掉，边防上不准吸烟！"

三个维吾尔族新兵赶紧把烟掐灭了。

詹河于是转身出去了。

没有灯光，现在连烟火光都看不见了。好冷啊！

外面有动静了。是午夜时分了，我听见汽车马达声，也有人在外面说话。是挖雪的人回来了。他们在半路上与托克曼苏哨卡挖雪的老兵会合了。他们因此提前回来了。

连部门厅里有脚步声了，也许是柳显忠。

如果是柳显忠的话，我知道他今夜也没有多少时间睡觉了。明天，天一亮退伍老兵就要走了，有的老兵要找他话别；而且，他还得连夜分兵，新兵们明天谁去哪个战斗班，谁到哪个岗位，他在今夜就得和各班的班长一起研究决定。

又有脚步声。棉门帘又被掀开了，一道手电光照进来，进来了两个维吾尔族老兵，他们穿着羊皮军大衣，身裹寒气。很显然，这两个维吾尔族老兵刚刚挖雪回来。他俩一个叫库热西，另一个叫阿布拉提。

他们和三个维吾尔族新兵用维吾尔语交谈。库热西给三个维吾尔族新兵散烟。他们之间不知说了什么话，都突然笑了。他们又说了几句，都突然大笑了。于是，他们划燃火柴，互相把手中的香烟点着。

我猜测：一定是库热西告诉三个维吾尔族新兵，刚才哨兵詹河说"边防上不准吸烟"，是在吓唬他们。没准他们还嘲笑詹河呢。

他们抽着烟又说了几句话，那个瘦高的阿布拉提就出去了。过了一会儿，阿布拉提返回来，胳膊下面夹了两条单人羊毛毡床垫、两床蓝色被面的被子。我后来知道：每个哨卡战士入列后，都会领到退伍老兵留下来的一条八十厘米宽的羊毛毡床垫，和一床蓝色被面的公用被子，这两样和哨卡配发的一床厚实的羊皮褥子搭配在一起铺垫在身下，再加上室内有炉火，还有自己的被子和羊皮军大衣，即使在最寒冷的天气里，在室内安然过夜也没有问题。而有一天，当你退伍离开哨卡的时候，羊毛毡床垫、公用被子和羊皮褥子，这三样必须交回哨卡，然后再传给下一代接班的守卡人。

阿布拉提这是把他自己的和库热西的羊毛毡床垫和公用被子拿来了。他们两人立马帮助三名维吾尔族新兵在地上打地铺。

库热西和阿布拉提一起走了。三名维吾尔族新兵也睡觉了。我有点羡慕这三名维吾尔族新兵。现在，在黑暗中独自坐着的只有我一个人了。

我想强撑到天明。

送传统

后半夜，峡谷风吹起来了。每天的后半夜，峡谷风必然吹起。呼呼的风声在屋顶上呼啸。峡谷风一吹起来就像万马奔腾，大河决堤。我裹紧羊皮军大衣，坐在背包上，双手抱住肩膀，听着呼呼的风声，头渐渐垂下去。

我干吗要到雪山上来呢？其实，我还是有选择的。我插队已经三年了，即使不参加招工，我还有别的机会。

我干吗非要到边防来，干吗非要上雪山呢？完全是因为一腔热血和激情吗？其实，人都有很多选择。有人选择平安，有人选择一份可观的工资，有人选择成立家庭……我干吗选择边防呢？我选择雪山，不仅仅是因为激情吧？一个生命，把自己放在生与死的境地去接受考验，我想大多数军人在做出这样的选择时，心里一定会说："我可以！"

这份激情，将来会被消磨掉吗？

雪山能给我的，除了磨砺之外，一定还会有很多……我在迷迷糊糊中进入梦境。我梦见玉色蝴蝶一样的栀子花开在哨卡大门口，可是我却闻不见花香……

一个激灵醒来，已是北京时间的早上10点了。这里的时差和北京相比晚四小时。我听见营区大门外，汽车已经发动了，锣鼓声已经在营区外面响了。

一连两个夜晚没有睡好觉，我走出房门时更加昏昏沉沉。站在晨光里，我有些恍惚。高山反应使我变得木讷。

我知道退伍老兵要走了。今年退伍的，是湖北籍和四川籍老兵。一个老兵从战斗班宿舍前的平台上跳下来，他跑到我跟前。

他的手里拿着一只有点瘪的姜黄色搪瓷洗脸盆、一双筷子、一只掉了瓷的搪瓷碗，满怀期待地说："这些，送给你吧。"我看见他表情紧绷，好像在努力控制住自己的感情。

原来，老兵们退伍时，会把自己用过的一些东西留给新入伍的战士，美其名曰"送传统"。那些比我醒来得早的新兵，差不多都已经得到退伍老兵赠送给他们的"传统"了。有人得到了小木箱，有人得到了小木凳。

这个到我面前的老兵，完全是一副失魂落魄的样子。

我把搪瓷碗、筷子、搪瓷洗脸盆郑重地接过来。我木讷到还没来得及说一句"谢谢"，就见他跟跟跄跄、失魂落魄地跑出营区大门了。

我突然反应过来：我该再看他一眼。于是，我赶紧走出哨卡大门。

昨天送我们上山的那辆大卡车已经发动了，别的退伍老兵都已经上车了，这个给我"送传统"的老兵是最后一个上车的。他在车厢里掉过头，把头抵在车厢的后挡板上，久久没有抬起……

我愕然了：他在低头洒泪。

他是湖北宜昌人，我不知道他的姓名。

第十六章

第三战斗班

我们这个班

我和武志生、张社民、郝富贵、库尔班五个人被分配到第三战斗班，三班长邱明来接我们。

战斗班宿舍门口都挂有厚厚的棉门帘。走进第三战斗班，只见与外面院子一墙之隔的四个大窗户很明亮。把窗扇打开，院子里的篮球场、营区大门口的照壁，还有左右两侧的两排房子，从窗口一眼就看得清清楚楚。

窗外台地上有残雪，四根练习拼刺刀的木桩在寒冷里颇显乏味。

副班长董良正带着詹河、阎良和阿布拉提用糨糊和白纸糊宿舍的屋顶和墙壁。他们早就在干这件事了，灰暗的屋顶和墙壁，用白纸一糊，变得雪白明亮。现在，他们正在把红纸裁成十厘米宽的长纸条，在通铺床头上方墙壁一米高的位置，贴一条笔直等高的红线，使雪白的墙壁显得简洁而有层次。

房间里，十分之七的面积都被通铺占了，通铺前留有一米多宽的走道，走道的顶头有一个门洞，里面是一个不足四平方米的储藏室。

眼下，第三班总共有十人，按人头算，每个人可以分到九十厘米宽一点的铺位。邱明他们在每个铺位的床头上方墙上钉一颗钉子，用白纸头把钉子头裹起来，所有钉子的位置等高，这排钉子用来挂腰带和军帽。

室内挺暖和。我们进屋时，把一个窗户打开来透气。我们进屋后，这个窗户就关上了。门对面墙角有一排枪架，上面立着两支56式冲锋枪、一挺56式轻机枪、一具69式40火箭筒、两支56式半自动步枪，剩余的一半枪架暂时空着。

每个战斗班宿舍，通铺前过道中间位置，墙边都安置着一个小型汽油桶改装的火炉子，炉子边有一个大汽油桶改装的水缸，炉子的铁皮烟筒，在齐膝高的位置贴着窗户下面的墙壁向门口方向延伸，在门口对面那个窗户的顶角上头，从墙洞里穿出去。这会儿，炉子里燃烧着焦炭，炉盖子盖严实了，上面放着一把装有冷水的铝壶。这个火炉子的烟筒除了散热外，把烟筒擦拭干净了，上面还可以烘烤准备上夜哨时给肚子垫饥的馒头。每天晚上，哨兵下哨回来，可以在烟筒下面烘烤在雪地里踩踏湿的大头鞋、冰冷受潮的羊毛鞋垫和穿皱了的白布袜子。屋子里除了焦炭燃烧的味道，还有鞋袜飘散出的酸臭汗味。

这个班编制十一人，原来的班长冀银生被抽调到团部文艺宣传队去了。他常年在团部的文艺宣传队，虽然没有宣布解除他的职务，实际上已不履行职责了。

三班长邱明是刚提拔起来的。

我们班的人

正在忙碌的老兵把手中的活停下，朝我们笑嘻嘻注目。

董良是副班长，他和邱明一样，都是酱色脸，不过明显比昨天在路上挖雪时精神多了。邱明有点雷公嘴的嘴巴紧闭着，显示出努力和坚持。董良的眼睛质朴而和蔼，眼神充满探寻和关切，眼底是忠厚本色。邱明和董良说话都是太行山口音，鼻音很重。

董良手里拿着红纸条，他抬起一只手示意手指上粘的有糨糊，不方便和我们握手。

邱明对我们几个新兵说："你们几个和我们一起糊墙纸吧。"

老兵中，詹河和阎良虽然和邱明、董良一样都来自河北邯郸地区，但是，他俩的皮肤没有邱明和董良的皮肤那样黑黄，说话鼻音也没有邱明和董良的鼻音那么重。

詹河的身高和我差不多，相貌端正。阎良的身高比我稍稍高一点，有一双鼓鼓的金鱼眼。

维吾尔族老兵阿布拉提来自克州。他身量高，身形瘦，长条脸，吊脚眉毛，眯缝眼永远带着笑意；鼻梁偏长，厚嘴唇外翻，脱掉帽子后，有点尖的头顶上露出稀疏的黄头发。他的腰板不是那么直挺，长相有点卡通，但他特别爱笑，性情温和，也不介意别人和他开玩笑。他是一个非常不错的维吾尔族战士，就是他的汉语水平太差了，只能用手势和表情跟汉族战士交流。我从来没有和阿布拉提开过玩笑，对这位性情温和的老兵很是尊重。

我们五名新兵，张社民有宽阔的前额，他喜欢留大背头，目光飘忽；他的这个大背头，使得他很像一个乡村公社的副公社级干部。郝富贵是一个小脑门战士，明亮的眼睛有几分机灵，他虽然是小脑门，却和张社民一样喜欢留大背头；他的这个小脑门大背头，使得他很像一个生产大队干部。武志生是一个大个子，偏胖，大脸，瘪瘪嘴，不长胡子，有点娘娘腔，为人纯朴。库尔班来自阿克苏地区，憨厚的外貌，瘪瘪嘴，汉语水平也很差。

邱明在往墙上贴红纸条，他用浓重的太行山口音说："我和副班长董良是河北涉县人。知道涉县吗？那里是太行山，太行山你们知道吗？"

我说："知道，太行山有个红旗渠。"

他说："对！不过那条红旗渠在河南，他们那里和我们那里都属于太行山。"

詹河正在往墙上刷糨糊，他回过头说："我和阎良也是太行山人，不过，我们那里是武安县。"

詹河不但五官端正，而且人很干练，也精神。

我们这个班，邱明是班长，董良是副班长，他们两人使用的都是56式冲锋枪；詹河是机枪手，使用的是56式轻机枪；阎良是火箭筒射手，除火箭筒外，另外还给他配备了一支56式半自动步枪；阿布拉提使用一支56式半自动步枪。我、武志生、张社民、郝富贵、库尔班五个刚来的新兵，等待确定岗位。

领到一支枪

邱明带领我们到军械库去领武器。我领到一支56式半自动步枪、一个基数的子弹、子弹袋、手榴弹和手榴弹袋。

在这之前，我一直抱有幻想。我原来一直认为，我们一线哨卡部队可能有比较尖端的武器，至少是自动化武器。现在配发给我的，却是一支老旧的半自动步枪，枪托上的漆皮都脱落了。

我在农村插队时，公社组织我们打过一次实弹射击，那次我打了一发子弹，使用的是一支刚出厂的半自动步枪。到了明铁盖哨卡，却配发给我一支老旧的半自动步枪。

我们把武器领回来，邱明给我们做示范，指导我们如何保养武器。他在床板上把我这支枪拆卸开，用擦枪油和棉纱擦拭每一个部件，擦好后，再指导我们重新组装。

邱明看出来我有一点瞧不上这支老旧步枪，于是说："你别小看这支半自动步枪，它是我们国家第一批生产的，用的钢材是从德国进口的，这枪连续打一百发子弹，枪管都没有问题。而后来生产的63式全自动步枪，虽说是全自动，连续打一百发子弹，枪管都烫手了。而且，半自动步枪的精准度很高，射程远，拼刺刀时也很好使。"

虽然邱明这样说，但我的豪迈之情已大为折损了。不过，我喜欢这枪的剑式刺刀。

詹河说："这刺刀上的银粉是不沾血的，后座弹性好，杀伤力足。把刺刀卸下来，当匕首也很好使。"

邱明去掉我这支枪的枪机，拿一根通条，在前端裹上一小片带油的擦枪布，反复通我这支枪的内膛，把枪管的内膛擦得锃亮，让我从枪口看里面还有没有灰尘，问我看不看得见膛线。

邱明还教我们如何正确使用枪的附件筒。

他说："平时保护好手中枪，战时它就不会耽误你。"

我们几个新兵都把自己的手中枪擦拭了一遍，又重新拆卸开，再组合，这样反复演练了好几次。

我清点过子弹后，把子弹在了弹袋里装好，把手榴弹在了袋子里装好，我背好手榴弹，扎紧腰带，在胸前挂好子弹袋，背好打开刺刀的半自动步枪，原地跳了跳。

邱明对我们说："今天晚上，你们就要站夜哨了，你们一定要熟悉自己的手中枪，把它们玩得顺手。"

大家洗手时发现水缸里面快没有水了。

董良说："谁跟我去拉水？"

我说："我去。"

和董良去冰河拉水

阎良说："阿布拉提，把腰挺直，别稀稀拉拉的！"

阿布拉提咧着嘴笑。

我和董良套上羊皮军大衣，戴上棉帽子准备出门。

董良说："把棉手套也戴上。"

我于是戴上棉手套，手套里是毛茸茸的兔毛。我把两只手套的连接带搭在后颈上。

我跟着董良出门。

院子里，炊事班门前，有一辆水车，驾车的是一头毛驴。这辆水车的车架子用钢管焊接而成，普通架子车的胶皮轮。车把很长，用一条宽牛皮套带搭在毛驴背上，把肚带绑紧。装水的容器，是一个大汽油桶改装的水箱，在车架子上搁平了，用八号铁丝固定捆绑结实。平放着的汽油桶上方，开了一个三十厘米见方的口子。在钢管车把的根部，挂了一只铁皮水桶。

那头毛驴看见我们走过来，就自己先拉着空水车往营区的大门口走。

我心里想：好有灵性的一头毛驴啊！

营区大门外白茫茫的，简易公路从哨卡大门口横穿而过。公路那边，雪野里，有一条一米多宽的小路，路基在雪地里微微隆起。每天，炊事班的炉灶和各个宿舍火炉里掏出来的炉渣，用一辆铸铁小推车推出来，顺着这条小路往路两边倾倒，小路因此被渐渐垫高加宽。

在小路尽头，冰河明晃晃，闪耀着阴冷的光。毛驴拉着车在河岸边停住了。董良和我都站在岸边。眼下，我对方位的判断依然是不清楚。老兵有责任把周围的环境给新兵介绍清楚。当时，在我的心里，我以为面前这条河可能是一条界河。

我用警惕的目光朝河对岸注视。

董良平淡地说："这就是明铁盖河。"

这条河有一百多米宽，冻冰把河道填满了。站在这里，河对岸的一切就看得清楚一些了。一面坡地缓缓斜上去，它被皑皑白雪覆盖着。从山坡上开始，直立而上的黑色山崖升到云雾相接之处，在那上面，悬崖朝我们这边突出来；山顶上，积雪像凝脂一样压在崖头上；山的裂缝中间，白色像银丝一样一缕缕挂下来。

我问董良："这是什么山？"

董良回答："这座山叫塔木泰克。"

我又问董良："苏联是在河那边吗？"

董良也许没有明白为什么我提这样一个问题，他甚至没有听明白我所提出的问题的内容。

他用浓重的鼻音咕哝了一句话，我没有听清楚。

认识老毛驴

董良牵着毛驴走上冰河的河面,河冰差不多与河岸一样齐平,大头皮鞋在冰面上打滑。毛驴是小脚,它在冰面上拉车走路不稳。我们牵着它,一直走到河道的中间。那里,有一个大冰坑。

明铁盖河的冰好厚呀!从这冰坑的断面看,河冰足足有三米厚。这个冰坑,七八米见方,从坑岸边到坑底,有一串用洋镐挖凿出来的斜斜的冰的阶梯。冰坑底,是清澈的流水。即使在最寒冷的季节,明铁盖河冰层下依然流水潺潺。

我们把毛驴和水车停在冰坑上岸边,董良提着水桶下坑取水。他把一桶水提上坑岸,我接过来,把水注入水车上的水箱。

董良说:"你提水桶时一定要把手套戴上,不然,你的手会被冻在水桶的提把上,会被扯掉一层皮。"

接着,是我下到冰坑。好清澈的冰河水啊!

水箱不能装得太满。装好了水,牵着毛驴,推着水车小心翼翼地往河岸走。上岸时,水花溅到毛驴的屁股和尾巴上,立刻结下冰溜子。

董良感叹地说:"这头老毛驴啊!"

我说:"它是一头老毛驴啊?"

董良说:"它是一头母驴,岁数不小了;还有一头毛驴,叫小毛驴,是它的儿子。"

听董良这么说,我就看出这头老毛驴的温驯了。这头老毛驴可能有故事。

董良说:"这头老毛驴最勤快,最能吃苦;它的儿子小毛驴其实也是一头大毛驴了,它早就长大了,但是,那小子贪玩。"

我还没有见过小毛驴呢。

董良说："你推车时也要把棉手套戴好，不然水箱会把你的手粘住，也会扯掉一层皮。"

我把这头老毛驴仔细观察了一番。

它比一般的新疆小毛驴体形稍大一些。它的岁数不小了，眼睛已不太清亮，眼睫毛差不多光秃秃的。灰黑色皮毛，肚囊有点大，肚囊那里的毛是灰白色，脊梁骨那里有一条黑道子，那是一溜黑毛。它的耳朵直立，但不是特别挺直。面相忠厚，拉车时平静、努力、淡定。

董良说："我们哨卡的这头老毛驴是带编制的。"

我忽然觉得这头毛驴像一名战士。

说着话，我们已经进入营区的大门了。穿过篮球场，往炊事班门口那边稍稍绕一点，然后向左转方向，顺着斜上去的几步路，老毛驴使劲拉，我和董良使劲推，冲上战斗班宿舍的那个平台。往左边拐一点，再右拐，就到了我们第三战斗班的窗户外面了。

董良牵着毛驴，让水车停到窗户外。

阿布拉提从宿舍里面把窗户的窗扇打开了。为了防寒，这里窗户上的玻璃是两层的，两层玻璃固定在窗框子上，中间缝隙里隔着一层空气。

詹河早已从炊事班拿来了一条长长的橡胶皮水管。詹河把水管的一头塞进水车的水箱里，把水管头伸到水底，然后，把水管的另一头拿起来，用嘴向水管里猛吹一口气，然后使劲往回来吸气，水箱里的水就从水管的这一头冒出来了。

詹河猛然一下把水管头折弯，再使劲捏紧，让水断流，然后从窗口递给屋里的阿布拉提。阿布拉提接过水管头，把它插入身边的水缸里，松开手，水管就把水车水箱里的水不住地自动抽到室内水缸里去了。大约一刻钟，水箱里的水抽干了，发出"嗞嗞"的响声。

老毛驴听见这"嗞嗞"的声音，就自动开始打转身，准备拉下一车水了。

我的位置

室内的水缸大，拉一车水只能装半水缸。我和董良又去拉水。

这一次，水箱的水装好后，从冰坑边往河岸上走，是我在前面牵着老毛驴。我没有经验，老毛驴滑倒了，它的双膝跪在冰面上，膝盖磕出了血。那血立马被冻住了。然而，水箱里面的水倾倒出来，把老毛驴的后背都浇湿了。我和董良两人扶着老毛驴，带它挣扎着站起来。我们又回到冰坑边去装水。等把水装好，老毛驴的后背已经被冻得明光光的了。特别是在它屁股那一片，结了一层冰甲。

董良面露心疼之色。我因我的失误而愧疚。

老毛驴依然在前面拉车，董良牵着它，我在后面推车。老毛驴的肚囊下面挂满了冰吊子，冻得浑身发抖。上岸时，水箱里又溅出水花。水花溅在我的手套上，也结冰了。

董良说："每天都是这样：炊事班厨房有三口大水缸，三个战斗班的宿舍，还有电台、连部、炊事班宿舍，每个房间都有一口大水缸，这么多的水缸都要蓄水。老毛驴每天要拉二十几车水呢。"

我说："怎么不让小毛驴拉车呢？"

董良说："小毛驴奸猾得很。而且每次都是老毛驴自己主动拉水，它心疼小毛驴。小毛驴是它的儿子嘛，谁不心疼自己的儿子呢？"

董良又说："你的手套湿了，回到宿舍你赶快到炉子上烤烤手。"

我们到了第三战斗班窗外，给室内的水缸注水。

詹河在窗户外，蹲在地上，小心地帮老毛驴去掉肚囊下面的冰吊子。

詹河说："心疼死了。"

这天下午，邱明给我们安排铺位，然后指导我们新兵整理内务。

从宿舍门口开始，第一个铺位是班长的，每个班都是这样，邱明当仁不让。然后是机枪手詹河的铺位。接下来，是机枪的副射手武志生的铺位。武志生虽然长得女里女气，娘娘腔，但是，他是大个子，因此当上了机枪的副射手，配备给他的除了一支56式半自动步枪、一个基数的子弹和四颗手榴弹外，另外还给他配备了一箱五百发装的子弹，子弹箱上绑了一截棍子，武装拉练的时候，他除了携带自身的武器外，还要把这一箱子弹扛上。武志生笑眯眯地接受了这个任务，这是对他的个头和一把力气的肯定。武志生的铺位自然挨着詹河的铺位。

下来就是火箭筒射手阎良的铺位了。阎良的铺位这边是阿布拉提。阿布拉提右边是我，我右边是库尔班，然后依次是郝富贵、张社民，最后是副班长董良。

正副班长一头一尾，把大家夹在中间。

我不知道是不是故意这样安排的，我的铺位被安排在两个维吾尔族战士中间。阿布拉提和库尔班说汉语的能力很差，他俩在一起就用维吾尔语嘀嘀咕咕，把我安排在他们两人中间，晚上熄灯后他俩就不方便在一起小声说话了。

　　阿布拉提和库尔班都看着我笑，我扫一眼邱明，邱明假装没看见。

　　我的位置很尴尬。我左边是阿布拉提，右边是库尔班，两个维吾尔族战士把我夹在中间，他俩口里都有浓重的莫合烟味道，还有孜然味道。我想：我得赶紧学会抽莫合烟，学会吃孜然啊！不然如何得了？

第十七章

第一次上夜哨

五味杂陈

虽然我被阿布拉提和库尔班夹在中间，但我觉得这也没有什么。这两个维吾尔族战士都和我很友好，见面笑嘻嘻。我没有觉得我被夹在他俩中间就降低了档次。人家维吾尔族战士和我一样，都是子弟兵嘛！

整个下午，我们都在整理内务。傍晚，柳显忠带着三个班的正副班长到各个班检查内务。柳显忠说："从明天早晨开始，每天的内务都要整成这样。"

夜里，熄灯了，我躺在阿布拉提和库尔班之间。阿布拉提和库尔班从我的头上探出身子，他俩嘀嘀咕咕小声交谈，有一股莫合烟和孜然的味道在我的头顶飘散。

库尔班嘴巴里还滴出来一滴口水。

我说："库尔班，你是怎么搞的？"

库尔班笑嘻嘻。

我不能用愤怒对一个笑脸人。

邱明突然抬起头来，小声严肃地说："是谁在说话？"

我听见张社民叹了一口气。

詹河说："武志生你睡觉不老实！"

武志生说："我这么胖大，我的身子伸不展嘛！"

詹河抬起头来，说："班长，确定没有，今天晚上上夜哨我带谁？"

邱明对他说："不是已经给你说好了嘛！"

阎良说："我不带库尔班，我和他无法交谈。"

邱明对阎良说："库尔班自然有阿布拉提带。"

张社民又突然叹了一口气。

董良说："张社民，你怎么老叹气？"

张社民说："你没有听见郝富贵在放屁吗？你没有闻见臭味？我都想戴防毒面具睡觉了。"

邱明忍无可忍地大声说："大家都不要再说话了！这是纪律！"

于是，大家都安静了。我听见詹河、武志生、阎良都睡着了，传过来一片此起彼伏的鼾声。

大家都睡着了。

詹　河

头三天，都是老兵带新兵上夜哨。老兵要示范如何出哨，比如说：出哨、下哨时，在室内都是一律不准点灯的，也不准打手电筒。你得摸黑起床，麻利地穿衣服，然后全副武装，向上一班的哨兵问清口令后，警惕地出门。你不可堂而皇之地从院子里走，你得一边观察一边走在月光照不到的阴影里。而初次上哨，在哨位上，带班的老兵都要向新兵交代地形地物，主要的观察点在哪，着重注意哪几个方向的动静。

后半夜，我睡得正香，有人推我，小声说："快起来，该我们上哨了。"

在黑暗中发现叫我的是詹河。我麻利地穿好衣服，披挂上武器。

上一班哨是邱明带武志生。武志生回到宿舍，詹河向他讨要了口令。我跟着詹河背着枪出门，在黑暗里顺着墙根走。到卫生室窗外，詹河凑到墙龛跟前，在夜色中看了看青岛牌座钟上的时间。我们顺着土楼梯，上到哨楼的平台上，推开一扇窄窄的门，哨楼空间不大，邱明还在探头从瞭望孔朝外面观察。詹河小声向他核实口令，说："班长，口令？"

邱明几乎用耳语告诉了他。

詹河问："有啥情况？"

邱明小声说："没有情况。你们小心观察就是了。"又把一只大手电筒和一只哨子交给詹河。

邱明下哨楼后消失在黑暗里。

詹河看起来很干练，但是，我很快发现他不太自信。他喜欢闪烁着自己的双眼皮眼睛，一边思索一边向你提问题，并且期待你对他给出的答案加以肯定。如果你肯定了，他便像小孩子那样长出一口气。

哨楼里只剩下我和詹河了。詹河说："你过来看。"

我凑到瞭望孔旁边，透过玻璃往外面看。我看见营区外面一片白茫茫，雪野那边闪烁着一片暗暗的亮光。我说："那片亮光是什么？"

詹河说："那是冰河啊。"

我说："哦，冰河我知道，我中午还去河边拉过水呢。"我依然弄不清楚方位。

詹河说："你往这边看。"

我说："那是什么？"

"是土坦克，是我们训练打坦克的模型。那个方位要特别注意。"

我说："有什么情况吗？"

詹河说："这说不准，不过我告诉你——"他的口气添了几分郑重："有了情况，你先别开枪。有目标接近，你先朝他喊口令。"

我说："然后呢？"

"如果他回答不上来，还继续接近，你也别急着射击，你先朝天开枪警告，免得误伤了自己人。"

詹河和我交流

我问："苏联在哪里？"我迫切需要弄清楚这个问题。这个问题一直在我的心里面悬着。

詹河用手指了指冰河那边，说："在那边。"

我问："那边是不是东边？"

詹河说："那边是北。"

我说："我怎么觉得是东边呢？"

他说："也难怪，今天一天都是阴天，没出太阳。"

我说："苏联是不是就在河的那边？中午拉水时我问过副班长，他支吾了一声没有给我说清楚。"

詹河说："苏联当然在河那边，不过，他们和我们之间还隔着对面的大山呢，大山那边还有雪岭。"

我说："离我们有多远？"

詹河说："少说也有十公里吧。"

一直到刚才，我还在纠结冰河对岸是不是苏联。对于边界，我总以为它隔着一道墙，或者隔着一道铁丝网，至少隔着一条界河吧？我琢磨：为什么冰河那面空空如也？我说："这么说冰河对岸不是苏联？"

詹河说："当然不是。"

我吁了一口气。

我盯着外面的茫茫雪野看，我看见对面的大山在夜色里黑黝黝的。我白天问过董良这座山叫什么名字，董良告诉过我了，但是，这座山的名字不太好记，而且董良的鼻音太重，我没有听清，也没有记住。

我又问詹河："对面是什么山？"

詹河说："塔木泰克。"

我问："塔木泰克是什么意思？"

詹河说："我也不知道，没有人告诉我。"

我说："我们的哨卡设在这里有什么用处呢？我们守在这里干什么呢？"

詹河说："我们守山口啊。我们周围几百里都是冰山和雪峰，从那里是没有办法过来的，但是山口可以，敌人可以从山口过来。不过，他们要是从山口过来，都必须从我们守着的这条山谷经过。而且，我们还要去山口巡逻呢。"

他在黑暗中望着我，不停地闪烁着他那闪亮的眼睛，期待着我进一步提出新问题。

我一时没有什么新问题。

他说："来，我们抽支烟。"

我说："不是说上哨时不准抽烟吗？"我想起他在那个夜晚吓唬买买提他们，说"边防上不准抽烟"。这个詹河挺有意思的。

詹河说："我们换着抽烟，你先在瞭望孔盯着，我蹲下抽几口，然后再换你抽。"

他蹲下去抱着枪，把两根火柴的火柴头并起来，说："这地方缺氧，不这样划火柴就划不着。"他划着火柴，用手掌挡住光，把烟点燃，抽了一口。他说："你可别在外面抽烟，别让人看见明火。看见明火就暴露目标了，搞不好丢了自己的性命。"

我说："有那么严重吗？"

他说："当然。"

我转而问他："你也是邯郸兵？"

他说："是的。"

我说："你怎么没有班长那么重的口音呢？"

他说："我们都是邯郸人，都是太行山人。不过，班长他们是涉县人，涉县那里是真正的太行山，而我和阎良是武安县人，武安县有山，也有平川坝子；我家就在平川坝子里。"

他说完这句话，吐了一口烟，又从兜里摸出一支烟给我，说："来，我来盯着，你抽口烟。你就用我的烟头点烟，不要用明火。"

热孜克是谁

我只抽了两口就把烟火掐掉了。远处有狗叫声传来，孤零零的几声狗叫，距离我们很远的样子。

我说："是哪里的狗叫？"

詹河说："这是热孜克的狗，也许遇见狼了。"

我问："热孜克是谁？"

詹河说："是一个塔吉克族牧民。明铁盖这一带，只有他们这一家牧民冬天在雪山上不下山。"

我说："这里还有牧民啊？"

詹河说："有，就热孜克一家。"

我说："他是怎样的一个人？"

詹河说："过几天他就会到哨卡来。"

我说："他们在雪山上不怕冷吗？"

詹河说："热孜克一家世世代代都在雪山上，他们习惯了。"

我说："他们在雪山上怎么生活？"

詹河说："放羊生活啊。"

我说："冬天羊在雪山上吃什么？"

詹河说："过几天，看见热孜克放羊你就知道了。雪山上的羊，它们在雪地里一边走，一边用蹄子把雪刨开，吃雪下面夏天没有吃干净的草茎，它们就这样生活。"他又说："热孜克是我们哨卡的一个义务观察员，专门帮我们把望山沟里的风声。我们哨卡的二百多只羊，都交给热孜克了，让他帮我们代牧。他和我们哨卡的关系很亲密。"

我们这样一边说话，一边从瞭望孔朝外面观察。远处又有狗叫声传过来。

我说："我们哨卡有狗吗？"

詹河说："有。"

我说："它们为什么不叫？"

詹河说："雪山上的狗都很大气，没有情况它们不叫，也不会惊慌失措。"

我说："那为什么热孜克的狗要叫呢？"

詹河说："一定是它们发现狼了，雪山的狼神出鬼没。"

我说："雪山上的牧羊狗是什么样子？它们厉害吗？"

詹河说："当然厉害，热孜克的牧羊狗一对一干掉一只狼，那根本就不在话下。两只牧羊狗可以干掉一只豹子。"他看我对这个热孜克和他的牧羊狗这么感兴趣，就有点扬扬得意，说："你还年轻，雪山上你没见过的东西多着呢！"

我说："你多少岁？"

他报了一个数字。

我说："那你比我还要小一岁嘛！我怎么年轻？"

詹河说："你怎么这么大岁数？"

我说："我插了三年队，在农村干了三年，这才报名参军。"

詹河说："那你本来应该参加招工当工人了吧？"

我说："没错，和我一起下乡的，现在都进工厂了。"

詹河说："他们都干什么工作？"

我说："有进了国防工厂的，也有到铁路的，有一个还当了火车司机。"

詹河说："你怎么到雪山上来了？"

我说："我想到边防来。"

詹河说："佩服！"

我说："咱们注意观察。"

热孜克的狗又在远处叫了。

炉火不能熄灭

我们接着到院子里巡视。两只黑狗跑过来，朝我们摇尾巴。

这是明铁盖哨卡的狗。眼下，明铁盖哨卡有两只狗，就两只，再没有多余的。这两只黑狗，都有一点四眼藏獒的特征，但不是纯种四眼藏獒。它们都是黑色皮毛，一只是公狗，另一只是母狗。

那只公狗的体形很大，胸口有一片淡淡的黄毛。它虽然体形大，却有一点松松垮垮的样子，头上和颈部也不像纯种藏獒那样有很长的毛，眼睛也没有纯种藏獒那样凶狠，它的眼睛甚至有一点温和。

詹河说："它叫大黑狗。"

还有一只是母狗。在体型上和大黑狗一样，就是个头要小一轮。在它的肚囊下面，有一片暗暗的白毛。而它的颈项和尾巴部位，颈毛和尾毛比大黑狗的毛浓密。它的腿短，体态明显比大黑狗柔韧。我后来见识到了这条狗无与伦比的优点，就是它奔跑的速度非常快。由于它的腰部柔软而有韧劲，所以，它奔跑时身体有很大的张力。它奔跑的姿态很灵活。奔跑时，它把前腿和后腿伸展，在空中呈 道直线；伸展和收缩频率高；短腿和长尾巴，使它在转弯、转圈子追逐时身体不倒。它能轻而易举地追上狐狸，甚至在谷地里能追上黄羊。

詹河说："它叫黑母狗。"

明铁盖哨卡的两只黑狗非常尽职，也低调。我到哨卡两天了，到现在它们才跑过来和我近距离接触。它们知道守卫哨卡也是它们的职责。我和詹河从哨楼上下来，它俩凑上来，然后，就和我们一起在院子里巡视。它们也到大门口去观察，也到后院墙根那里，听院墙外边的动静；或者去院子外，绕着院子跑一圈，察看一番。如果真有情况，需要出击的话，不管胜负如何，有无危险，它们都会勇敢地冲上前。作为雪山哨卡的狗，这就够了。

这会儿，在院子里阴影下观察一番后，我和詹河要到各个宿舍去检查各个宿舍的火炉子。这也是哨兵的职责。哨兵晚上要给每一个火炉子添加焦炭，保证炉火不熄灭。动作要麻利，动静要小，不惊醒室内的人。也要赶快回到哨位上，不能耽搁时间。

我和詹河要去各个宿舍里检查炉火了。

詹河小声对两只黑狗说："去，到大门口待着去。"

两只黑狗就到哨卡大门口守卫去了。

我说："我们离开行吗？"

詹河说："有黑狗在那里守着呢，我们动作快一点。在哨卡，狗就是我们的帮手啊！"

我们迅速地轻手轻脚进入室内。

我们把火炉子通一通，添好焦炭，把炉门轻轻关上，再把炉盖子轻轻盖好。

室外虽然寒冷，但空气清新。

从室外进到屋里，真的就是五味杂陈了。特别是掀开战斗班的棉门帘，一股暖暖的混合味道迎面扑来。

第十八章

白 班 哨

天亮那一刻

天还没亮，我上到哨楼上。一阵轰隆隆的声音，从连部后面传过来。马厩里的马从马厩出来了。驭手肖元刚才从连部出来，绕到连部后面，到马厩去了。肖元把马厩门口拦马杆的铁扣环打开，把拦马杆拿掉，马群就从马厩里跑出来了。

马在马厩里关了一夜，憋足了劲，冲出大门口时蹄声杂沓。它们一口气跑到明铁盖河边，向西拐个弯，翻过雪冈，转眼间就不见了。

跟着马群从马厩里跑出来老毛驴和小毛驴。小毛驴跟在马群后面跑了，老毛驴跑到大门口工具房门洞那里就停下了。

肖元跟着马群和小毛驴跑出哨卡大门。他那瘦削的身影也跑上西边的雪冈，消失了。

肖元是1975年入伍的兵，河北定县人。20世纪五六十年代，明铁盖哨卡全靠一辆马拉大车搞运输，团里给了一名驭手编制。驭手这个职务，通俗一点说就是饲养马赶马车的。驭手经管马匹，住连部，有情况，第一时间就可以给连长和指导员备马。哨卡通汽车后，大马车废了；但是，哨卡人巡逻还要骑马。在雪山，军马依然是最主要的脚力。驭手住在连部，这已经是不成文的规定了。

一抹玫瑰红出现在东方的天空。太阳在雪山那边冉冉上升。太阳还没有露头，天空就耀人眼睛了。空气中出现了光雾。我眯着眼看这光雾。光雾裂开，太阳跳跃到冰峰之上，像在那里爆炸了。太阳一出来就是个大火球。

金色的光芒，投射到明铁盖冰峰的尖顶上。雪山醒了，好像有人把它拍了一巴掌，雪谷刹那间变亮堂了。

大门口，雪地里出现了几只野鸽，不知它们是从哪里飞来的，也不知道它们晚上在哪里过的夜。那群马儿跑出去时，在哨卡大门外拉了几泡马粪。马粪刚拉下来时还冒着热气。马粪里面有马没有完全消化的苞谷粒，还有没有完全消化的草根。这些野鸽把马粪刨开，在里面找苞谷粒和草根吃。

院子上空，几只红嘴乌鸦在翻飞。红嘴乌鸦的红嘴又长又红又鲜艳。这些红嘴乌鸦，全年都生活在哨卡附近。哨卡厨房后面，墙洞口流出来的泔水里，有食物的残渣。红嘴乌鸦在那里把冻住的泔水啄开，在里面找食物。它们也飞到哨卡大门口工具房背后的猪圈，在那里偷偷啄食猪食。这会儿，它们在阳光下的天空中翻飞。它们飞得不高，离地面六七米。阳光给它们注入了活力。它们居然在天空中卖弄风情了。没人干涉红嘴乌鸦，在哨卡，有它们在，生活就不那么孤单了。

从过道口走出来金玉医生

柳显忠带领战士们跑操。他们顺着汽车的车辙向东跑，一会儿就回来了。

从电台和卫生室之间的过道口，走出台长冯伟、报务员铁民，还有华魁。他们在电台旁边空地的煤堆边洗漱。

接着，从过道口走出来金玉医生。金玉医生1968年入伍，已经在哨卡第十个年头了。他一米七七的个头，体格匀称。他今年二十七岁。圆脸，由于长期在室内工作，皮肤稍显白净。弯月眉毛，和善的眼睛，眉鼻嘴角都是和气，眼中微微透出悲悯。他蹲在那个青岛牌座钟墙龛下面刷牙。

我们到哨卡的第二天，金玉医生给我们每个新战士都量了一次血压。我的血压从标准血压80至120降到了60至90。他量过血压后什么话也没有说。

卫生员肖国说："这个血压，在这里算正常。"

肖国又说："你会觉得有点乏力，爱犯困，这都是正常的。"

肖国又说："关键是你要能吃饭，晚上睡得踏实。只要这两样好了，那就没问题。"

他又说："在这里，能吃饭，能睡觉，能守得住，那就是好同志。"

肖国也是1975年入伍，和肖元是同村老乡，他俩同年同月同日入伍，一起来到了明铁盖。他中等身材，相貌清俊。听他说话，你会觉得他很机敏。

金玉医生看见我们这些新战士时皱皱眉头，他心里可能在想：这些"小鲜肉"很快就会变得沧桑，那嫩脸会一层一层掉皮，那目前还算丰润的嘴唇会干裂。血压不达标，乏力、气短都属于正常。低氧、低温、低湿、低气压、强辐射对身体都会有影响。你们的呼吸系统、循环系统、血液及造血系统、消化系统、泌尿系统、神经及内分泌，还有皮肤组织、细胞水平，在高海拔状态下都会发生改变。如果你们过于脆弱，过于纠结自己身体的器官符不符合健康标准，那就没有办法在哨卡干。你们要勇敢一点，不要娇贵。你们要皮实一点。你们要一不怕死，二也不要怕死。当兵的人，戴上红领章和红帽徽，就把自己交给部队了。只有你们自己勇敢了，坚信自己攻无不克，战无不胜，阎王爷才害怕你们，看见你们他就绕道走。

金玉医生的这些心思，都藏在他紧锁的眉宇间。他本人不善言谈。

他问我："吃饭咋样？"

我说："还行。"

他说："多吃点。这里的米是阿克苏大米。我也爱吃米饭。"

他的眉宇间流露出关切。

可能是高山反应，加上我连续两个夜晚几乎没睡觉，我当时状态不好。这会儿，我站在岗楼上，背着枪挺胸昂头。你看，这才过了三天，我的精神就上来了。

一只红狐狸

明铁盖每年下半年9月中旬就大雪封山，一直封到第二年的4月下旬。在这七个半月里，明铁盖、托克曼苏和克克吐鲁克这三个哨卡，因为大雪封山而与世隔绝。

偶尔也有人因特殊情况在严寒天气骑马上山或下山，但是，那都要冒生命危险。肖国告诉我：曾经有人在严寒天冒雪骑马上山，上山后脚和腿都冻得没有知觉了，把大头鞋从脚上脱下来，结果连脚上的肉和皮都脱下来了，脚踝以下露出来一把脚骨头。这个人留下了残疾。

3月中旬，最冷的季节快要过去了。我们盼望有人骑马或骑牦牛到雪山来，只要有人上山，就可能带来信和报纸，还有消息。

太阳在东南方，站在瞭望台上，我身披阳光，肩头的枪刺在阳光下亮闪闪的。这个场景，比我当初在梦中梦到的那个场景要浪漫很多。一下子就觉得我身边的土哨楼，比我梦中那个橄榄绿的木岗楼神气很多，它带着几分苍凉之美，这才是真正的雪山上的哨楼啊！我顿觉自己好威武！每一个男子汉，是不是都梦想过这光荣的一刻？

突然，大黑狗和黑母狗从哨卡门前的河滩，朝冰河下游岸边跑过去。它们发现什么了？

大黑狗"汪汪"地叫了几声。

一只红狐狸出现在冰河下游对岸，它像一束火苗，在悬崖峭壁下面的乱石丛里闪了一下，跑出来，在冰河岸边逍遥地走。

这只红狐狸跑到岸边，跃身到冰河上，在冰面上一个漂亮的滑行。它丝毫不在意大黑狗在岸边汪汪叫。它在冰面上一个转体，红尾巴飘起来，身体旋转成一团红云。

这只红狐狸是那样自在、自如，它自信眼前就是它自己的世界。

它像一个调皮活泼的女孩子，飘忽地走，在冰面上走出华尔兹舞步一样的姿势。它在冰面上跳起了芭蕾舞。好漂亮的舞姿哟！滑行、倒立、旋转、奔跑……它上岸了，离哨卡越来越近了。

黑母狗像箭一般冲上前。那片红云在岸边飘，它们之间展开了追逐。

这只红狐狸并不慌张。在雪山上，狼、棕熊、雪豹……它见得太多了。它不把大黑狗和黑母狗放在眼里。

它平静地走着碎步。它已经到哨卡大门口附近了。它已经到了土坦克这边了。我把它的相貌看得清清楚楚：媚眼、尖嘴，一副媚态，明亮亮的眼睛盯住我看。我想和它打个招呼。黑母狗却冲过来了。黑母狗醋意十足地扑向它。这红狐狸突然一个漂亮的转身，就把黑母狗闪到一旁了。它笑眯眯地看着黑母狗，目光里是满满的挑衅和嘲弄。

"你想怎么着？"它似乎说。

黑母狗大怒。

我走下哨楼，看见它还站在土坦克旁边。

大黑狗也冲过来了。这只红狐狸依然迈着小碎步。大黑狗勇猛而莽撞地冲过来，张牙舞爪。这只红狐狸只是轻轻一跃，就飞身上了一块大岩石。它转过身来，抬起一只足，向这莽撞的大黑狗打招呼。

它们在雪谷里追逐起来。大黑狗被远远地甩在后面了，但是黑母狗紧追不放。眼看就追上了，只需伸出爪子，就能一把抓住；然而，这只红狐狸突然绕了一个圈子，黑母狗同样敏捷，黑母狗也跟着它绕圈子，红色的圈子和黑色的圈子就在雪地里旋转。大黑狗看花了眼，它猛扑上去，却扑在黑母狗的身上，黑母狗跳起来，骂了大黑狗一句。

这只红狐狸却晃晃悠悠，笑眯眯地踩着碎步，一路小跑到河边，跃到冰面上。它旋转了一圈，红尾巴摆起来，像摆起红色的裙摆。

不知什么时候，台长冯伟和报务员华魁已站在我的身后。

冯伟说："在明铁盖，野物特别多。"

我说："好胆大的一只红狐狸！"

华魁说："你在哨卡时间长了，就会知道这不算什么。"

那只红狐狸消失在塔木泰克山绝壁下的乱石丛中了。我盯着那一片乱石丛看，却再不见它的踪影。

神鹰歌唱

就是这种状态，我们在原始的野生环境。在大自然的眼里，我们是所有芸芸众生中普通的一个。谁知道那只红狐狸是如何看我呢？

白天站哨时间较长。我身穿橄榄绿羊皮军大衣，头戴棉帽子，站在阳光下面。在红狐狸的眼里，我就是动物界的另外一个品种。

我朝营区的周围看，营区的四周又是静悄悄了。

院子里，学习的人出来自由活动了。

炊事班房顶后侧，烟囱口有浓烟冒出来。浓烟一出烟囱口就被疾风吹散了。哨卡清新的空气里，有了清晰可辨的燃烧过的烟煤味道。哨卡还可以闻到马粪的味道、马草的味道、火药的味道、人的味道、雪的味道。

董良到炊事班去了一趟，他从那里出来，招呼库尔班跟着他一起走。他俩到第二战斗班窗口那里，牵着老毛驴过来。老毛驴拉着水车。董良和库尔班牵着老毛驴出大门。我和董良打了一个招呼。

我说："拉水啊？"

董良说："给炊事班帮忙。"他们到冰河边去了。

太阳在东南方向，阳光照到塔木泰克山上。在这深深的雪谷里，阳光每天照耀塔木泰克山的时间最长。塔木泰克山，就像是哨卡前面这片山谷里的一个大照壁。野鸽和红嘴乌鸦，在哨卡觅食后就朝那个方向飞去了。我不知道在那片山崖上，是不是有野鸽和红嘴乌鸦的窝。一定是有它们的窝，那个地方被太阳晒得暖洋洋。没准野鸽和红嘴乌鸦正在山上的一块岩石上晒太阳呢。而那个窝就在岩石后面石崖下的缝隙里藏着，里面铺着夏季采来的干野草。

那只红狐狸也朝那边的山崖去了，好像生命的希望都在这座山上。

事实上也正是这样。每年3月以后，在塔木泰克这座向阳的雪山上，活跃在这里的动物，远远比我想象的要丰富得多。在这向阳的山坡，有的地方雪已经融化干净了；山坡上的洼地里，积雪也已经变薄了。黄羊从雪山那边翻过来，在这山坡上觅食，它们刨开积雪，啃食雪下面枯草的草茎。它们一边走一边觅食。黄羊的一切努力，都是为了填饱肚子。填饱肚子，就可以繁衍后代。它们也是为自己这个物种负责。它们有神圣的使命感。而在此时，也许就有狼和雪豹跟踪而来，正在暗处对它们虎视眈眈。还有雪鸡和雪兔，还有专门食腐的秃鹫呢。

塔木泰克山，随着天气渐渐转暖，会变得生机勃勃。

一片阴影从雪谷里掠过去。我以为是云彩。高原风疾，云彩飘移起来有时候像奔马而过，有时候却像掠过去一只风筝。在这么晴朗的天气里，抬头远望，心旷神怡。刚才掠过去的一片阴影，是一只在高空中盘旋的金鹰的身影。这是一种神鹰，它的双翼展开有两米多宽，能把一只毛驴一样大的岩羊遮蔽。它从冰山上飞下来，悬在高空。它好像停在空中了。它在勾头向山谷里俯视。它是否看见刚才那只红狐狸了？它突然凄厉地、长长地啼叫了一声。这凄厉而悠长的叫声，像塔吉克人的鹰笛声，原始、寂寥、又亢奋。雪山、旷野、戈壁和冰河的味道，全都在这满满的凄婉声中了。

我看见董良和库尔班站在冰河岸上，仰头向高空注视。

董良的站姿，注入了深情。

湛蓝的天空，一望无际。这样的天空下，雪山、高原、大漠、旷野、河川相连。举头而望，容易令人产生遐想。

董良是不是想起太行山了？太行山在冬天是不是也是光秃秃的？太行积雪。太行山在冬天，山顶有积雪吗？是不是也有一只雄鹰飞过？董良是那样痴迷。董良在冰河岸边快要站成一尊雕像了。而库尔班却蹲在地上抽莫合烟。老毛驴拉着水车站在河岸。

我突然想吟诗一首。

那天空的金鹰，它的眼睛可曾穿透千万里的云烟和风尘？哎！你这雪山的神鹰啊，你能够从高空望见我们三班副董良的家乡巍巍太行山吗？

我想替董良赋诗一首。

董良他们装好水，牵着老毛驴拉着水车回来了。

我说："看见雪山金鹰了吗？"

董良说："看见了。我们太行山也有山鹰，不过没有这里的鹰这样大。"

我说："你真的想起太行山了啊？怎么这么神奇，我刚才也想到太行山了！"

他刚才果然也想起太行山了！好像生活当中，冥冥中有一种暗示。

董良说："是呀，我们村子那里有一条河，河岸边的麦子熟了，金黄一片。人正在收割，那只山鹰就飞过来了，它凄厉地叫了一声，飞过河去追一只斑鸠。它最后放过了那只斑鸠。"

我想，还是有区别的——我想起的是冬天的太行山，而他想起的是夏天的太行山。地里的麦子熟了，农民在地里割麦子。一个姑娘手拿镰刀在麦地里朝远方眺望，她是在思念雪山上的董良吗？在董良家乡的农村，有没有一个他心仪的姑娘呢？

又是一声鹰啼，啼声婉转悠长，就让我替董良赋诗一首吧。

我轻轻吟道：

神鹰歌唱，
可否看见心爱的姑娘？
她不在雪山，
她在太行山上。

神鹰歌唱，
可否看见心爱的姑娘？
她不在雪山，
她在太行山的麦地旁。

我要挽起你的手，
从昆仑山顶到太行山那头。
我要吻你脸上的酒窝，

你可愿意上冰山，
朝这雪山的旮旯走？

我要你搂住我的腰，
像溪水环绕常青树。
我要捧住你的脸颊，
啊，在这雪山上，
捧住梦中女神的面孔。
……

突然，值班班长在院子里喊："哨兵换哨啦！快开饭了！"
我猛地回过神来。

第十九章

这样的哨卡生活

吃喝拉撒众生相

明铁盖哨卡的旱厕，便槽那里铺着厚厚的木地板，便槽下有宽阔的空间。这个空间和院墙外面的荒野连在一起，朝东敞开，避开了冬天的西北风。但是，明铁盖的寒冷是逃不过去的。

不过，因为寒冷，厕所里没有异味，也没有蛆。这地方没有蚊子也没有苍蝇。

开饭的哨音响了。我们都拿着搪瓷碗和筷子，列队大声唱歌，然后依次进入餐厅。

餐厅正常供餐。刚到哨卡那天，菜品丰富，那算是招待我们新兵。伙食标准再高，蔬菜供应不上，难做无菜之炊。每天早晨都是立式高压锅蒸的馒头、一大盆淡面汤、每张餐桌上还有一碟咸萝卜条。菜不够，再给一小碟酱油腌制的十只干辣椒把儿。这道菜品，是靳仓的发明。夏天，后勤送菜的车来了，如果送上来的有辣椒，用辣椒做菜时，不要把辣椒把儿扔掉，靳仓把辣椒把儿收集起来，用固体酱油，化一大桶酱油水，把辣椒把儿腌起来，以备冬天无菜之需。

我第一次吃这样的菜，手拿馒头，捏一只辣椒把儿，用嘴使劲嘬辣椒把儿上那一点酱油味和辣椒味。在雪山上,你会越来越感受到维生素的珍贵。

餐厅里,一溜五张圆桌。第一张圆桌属于连部,连队的干部:正副连长和正副指导员、军医、电台台长,还有文书、驭手、通信员、卫生室的卫生员,都坐这张桌子。连队的干部因为轮休一般不会满员;电台的人因为值班,一般都把饭菜打回去,一边收发电报一边吃饭。因此,连部的这张饭桌,常常坐不满吃饭的人。

接下来,第二张饭桌到第四张饭桌,分别属于三个战斗班。

第五张饭桌,属于巴郎子们。明铁盖哨卡眼下总共有五个巴郎子。

炊事班在中午和下午都供应正餐。菜的品种虽不多,但也有四五种花样。每次炒菜时,都给巴郎子用一口专用铁锅炒菜,保证他们对食品的清真要求。在巴郎子的饭桌上,总是有孜然的味道飘荡。库热西在那里招呼大家吃饭时高声又大气。

库热西眼下是第一战斗班的副班长,1975年入伍,克州人。五个维吾尔族战士,其他四人对他很尊敬。库热西中等偏高身材,体格强健,大骨架子。他红脸膛,稀稀的棕色头发,隆起的眉骨上淡淡的眉毛,眉骨下面陷下去带点棕色的眼睛;高挺的鼻梁,鼻头大;薄嘴唇,大嘴,整齐的牙齿。

维吾尔族战士要求不高,只要用羊油或植物油给他们烹饪就可以了。如果端上来的有牛羊肉,那就更好了,巴郎子们便面露喜色。

金玉医生每次吃饭都和我们一起站队唱歌,但是,他几乎不在餐厅吃饭。每次吃饭时,等各个餐桌上的饭菜都上好了,他走到厨房窗口，对炊事员说："给我打一碗大米饭。"然后在大米饭上随便盖上什么菜，匆匆端走。

即便是在早上，大家都在喝面汤吃馒头，金玉医生也依然到厨房窗口，问："昨天还剩有大米饭没有？"如果有大米饭，他就端一份回卫生室在火炉上热一热吃。如果没有，他就失落地拿走一个馒头。

后来，金玉医生对我说："我生长在甘肃古浪县，却偏偏喜欢吃大米饭。我上辈子可能是一个南方人。"

跟着邱明吃苦

吃罢早饭后，有半个小时的自由活动时间。我转头一看，邱明、董良、詹河、阎良、阿布拉提都不见了。

张社民上厕所回来说："他们都在厕所里。班长让我回来叫你们呢。"

我于是到厕所去。我从上面看见邱明他们五个人都钻在便槽下面，正用洋镐和铁锹凿粪便。詹河拿了一柄大铁锤，阎良拿着一支钢钎，他们用大铁锤和钢钎凿便池里被冻住的大小便。

邱明在下面从便池口对着上面说："你们绕一圈，绕到下面来。"

于是，我们几个人出了哨卡大门，绕到院墙外东南角。旱厕的出粪口在那里。

邱明对我们说："你们来一个人和我一起装粪便。不要嫌脏，它没有一点臭味。当然，一点臭味没有是不可能的。其他几个人，跟着董良副班长走，把这些麻袋里装好的粪便背到青稞地去。"

我说："还有青稞地啊？"

董良把一麻袋装好的粪便甩起来，背在背上。邱明帮我把半麻袋粪便扛上肩。谁说没有臭味？臭烘烘！

那个地方，就在我们去冰河拉水的小路旁边。那里有一道土围墙。围墙齐腰高，把十几亩被白雪覆盖的地围住。我之前没有特别注意这块地，也没有顾上问一问这片被围起来的地是干什么用的。

阿布拉提把一块从粪池里抱过来的冰扔进土围墙，我和董良背着麻袋来到土围墙边。

我说："为什么围一圈墙啊？"

董良说："这围墙可以用来挡风，免得大风把长高的青稞吹倒了，也可以防止羊跑进去吃青稞。"

我说："这地方能长青稞吗？"

董良说："到了5月，我们就要翻耕土地，播种青稞了。就是无霜期太短了，青稞不结籽。"

我说："那种青稞有什么用处啊？"

董良说："到了8月，青稞就长到齐腰深了，我们把青稞收割了，那就是马草啊。把马草捆起来在库房里储备到冬天，哨卡的马和毛驴在冬天就有吃的了。"

原来是这样啊！

为什么一班和二班不来干这种脏活呢？

一班长郑芳和二班长易顺都比邱明早当一年兵，邱明自然要更加努力一些。好吧，跟着邱明，就多吃点苦吧。

柳显忠激情演说

上午室内学习，柳显忠给大家讲边防常识，介绍边境情况。

柳显忠说："这一带，边境形势复杂，我们要万分警惕。"

听他这么一说，我有点担心：这么长的边防线，我们怎么能守得住？

柳显忠接着说："我们守卫的边界线虽然很长，但它大部分都是高海拔的雪山和冰峰，人难以翻越。我们主要守卫的是人可以通过的山口，定期不定期去山口那里巡逻。这些山口，在大雪封山以后，人和骡马也没有办法通行。我们最主要的是把派依克沟守好。这条沟，绕到塔木泰克雪山背后的雪岭上去了，路特别难走。明铁盖达坂曾经是通往南亚、西亚和欧洲的重要陆路山口，两边的冰峰海拔在6000米左右，达坂山口海拔4726米，比红其拉甫山口4733米的海拔低7米。

如今，我们在明铁盖山口那里有一个临时哨卡，叫罗布盖孜哨卡，每年夏天，我们都专门派人驻守这个哨卡。另外，还有一个山口叫卡前乃山口，海拔4987米，比红其拉甫山口高很多，那里是我们守卫的四号界碑的位置，因为全是冰山，我们巡逻时只能踏雪爬冰而上。这个山口，只有我们明铁盖哨卡人最熟悉。同志们，我们的责任重大啊！"

如此过周末

第一次过周末，很无聊。大家打纸牌，司务长给每个班都发有纸牌。每隔两个月，司务长还给每个人发一包雪莲牌香烟。如果遇到"八一"建军节和春节这样的节日，还会给每个人多发一包红山牌香烟。

我们每个新兵，每月有七元钱津贴。不过，在雪山上，你能买什么呢？如果奢侈一点，可以到司务长那里，花钱买在当时比较高档的大前门香烟、恒大牌香烟。这就是最大的花销了。

抽烟、打纸牌、大呼小叫，把宿舍里搞得烟雾沉沉，星期天大体上就这么度过。

我不喜欢打纸牌。那么好吧，还可以下象棋。我的对手是郝富贵。郝富贵这小子特爱悔棋，而且，他每次都是"当头炮，马来跳"那一套，和他下象棋，也没有什么意思。

我们的班长邱明，在周末既不打纸牌，也不下象棋，他就是洗衣服。他不但洗自己的衣服，还帮别人洗衣服。他在班务会上说："在我们班，一定要让大家找到家的感觉。"他洗衣服洗得鼻头上冒汗珠。一边蹲在宿舍地上在脸盆里搓洗衣服，一边眼睛直勾勾地看着前面的地面。我猜想：这时候，在太行山一个小村庄的小溪边，一定也有一个姑娘在洗衣服。

于是，我便一个人出去了。

我出了哨卡大门，沿着冰河往下游走。下游是东方。一直朝东方走，总有一天会走回家乡。大唐的玄奘和尚，不就是这样走回东土长安的吗？其实，我哪里是想要走回陕西那个地方，我心心念念到边防来，我没有想家。我只不过是不想打纸牌，我也不想让郝富贵那小子不断地悔棋。

太无聊！如果有一本书看就好了。可惜我手边没有书。那么，就让我在冰河边走一走，想想心事。这也是一种享受。

不过，这在邱明的眼睛里，就不得了；我们三班，是不是有人想家了？在我们三班，可不能有人出现什么思想问题。那个知青兵，他一直往东方走，他是不是想走回陕西？

董良到河边找我来了。董良先陪着我在河边走。董良发现我走在河边心情很好，我的嘴角挂着一丝微笑，没有出现邱明估计的那种问题苗头。

董良递给我一支烟，试探地问："你没有想家吧？"

我说："想家干什么？在明铁盖好好的。"

董良笑了，说："你吓我一大跳，班长以为你在闹情绪呢。"

我说："你们今后会常常发现我一个人出来走一走。我一个人走一走，也是一种娱乐。"

董良半信半疑：一个人走路怎么就是娱乐呢？

邱明的责任心太强

邱明还是把这个情况汇报给柳显忠了。一个新战士，孤独地在冰河边往东方走，他就是想走回陕西！陕西那么遥远，想走回去没有可能。他一定是闹什么思想问题了！邱明坚信自己的这个推理。

邱明给柳显忠汇报完后，发现我和董良已经回来了。邱明又惊又喜，用诧异的眼光看我。我表情平静，我不是好好的嘛！

看大家都还在那里打纸牌，屋子里烟雾沉沉，我一下子又变得没有一点精神了。邱明鼻头上的汗水珠子又冒出来了，有些诚惶诚恐。

邱明对我说："你的被套还没有洗过吧？我帮你把被套洗了吧？"

我的被子从家乡背到明铁盖，一路上，在载过骡马的火车车厢地上滚过；在卡车的大车厢里把捆好的被子当坐垫坐过；也在新兵集训连羊圈的通铺上滚过，确实脏了，该洗了。

我说："我自己洗。"

我把被套拆下来，在脸盆里泡水，打肥皂，洗了三遍，把被套洗干净拧干。我在室外练习拼刺刀的柱子之间绑上背包带，把洗好的被套晾晒在那里。被套被冻住了。等被套的水气晾一晾，我就把它收回来。我在室内支起折叠椅，把被套搭在椅子靠背上，放到炉火边烘干。

邱明和董良一起，在我的被套烘干后，帮我把棉絮装进被套。

邱明说："看我们部队的棉絮多好，这棉絮用的是新疆的长绒棉。"

我抚摸那棉絮，手感确实好。

我自己会缝棉被。但邱明却说我使针线不利索，他和董良一起帮我缝被子。邱明果然使针线比我老练得多。他还把那根缝棉被子的针，在头的侧面头皮和头发上划一划，就像农家媳妇似的。

大家依然在打纸牌。其实，打纸牌的人也觉得这样过一天太无聊，他们也会争吵、打哈欠。

邱明说："虽然今天是星期天，我们还是要保持内务整洁。你们不可以随便躺在床上，像个醉汉。"

下棋的人也在争吵，把象棋子扔了。

邱明的鼻尖又冒出了细小的汗珠。他是一个过于认真的人。他不会下象棋，又不打纸牌，不像郑芳和易顺。郑芳和易顺都和手下的弟兄打纸牌，一起大呼小叫，其乐融融。

我又无精打采了。

没注意邱明什么时候到连部去了。一会儿，他回来说："大家准备准备，柳副指导员要带领我们大家一起做游戏。"

丢手绢儿

柳显忠的家乡承德，过去曾属于热河。热河曾属于东北，二人转在那里很流行。柳显忠喜欢说唱，他当战士时，曾被抽调到边防团的文艺宣传队。他模样好，普通话标准，提拔当副指导员后，一心想活跃哨卡的文艺生活。他曾用期待的眼光看着我，说："我们那里，大家玩二人转。"

可我连二人转是什么都不知道。

他自己在原地扭了几步，既不像扭秧歌，也不像唱戏，我看不明白。

他又说："我想组织一场篮球比赛，可是你们刚上哨卡，比赛打篮球，运动过于剧烈，我怕出问题。"

值班班长吹响哨子，大家都跑出来排队。

柳显忠大声说："今天是星期天，我们全连同志在一起搞一场文娱活动，大家在一起做游戏。"

第一个游戏是击鼓传球。本来，这个游戏应该是击鼓传花，可是，雪山上冬天没有花，于是用篮球代替。小鼓咚咚地敲起来，大家站成一个大圆圈，把一个篮球从自己手里快速地传到下一个人的手上。好像这个篮球是一个燃烧的火球，大伙儿怕被这火球烫伤了一样，飞快地用手指碰一下就传出去。如果鼓声突然停住，而篮球正好在谁的手上，那这个人就要站到圆圈中间去唱一首歌。慌乱中，篮球总是滚到一边去。这个游戏玩得不成功。

柳显忠决定重新玩一个游戏：丢手绢儿。

这可是幼儿园小朋友的游戏！现在大家都是二三十岁的男子汉了，竟然玩小朋友的游戏。

然而，游戏开始了。柳显忠第一个出场，他一蹦一跳地给大家做示范。这歌都会唱。大家一起拍手唱："丢手绢！丢手绢！轻轻放在战友的后边，大家不要告诉他，快点、快点捉住他！快点、快点捉住他！"

他身体微胖，一蹦一跳稍显滑稽，于是大家就乐了。

他把手绢悄悄放在买买提身后了。库热西用维吾尔语对着买买提大喊一声。买买提从地上跳起来就追。然而，柳显忠已经回到自己的位置上了。

于是，买买提也一蹦一跳，唱起来。

这次，买买提把手绢扔在肖元的屁股后面。肖元被买买提捉住了。肖元站到圆圈中间，他选了一首只有一句话五个字歌词的歌曲。肖元闭着眼睛唱："要斗私批修！要斗私批修！要斗私批修！要斗私批修！"然后说："唱完了！"

大家听完哈哈大笑。原来看上去蔫蔫的肖元，居然也如此幽默。

就这么丢了三五圈手绢儿，蹲在圆圈边的金玉医生露出苦恼的笑。

冯伟说："副指导员，我们还是来一场篮球比赛吧？"

柳显忠说："篮球比赛运动过于剧烈，他们上哨卡还不到两周，行吗？"

冯伟说："问金玉医生。"

金玉说："当然可以，把老兵和新兵岔开。两个队分别以三个老兵为主，其余两个队员，新兵轮换着上。"

冯伟当裁判，组织篮球比赛，活跃气氛。

第二十章

连长和连部

我们这个连

柳显忠带领我们开展雪地卧姿射击训练。野外明显没有前些天那么冷了。晴天的夜晚，雪山上星星璀璨。在我的家乡，星星是暗黄色的。雪山上空气稀薄，这里的星星呈亮银色，像闪闪发光的钻石。

夜里，我站夜哨，听见冰河那里传过来"叭！叭！"的声音。其实那不是枪声，是冰裂声。明铁盖冰河快要开河了。

我们哨卡的老兵分别来自河北保定和邯郸，他们和柳显忠的关系很亲密；而我们今年刚上哨卡的这批新兵，都是柳显忠在新兵集训连带出来的；所以，柳显忠在哨卡主持工作这段时间，干部和战士的关系如鱼和水，大家在一起都比较放松。

我们哨卡，说是一个边防连，实际兵力只比一个排的兵力稍强一点。然而，干部却是按照正规连队的级别配备的，甚至比一般的正规连队还要强一点。除了一名连长、两名副连长、一名指导员、两名副指导员和一名司务长外，还配备了军医、电台台长，等等；另外，还专门配备了一名排长，还有一名电台干部报务员和一名少数民族翻译的干部编制。

这样的连队建制很小。干部配备多，是因为边防很重要；建制小，是因为哨卡的给养问题难以解决。干部配备得多还有一个重要原因，就是：雪山哨卡上的干部需要轮休。

我们哨卡除了军医和电台的台长，其他干部都是可以轮换着下山探家或休假的。司务长如果探家，可以由司务长助理代理他的工作。电台台长无法轻易下山，后来给电台派来了干部报务员，电台台长就可以下山轮休了。守卡时间最长的干部，就数金玉医生了。

高原边防部队比较特殊。据说别的部队，干部要干到副营职以上，家属才可以随军；但是，在我们边防团，排级干部的家属就可以随军了。家属是农村的，只要随军，就可以解决城镇户口，享受城镇户口待遇吃商品粮了。不同的是，随军家属中，只有少数副营级以上的干部，能够把自己的家属带到高原来，住在边防团的家属院；而其他干部的家属，随军后可留在三百公里以外的喀什疏勒县。在疏勒驻军的营盘外，有一个专属我们边防团的干部家属院，上自团长和政委，下至排长和司务长，都可以把自己的家属安置在那里。

还有不少干部，如果自己的家属本身是城镇户口，在家乡有一份工作的话，他们就不想让自己的家属随军了；他们差不多一年半能回家乡探一次家，每次在家休假一个半月，加上路上连去带回，就是两个半月的时间。他们在一个半月的休假时间里，尽最大的努力，去尽自己作为人夫、人子、人父的责任。这一个半月对于他们来说，时间相当宝贵。

比如在我们哨卡，眼下，连长涂振国、指导员秦泊醒、司务长谭仕民的家属都没有随军到喀什；两个副指导员柳显忠和李仁的家属，暂时好像也没有随军；两个副连长孟坤和景霄的家属，还有电台台长冯伟的家属，都留在喀什疏勒营盘外的那个家属院了。排长虎见喜是陕西乾县人，据说刚结婚，按照当地人的观念，他不太主张自己的女人出远门，将来他也只能是一年半回去探一次家了。

金玉医生到目前还没有成家。他常住哨卡，哨卡就是他的家。

连　长

又是星期天，吃过午饭后，我在室内脸盆里洗衣服。詹河和阎良把窗户打开，在擦窗户玻璃。从我们班窗口望出去，篮球场、大门里的照壁，都沐浴在阳光里。

突然，营区大门外有汽车喇叭响，邱明和董良赶紧从宿舍里跑出去了。往营区大门口跑去的还有郑芳、易顺、海平、库热西。金玉医生和肖国，铁民和华魁也出去了。小跑过去的还有靳仓。他们都跑出营区大门。

詹河说："是连长回来了。"他也跑出去了。

我抬头从窗口看，只见这群人又从大门口回来了。他们从大门里照壁东边，簇拥着一个穿羊皮军大衣的高个子军人，一起往连部走。他们进到连部的门厅里面去了。

从照壁那里又过来一个身材中等微胖、一个身材偏矮干瘦的两个军人，他俩也身穿羊皮军大衣。

阎良说："孟坤副连长和景霄副连长也回来了。"

邱明跟在这两个军人身后，帮他们提着三件行李。詹河跑过去，从邱明手里接过一件行李，他们一起进连部门厅去了。

外面汽车轰鸣，这辆车继续西行，开走了。

我还是反应有些慢。刚才这么多人走进连部，我一时也弄不清楚哪个是连长。想必那个高个子就是连长吧？我想，连长他们风尘仆仆回来，至少要洗一把脸，休息片刻吧？于是，我又蹲下埋头洗衣服。

阎良说："啊！连长过来了！"

我抬头从窗口看，就看见邱明、郑芳、易顺他们一群人又簇拥着那个高个子军人从连部门厅里出来了。这个高个子军人已经脱掉了身上的羊皮军大衣，腰间扎着一条腰带，显得精神抖擞。他们朝着战斗班大步走过来。还没等我反应过来，我们班的棉门帘就被人掀开了。三班和一班门对门，按习惯，连队干部到战斗班视察，进走廊后首先去第一战斗班；但是，今天连长却先进了第三战斗班的宿舍。

阎良立马立正，向走进门来的连长敬了一个军礼，激动地喊："连长！"

我身后的阿布拉提、库尔班和郝富贵、武志生、张社民也跟着立正敬礼。

我赶紧站起来，从脸盆里抽出裹满肥皂沫子的双手。我不知所措，是该敬礼呢？还是该把手上的肥皂沫子先擦净？却不料连长上前一步，一把紧紧抓住我沾满肥皂沫子的双手。他眼睛闪烁着亮光，说："你是知青？"

我说："我是。"

他笑眯眯地看着我。末了，和其他战士握过手，他就到第一战斗班去了。

第 次见连长，我印象很深刻。

他三十岁出头光景，身高在一米七八左右，脱掉羊皮军大衣后，显得身形挺拔、矫健；河南口音，舌音较重。他一路风尘仆仆回来，到哨卡后顾不上洗把脸就来看望各班战士。他本来是酱色脸膛，可能是一路坐车疲劳，脸色有点发青。浓眉微微上挑，悬胆鼻，薄嘴唇，刮干净了络腮胡子的青色腮帮子；一双眼睛透出勃勃英气。唯一不足的，是鼻梁右边有几颗不太明显的白麻子。

他肩膀和胸脯结实，胸部挺起，腹部紧收，转身走路动作干净利落。他握过我滑溜溜的手后，也不擦，又和别人握手。

连长名叫涂振国。看着他转身走进第一战斗班的矫健背影，我在心里坚定地说："嗯，是个带兵的人！"

我想：他怎么刚一到哨卡就知道我是一名知青兵呢？一定是他们在营部停留时，有人向他介绍过我的情况了；或者是柳显忠在电话里已经向他汇报过哨卡的情况了。

接手文书工作

这天黄昏，连长集合全连干部战士晚点名。

他郑重地正式宣读了三个战斗班正副班长和炊事班班长的名单，对我的岗位也做了调整，宣布我调到连部，接手文书兼军械员的职务。

其实，我到哨卡没几天，就传闻我要接手代理文书惠文盛的工作了。柳显忠有这方面的考虑。然而，最后做决定的，必定是连长。

当天黄昏，惠文盛就开始给我交接工作了。

惠文盛调到山下别的分队去了，明天就要离开。他提着一大串钥匙，先给我交了文档室，接着交了储藏仓库。储藏仓库里，有折叠钢丝床、羊毛毡床垫、羊皮褥子、蓝色被面的公用被子；靠墙角那里，有几个火炉、十几节铁皮烟筒；一进门靠墙边，一个齐腰深的大木箱里，有鸭绒睡袋，还有一件特制的哨兵大衣。看见这个储藏仓库里有这么多御寒物品，我想到我们这批新兵刚到哨卡的那天晚上，在那个冰冷的空置库房里硬生生冻了一夜。于是，我下意识看了惠文盛一眼，看到的是他那张扁平的冷脸。

为什么他当时不给我们几张羊毛毡床垫，让我们对付过去那个寒冷的夜晚呢？我想。

在连部门厅里面，惠文盛给我交了那个空置库房和对面的所谓的文化室。

第二天清早，在连长的带领和监督下，惠文盛郑重地把军械库交给我。我们一起清点了军械库里面的各种武器和弹药。

连长对我说："班长和副班长才能配备56式冲锋枪，按规定，你应该配备一支56式冲锋枪，你有空自己选一支枪吧。"

惠文盛说："墙上这些手枪，是按人头配备给干部的，他们有人探家和下山休假时不带枪，回来后，你按照登记的枪号再还给他们。"

他把一个登记枪号的小本本交给我。

我在这个库房的墙角，看见了那个高大的"明铁克边防检查站"的白底红漆宋体字大木牌。

我说："怎么是明铁克？"

连长说："明铁盖过去叫明铁克，后来改成明铁盖了。"

我看见墙角有几副滑雪板。问．"这个能用吗？"

惠文盛说："我们试过了，不能用。"

连长说："军械库很重要，不要让人随便进来。"

从军械库出来，惠文盛给大铁门锁上了像猫头那么大的一把生铁锁，然后把钥匙交给我。

连长回连部去了。我和惠文盛一起来到卫生室窗外，他另外掏出一把钥匙，把墙龛玻璃框上的挂锁打开，挂锁的钥匙还连着一把给青岛牌座钟上发条的钥匙。他拉开墙龛上的玻璃门，再拉开座钟的玻璃门，说："每个星期上一次发条。"他又指指连部门厅上面，那边屋顶上有一个高音喇叭，喇叭口对着哨卡院子。惠文盛说："每天下午7点，要按时播放半个小时的新闻联播节目。你要提前五分钟把广播打开，这样，大家就可以和广播里的报时对时间了。"

我的职责

我和惠文盛走进连部门厅，走进顶头右手那间屋。这间屋东边有两个大窗户，室内采光很好。进门后，左手边有一张单人床，副连长孟坤住这张床。对过，顶头左边墙角是惠文盛的单人床。这两张床的床头之间，靠窗户，各有一张海蓝色的结实的木头三斗办公桌。办公桌之间的空当，放着两把海蓝色油漆木头椅子。这间房屋的进深比较深。

正对着门口，靠墙是一截空当，那里有一个带烟筒的火炉子，铁皮烟筒竖起来，从空中横穿而过，伸到窗玻璃上一个圆洞外。炉子上，坐着一把烧开水的铝铁壶。炉子前面，有一个汽油桶改装的大水缸。水缸边有一个脸盆口那么粗的海蓝色漆皮立柱，它支撑起一道横梁，横梁上面是木头顶板。在这个立柱背后，一张钢丝床支在顶头墙角，那是驭手肖元的床。

室内墙壁用白纸糊过。每张床头和侧面墙壁，用红纸条贴直线，隔出层次，宣布这一席之地是私人区域。

惠文盛用钥匙把他床头边桌子抽屉挂锁打开，拉开其中一个抽屉，里面放着记录本、印泥，还有连长和指导员的私人印章。

他说："连长和指导员的私人印章都交给你保管，他们同意后就可以使用。"

他从另外一个抽屉里，拿出一个酱黄色牛皮文件拧包。

他到对面房间请连长到这边来。当着连长的面，他打开牛皮文件拧包的翻盖，说："这个拧包最重要。"我们一起清点了里面的密件、信号枪、信号弹、指北针、望远镜，还有千里边防线上每夜一换的口令。

连长对我说："这个拧包，如果有情况你就背在身上，不要离身；如果发生战斗，你要坚持到最后，把这个拧包里面的文件全部销毁。"

我说："是！"

连长回自己房间去了。

惠文盛拉开没有上锁的那个抽屉，里面放着纸张、笔、复写纸、直尺，等等。

这张桌子上面，放着一台高级电子管收音机。收音机的调频红红绿绿。铜旋钮很灵敏。

惠文盛说："这台收音机是专门给哨卡配备的。它是多功能的，可以扩音，线路已经和房顶上的高音喇叭接好了，到时候你只管播放就是。"

收音机旁，有一部黑色手摇电话机。

惠文盛说："这个电话机，打电话要先拨通营部的总机。战士不可以随便打电话。战士打电话要经过连长的同意才行。"

在这张桌子的一角，放着一个铁皮罐头盒改装的柴油灯，还放着一瓶蓝墨水。

孟坤床头边那张桌子上，放着茶盘、热水瓶、刷牙和喝开水的缸子。

屋顶正中，吊着一个白炽电灯泡，由于哨卡的柴油发电机发电很困难，平时很少使用电灯。

惠文盛说："我的交接工作完了。我睡的这张床，归你了。"

床上的被子和床单他已收走了。留下一个羊毛毡床垫、一条羊皮褥子、一床公用被子。

这个房间，我在里面住了近三年。

连长又过来了，对我说："我简单说一下你的职责。今后，你不要上白班哨了，但是夜哨还是要上，白天的训练和学习要参加。每天夜哨的口令在你这里拿。记住，当天的日期不可以记错，口令不可以发错。你在夜间要抽查哨兵，看他们有没有把口令传错。第二天早晨，你也可以检查最后一班夜哨，核对一下，看他掌握的口令和你发出的口令是不是一致。如果不一致，查查问题出在哪个环节。上级下发的文件由你接收、归档管理，重要文件要保管好。下一步，连部还要配通信员和汽车司机，加上驭手和卫生员，这些人员都由你管理。除此之外，你要管理好军械仓库；来往明铁盖，在我们哨卡留宿的人，也由你负责接待；团部和营部打来的电话，要及时接听，重要事情要记下来报告我；

每个周末，你要制作下周的科目表，发到各班和电台。再就是写每季度的小结、半年和年度的工作总结。大致如此。"

我回答道："是！"

但是，我心想：肖国和肖元都是老兵，他们都比我早入伍两年，我怎么好管他们呢？我还是管好我自己得了。

第二十一章

不一样的连队干部

孟 坤

惠文盛和我交接完毕，我送他出门。对面房间好像在开会，室内有点吵。对面房间的棉门帘呼啦一下被掀开了，柳显忠满脸通红大步走出来，大声说："我就今天走！"

里面没有回音。

我已知道，哨卡干部是轮休制。有休假的干部回来，守卡的干部才有探家或下山休假的机会。柳显忠筹备新兵集训连，带领新兵完成集训，前后三个月，回哨卡后又主持工作。他大概是要回河北探家了，他是和谁发生了争执呢？

孟坤把对面房间的棉门帘掀开，我看见连长站在对面屋子中间，神色有点尴尬。

这天下午，一辆卡车从克克吐鲁克哨卡下来，柳显忠和惠文盛乘车下山了。他们走后，我搬进连部。

对面房间里，住着连长和景霄副连长。我们这个房间，住着孟坤和我，还有肖元。我去文档室，把档案熟悉了一遍。我把我那支半自动步枪擦好，放回军械库，又把军械库打扫了一遍。在军械库墙角，我发现了四把苏式指挥刀，它们是20世纪50年代

185

给我们哨卡配备的，现在没有什么用处了。我给自己挑选了一支七成新的56式冲锋枪，配备了一个基数的子弹。回宿舍后我把枪擦亮。这支冲锋枪陪伴了我三年。黄昏，我按时播放了广播节目。

孟坤快睡觉时才回到我们这个房间来。他是个烟筒，坐在床边默默抽烟。

孟坤和涂振国都是1964年入伍的兵，赶上了当年大练兵、大比武。他俩都是河南安阳人，是妥妥的老乡。

孟坤三十二三岁年纪，看上去却像有四十岁，颇显老相。他中等身材，微胖；圆而壮实的腰身，黑而多肉的圆脸，稍微外翻的嘴唇，眼帘较厚的双眼皮眼睛，眼睛很大，眼里总是含着疲惫的光；脸有点浮肿。他喜欢抽烟，但牙齿雪白。

肖元有一天笑着对我说："孟副连长每天刷牙时间特别长，听说他如果不把牙刷白，他老婆就不让他上床。"肖元是个很厚道的人，一般不议论别人。

我住进连部的第二天，天蒙蒙亮，肖元放马去了。我出门跑操时，孟坤还在睡觉。连长带领我们跑操。我回到连部，孟坤已起床了，他正在我的床前，抽我床上的皮褥子。

我和他都愣了一下。

他说："我的皮褥子太薄了，你的厚实。"

果然，惠文盛给我留下的那条皮褥子很厚实，而且是二毛羊皮。

孟坤说："我的腰疼。"

我说："换吧换吧，你拿去吧。"

我还是不灵醒。换其他人，也许会马上帮孟坤把那条皮褥子在他的床上铺好，再帮他整理好内务。孟坤虽然把我的皮褥子换去了，但是，他的脸上还是露出不悦。他到门外刷牙去了，差不多刷了一刻钟。

这天上午，是刺杀训练。连长站在篮球场上矫健地指挥训练。

孟坤端着一个开水缸子站在旁边看。

连长说："立正，稍息。大家注意：孟坤副连长在六四年大比武时是我们营的刺杀标兵，我们欢迎他给我们来一套刺杀表演怎么样？"

大家都说："好！"

于是，孟坤给我们表演了一套刺杀动作。

其实他的那套刺杀动作和我们的刺杀动作一样，不同的是：孟坤的刺杀动作非常凶猛，他那本来无精打采的眼睛，在刺杀时突然冒出凶光。他刺杀的力量很猛，那用河南话喊出来的"杀！杀！杀！"令人胆寒。他拔刺刀也很猛，好像他跟前就站着一个敌人。他的三步连刺把对手打得稀里哗啦。收枪以后，眼睛里的凶光依然咄咄逼人。虽然动作看起来一样，但是和他的杀气腾腾相比，我们就差多了。

连长说："孟副连长，你来给大家传授一下刺杀本领。"

孟坤摆摆手说："算了；我嘛，马上就转业的人了，还是休息休息。"他端着开水缸子回连部去了。

孟坤和我交谈

这天晚上，孟坤坐在床沿边默默抽烟，他突然问我："你是哪里人？"

我说："陕西。"

他说："陕西？陕西的河南人特别多。"

我说："听说在西安和宝鸡铁路沿线，有不少河南人。他们是抗日战争时从河南过来的。"

他不悦地看了我一眼，又问我："你怎么想到当兵来了？"

我说："我想到边防来。"

他用疑惑的眼光瞅了我一眼，抽一口烟说："到边防有什么好？"

我说："我就是想到边防来。"

他说："你是想镀金吧？"

我说："我不需要镀金，我就是想到边防来。"

他又闷头抽了几口烟，说："要是我，我就不来。"

我说："你不是在哨卡吗？"

他说："我正在要求转业，我正在和老家联系，给自己联系工作。"他把一口浓烟吐出来，说："今年，是我当兵的第十四个年头了，我一直在边防，现在还是个副连职。"他的眼神里，露出来一点儿不堪回首的意味。

但我却是激情满满，我对边防和昆仑山依然充满了豪情。

他说："他们让我回去当一名仓库保管员，我在边防十四年了；像铁路和国防工厂这种单位，我想都不敢想。"

他用揶揄的口气说："你的思想很进步。"

我觉得他的口气怪怪的。

我就是想到边防和昆仑山来。关于这个问题，很多年过去了，我就是给有的人说不明白。直到今天还有人不理解，说："你不该到雪山去，耽误了大好年华。"我怎么就跟人说不清楚呢？我上昆仑山是我自己坚定的选择。

我对孟坤说："我没有别的想法，我就是想到边防和昆仑山来当兵，如果不是边防兵，我今年肯定不会报名参军。我的想法很简单：我到昆仑山边防当兵，这一生肯定只有这一次机会，这个机会错过就永远不会再有了；至于干别的事，将来一切皆有可能。"

孟坤用不解的眼光看着我。

他对我的激情满满好像有点不理解。他盯着我看，他的眼睛似乎在说："小子，你是不撞南墙不知道回头啊！"

我们两人说不到一起。

晚上，肖元在马厩里给马喂过夜草后回到房间来。房间里烟雾沉沉，肖元一阵咳嗽。肖元说："副连长，你少抽点烟，烟抽多了对身体不好。"

孟坤没有吭声。

第二天早晨，孟坤搬到对面房间去了。连长涂振国搬到我们这边房间来。

连长说："孟副连长和景霄副连长是两个烟筒，让他们两个住在一起；我们一起住。"

我帮连长把被子从对面的房间抱过来。孟坤和景霄都用犀利的眼光看着我。

无意中得罪了景霄副连长

景霄副连长在明铁盖哨卡分管后勤。他的甘肃口音很重。他个子不高，二十八九岁光景，身高到我的耳朵那里。干瘦，但是筋骨结实。小脑门，短刷子一样的眉毛，小而锐利的眼睛，鼻骨和下巴骨肉少，嘴巴有一点点前突，一口细牙，上排牙齿镶着一颗金牙。他紧咬着牙根，眼睛里有一股坚毅的光芒，从这双眼睛里，可以看出果敢、坚决、精力充沛，身上有使不完的劲。他同时是一个固执的人。

明天是星期天。景霄对我说："明天，你和二班的年小林下厨房帮厨，让炊事班的人歇一天。"

我说："是！"不就是做饭嘛，我从小就会做饭，下乡插队时，我自己做饭吃。蒸馒头、擀面条、包饺子、炒菜我都会。我信心满满。

头天晚上我就开始发酵面团。炊事员吴明德前来指导，我说："你回去睡觉去吧。"我真的是疏忽了。我在家乡发面，用的是酵面头，而哨卡厨房发面，用的是发酵粉。这个量我没有掌握好。这天晚上，刚过午夜，我就起床了。我发现我把面发酵过头了，有一股酸味。年小林也到厨房来了，他说："得往里面掺些碱。"于是，我俩在里面加了一些碱粉。

早餐是蒸馒头喝淡面汤。淡面汤做好，我和年小林把一大盆淡面汤抬到取餐的窗口。我信心满满地给立式高压锅解压放气，然后把高压锅锅盖揭开。满以为笼屉里是热气腾腾、蓬松地开口笑的白面馒头。掀开锅盖后，却看见馒头全都是黑黄色，也没有怎么膨胀起来，又小又瓷实。拿一个馒头咬一口，又涩又苦。

年小林说："完了，碱放多了。"

这一锅馒头到了餐桌上。有的人勉强咽下肚，有的人咬两口就放在餐桌上不吃了。

总之，这天的早餐大家都没有吃好。

中午，我露了一手：蒸大米饭，炒土豆片、炒粉丝、回锅大肉罐头；还用酸辣白菜罐头打了一大盆酸辣汤。

离开饭还有点时间呢，我和年小林拿搪瓷盆盛酸辣汤，搪瓷盆里面却装着早晨剩下的黑馒头。我说："把馒头倒在案板上。"

年小林说："这馒头没法吃了，喂猪算了。"他把半盆馒头端到猪圈，倒进猪食槽。

开饭时间到了，我看见中午饭大家吃得比较满意，心里乐滋滋的。然而，景霄到厨房来了。他说："我爱吃馒头，给我拿两个馒头。"我说："馒头没有了。"他说："早晨剩下的馒头呢？"我说："拿去喂猪了。"

不料，景霄勃然大怒，他跳起吼道："你们家是地主吗？"

我愣了一下。

他大吼："你爸爸是不是地主？"

我一下子火冒三丈。

我也跳起来吼道："你爸爸才是地主呢！"

景霄怒发冲冠，用刀子一样恶狠狠的眼光仇恨地盯着我。

他说："你想怎么样？"

此时，金玉医生过来了，他拉开我说："你别生气，景副连长最见不得别人糟蹋粮食。"

我突然反应过来，问他："你们是老乡？"

金玉说："我们都是古浪县的。"

我一下子就平静下来了。哦！古浪县！我立马想起我们路过古浪时，那些追着火车要饭的老乡，我曾经不停地给他们往火车下面扔烧饼。

我盯着景霄，在心里说："对不起。"

景霄依然恶狠狠地看着我。

我这个人不善于使用眼神。可能我盯着景霄道歉的眼神，在他看来，也是恶狠狠的。我那是余恨未消吗？

景霄和我记仇了

下午，冯伟又组织篮球比赛。涂振国和景霄都参加了。我和涂振国是一个队，景霄和金玉他们是另外一个队。我们两个球队比赛时打得难解难分。

景霄个子小，他打篮球的技术不怎么高明。他带两步球，就把篮球抱住护球。他把篮球抱在胸部，放在下巴底下，把头埋住护球，好像在护住自己的命根子。我上前抢球的时候，他埋着头左躲右闪。我于是从他的背后伸手到他的胸前向上击球，想把篮球从他的手中打落。不料，就在我从他的身后，从下朝上击球的时候，他正好把压在下巴下面的篮球挪开了，我这一巴掌，就落在了他的嘴巴和鼻子上。于是，他又用仇恨的眼睛瞪着我。我当然不生气。因为，我已经知道上午他为什么生气了。

接下来两次都是这样，我从他的背后伸手到他的胸前向上击球，他都把球挪开了，又是两次打在他的面门上。

景霄真的生气了，以为我在报复他。他恶狠狠地瞪着我，把篮球使劲扔了，说："不打了！"

我有点尴尬。我真的不是故意的。

二班长易顺说："你要让着景副连长一点，给他留点面子。"

我想：易顺说得正确。

但是，景霄已骂骂咧咧气呼呼地回连部去了，他不给我道歉的机会。

已经是4月中旬了，一连两天下大雪。

大雪过后是一个大晴天。詹河突然在塔木泰克山西边的峡口发现了黄羊群。

连长到大门口去了。连长对我说："你去把望远镜拿来。"我拿了八倍望远镜。从望远镜里，可以把黄羊看得清清楚楚。

连长说："你去把大倍望远镜拿来。"

我于是到军械库拿来了十五倍望远镜。这次，从望远镜里看，就看得很清楚了。

连长说："你看，连黄羊的胡子都看见了，它们正在山坡上的洼地里找草吃。"

我说："洼地里好像有一抹绿色。"

连长说："那是小草。向阳的山坡上，洼地里有水，小草先在那里长起来了。"

我说："我们哨卡门口还是冰天雪地。"

连长说："太阳再往北移，我们哨卡这里的阳光也就多了。"

不知景霄什么时候也站到我们的身边了。

景霄说："黄羊这么多，牧民也该上山放羊来了。连长，在牧民上山来之前，得派人到边界的山口巡逻一次。"

连长说："那是，前方罗布盖孜临时卡也快到启用的时候了，你带几个人巡逻一次，去那里看看。"

按理说，孟坤是分管军事的，带队去前卡巡逻应该首选孟坤；但是，孟坤的年龄有点大了，而且他老是说："我的腰疼。"

回到连部，连长和景霄商量去前卡巡逻的事。

我说："连长，我想去巡逻。"

连长说："你跟景副连长说，看他带不带你。"

我跟景霄说："副连长，我想跟你去巡逻。"

景霄翻我一个白眼，说："我不带地主！"

他终于把我给报复了。

我觉得他像个小孩子，我便很喜欢他的直来直去了。

第二十二章

热 孜 克

老牧民的肖像

早晨，我准备出去训练，听见有人在院子里喊："热孜克！热孜克！"

听人说热孜克这个名字已经很久了，就是没见过本人。我赶紧出门去看。

只见一个塔吉克牧羊老人站在连部门外不远的阳光里，几个老兵热情地围着他。

明铁盖，我查过地图册，如今上面居然有一个村庄的标记。实际上当时这里没有村庄。牧民们每年夏季游牧到雪山上来，4月底来，9月初就开始拔营返回。

在这个地方，只有一户永久性住民，就是热孜克一家。

热孜克六十岁光景，脸上布满了深深的皱纹。塔吉克族本是白种人，可是，由于雪山风，还有高原强烈日照的原因，他的面色黝黑，脸上的沟渠里藏着灰垢。他戴着一顶黑色平顶圆皮帽，帽檐四周黑色的羊羔毛翻卷起，看上去既暖和又安稳。他眉骨高高隆起，眉毛浓黑，一双深埋在眼窝里的黑眼睛放射出热情的光；高高隆起的鼻梁，鹰钩鼻子；压在上唇上的浓黑中带一点花白的向脸颊两边翻翘起来的厚实的胡子。他的这撮胡子，让我想起果戈理在《五月之夜》里对一个人物的描写，说这个人物的胡子在嘴巴的两边翻翘起来，好像他在嘴里咬着一个东西。热孜克的嘴唇薄，笑容天真，咧开嘴笑时露出因为抽烟而变黄的牙齿。

他高个子，因为上了年纪，不是那么挺拔了。双腿因为常年骑马是罗圈腿。他穿着一件黑色条绒的长长的棉袄袢，条绒裤子的裤角用羊毛绳子扎紧了，套在羊皮靴里。腰间扎着一根毛绳，一支短短的鞭杆从背后斜别在后腰间的毛绳里。

大家都"热孜克、热孜克"地叫他，像一群幼儿园的孩子围住了老师，又像一群小鸡围住了老母鸡。热孜克一边转动身体，一边向大家笑，不住地说："亚克西！亚克西！亚克西！"

连长出来了。连长高兴得面部颤抖了，热孜克高兴得面部也颤抖了。

在明铁盖，在漫长的冬天，除了热孜克，没有人到哨卡来探望。热孜克一家世世代代住在雪山，他一辈子都没有离开过雪山。我们军人，一茬茬来，一茬茬退伍转业，只有热孜克永久住在这里，他是雪山真正的主人。

热孜克有两个老婆。在新中国成立前，塔吉克人按照民族习俗实行多妻制。我不知道他是否有儿子，他有两个女儿和他一起生活。他的毡房扎在罗布盖孜沟一进沟口那里，有时也扎在罗布盖孜沟口出来的河谷地带。

哨卡的夜晚，偶尔可以听见热孜克的牧羊狗吠叫。

在寂寞的冬季，只要知道热孜克在雪山上，我们的心里面就多一份踏实。

连长和热孜克交谈

连长伸出他的大手，说："热孜克亚克西！"

热孜克说："连长亚克西！"热孜克勉强会一点汉语。

连长招呼他进连部室内。热孜克站在屋中间，不落座。他身上有股浓烈的羊膻味。

连长对我说："你去把库热西叫来。"

库热西的汉语说得可以，他有时兼职当翻译。库热西很快来了。他和热孜克热情握手，站在热孜克身边。

连长给热孜克一支烟。库热西帮热孜克把烟点燃。热孜克笑眯眯地盯着我和连长。

连长说："热孜克，你今天来有什么事？"

在帕米尔高原，由于长期共存的原因，塔吉克人都会说维吾尔语，这两个民族的人在一起交谈没有什么问题。

库热西翻译热孜克的话说："热孜克说：景副连长找他帮助哨卡烤馕，他才知道连长回来了。而且，他也知道今年已经来新战士了。"

库热西又说："热孜克说，今天晚上他就会把馕烤好。景副连长拿去的面粉太多了。"

连长说："亚克西。你告诉他，这次用不完的面粉，就送给他了。"

库热西翻译了连长的话。

热孜克满脸堆笑，说："热合买特（谢谢）！"

热孜克又对连长说了一番话。

库热西说："他说：他帮我们代牧的羊，有几只母羊下小羊羔了，我们的羊，总共已经有二百三十多只了。"

连长也满脸堆笑，说："那很好。小羊羔要照顾好，羊要好好帮我们放，沟里的动静也要好好地帮我们观察。库热西，你去司务长那里，给热孜克拿一包盐巴、一块砖茶过来。"

库热西很快提着一个面口袋回来了，连长把盐巴和砖茶掏出来让热孜克看了看。这两样东西，都是雪山牧民最喜欢的。

热孜克笑眯眯地吸完了一支烟，接过口袋提在手里。他比比画画，眉飞色舞。

库热西说："连长，热孜克说：等新鲜的酥油打好了，要给你送酥油。"

连长说："热合买特。热孜克，酥油是好东西。"

热孜克提着口袋礼貌地退后两步，右手按在胸口左边，给连长俯身行抚胸礼。他向我们告辞了。

他一出连部的门，老兵们又跟在他的后面。在雪山上，难得有人来看望哨卡人。

热孜克出了营区大门，跨上他留在大门外的小毛驴。在帕米尔，毛驴的个头不大；但是，这种小毛驴的脚力却很好。热孜克骑在毛驴的背上，双腿垂下去，脚底几乎挨着地面了。他抽出后腰里别着的鞭杆，在小毛驴的后胯上抽了一下。小毛驴就踩踏出一连串飞快的碎步朝前走了。

景霄和我和解了

热孜克走了，我打开连部的窗户。

连长说："把棉门帘也揭起来，敞一敞气味。"

热孜克身上带来的羊膻味太浓了。

这天黄昏，郑芳、库热西和靳仓一起到热孜克那里去，他们拿回来一面袋烤好的馕。

郑芳对我说："在雪山巡逻，馕是最好的食品。我们自己蒸的馒头，骑马出去不到一个时辰就冻硬了。冻硬的馒头像石头一样，能打野狗，咬也咬不动。塔吉克牧民帮我们烤的馕，带在路上，再冷的天气也能吃，又酥、又香、又脆。"

当天晚上，明铁盖突然又下起雪来了。

第二天，天还没亮，景霄就带着郑芳他们几个人出发了。他们要去罗布盖孜沟，看看一个冬天过去了，我们设在罗布盖孜的临时卡的设施是不是完好，边境山口一带，有没有什么异常情况。

还不到黄昏，景霄他们就骑马回来了，他们的腿上沾满了雪泥。景霄进连部后抖一抖肩上的雪，把马鞭扔在地上，说："沟里的雪太深了，根本就走不到沟底，雪埋到人的胸口，马腿陷在雪里，马蹄子在雪里够不到地面。我们没走到达坂那里就返回来了。"

郑芳在他的身边插话说："有一段路发生雪崩了，路被埋了，我们下马牵着马才勉强通过。"

连长说："你们辛苦了。通信员！帮副连长打一盆热水！"

景霄说："哪里有通信员？"

连长愣了一下。

我赶紧过去打了一盆热水，端到对面景霄和孟坤住的那个房间。

景霄对我露出友好的眼神。他用热毛巾擦了一把脸，说："不是我不带你去巡逻，那一段路太难走了，而且你骑马肯定也不行。"

我抓紧机会说："副连长，打篮球时我打在你的脸上，那可不是故意的。"

景霄说："我知道。"

我说："你知道什么？"

景霄说："我知道你们家乡是个好地方，你们有优越感。"

我说："你怎么知道我的家乡？"

景霄说："我爸爸年轻的时候赶着骆驼到四川去贩盐，但是他没有走到四川就返回来了。我爸爸说，他到了一个叫汉中的地方，那个地方太好了，那个地方简直就是天堂。所以，你们这一批兵，是不是都有一点优越感啊？"

我看着他，和气地笑了笑。

于是他也笑了，露出他嘴里面上牙中间的那颗金牙。那颗金牙金光闪闪，像一块名表一样夺人的眼球。

我和景霄这就算和好了。

景霄说："那天，我专门叫你和年小林去帮厨，就是要挫挫你的锐气！"

哎哟！我都到雪山来了；我和别人不争不抢，哪里还有什么锐气哟。

尤 建 德

我在连部的日常生活当中，特别是在照顾连队干部日常生活这方面，有缺陷。我现在所处的位置，除了干好我的本职工作外，似乎还要兼顾连部干部的日常生活。连长虽然没有明确地说，但他明明白白地说过："将来配备了通信员，通信员也归你管。"

那么，现在还没有配备通信员，我是不是还要履行通信员的一份职责？

我这人太不灵醒了，我眼里没活。我没有把主要心思放在照顾连队干部的日常生活上。我仅限于开饭时在餐桌上帮连部的干部打打饭，大家吃完饭后收拾一下桌子。我在夜晚睡觉前还开一会儿收音机，调小播放的音量，听一会儿歌曲。

我看见连长坐在床沿边闷头抽烟时瞄了我一眼，我想，他是不是后悔调我到连部来了。

连长很快从战斗班调来了一名通信员，他叫尤建德，是我的同乡。尤建德刚满十八岁，小小的个子，身形紧凑，体格结实。他做事干净利落，眼光独到，眼里有活。

他善于察言观色，在照顾连长的日常生活方面，没有什么可说的。

他能够在连长操课完毕后回连部时，第一时间在门厅里接过连长刚刚摘下的手枪，用一把牦牛尾巴做的拂尘掸掉连长身上的灰尘，然后麻利地为连长端来一盆洗脸的热水。连长进屋后刚刚在床沿边坐下，他就会恰到好处地给连长捧上一缸子热开水。他把连长用过的手枪擦得锃亮，把连长的床铺收拾得非常整洁，隔几天时间，就为连长洗一次衣服。那些在我的眼里平时看不见的活，怎么都被他发现了呢？在训练场，他会围着连长跑前跑后，听命于连长，传达连长的指令。在饭堂，他会在第一时间为连长盛饭，恭敬地给他递上筷子，麻利地为连长添饭。看得出来，连长用他用得得心应手，对他非常满意。

连长有次用揶揄的口吻说我："你们城里人，有时候太细心，有时候又不细心。"

连长刮胡子，尤建德给他递剃须刀；胡子还没有刮完，尤建德就给他准备热毛巾；剃须刀刚刚放下，尤建德就把热毛巾递上去。接过擦过脸的毛巾，赶紧递上热开水，然后清洗剃须刀。

这个时候，连长就意味深长地看我一眼。我看出来，这一眼既让我看出来我和尤建德的差距，又让我感受到连长和我之间拉开了一点距离。

这没有什么，我的本职工作做得很好。

我每个周末把下周的科目表制作得很规整，按时发到各班，让他们贴到宿舍的显眼位置。我用两天时间，把军械库整理得井井有条。我把标准弹的数字统计到个位数。我对各种弹药重新整理，在库房里重新摆放。各种弹药的位置、数字，都在我的心里一清二楚。那些常用的训练器材，伸手可取。那几副滑雪板到底能不能用，我心里应该清楚。我和詹河、王兵、达成把滑雪板拿到后面的雪山上亲自体验过。这里像白砂糖一样的颗粒状的雪，滑雪时在雪地上一摩擦就结成了一团。王兵说，他冬天在塔里木河畔滑过冰也滑过雪，那里的雪比这里的要湿润很多，那里的雪不像这里的雪，摩擦后就结成团子。不过我还是认为，可能是我们大家都还没有掌握滑雪的技能。我把文档整理得整整齐齐，把原来乱七八糟的储藏仓库规整后，打扫得干干净净。

在做本职工作方面，我总是力求做到最好。

这些工作都不是明面上的，我做过了，也不汇报。只要我自己看见这些库房舒心就行。

后来，团部军务股的股长和军械股的股长到我们哨卡来检查工作，军务股长说："你把军械库搞得很整洁，你对哨卡的情况了然在胸，数字掌握得清清楚楚，有问必答，明明白白。这非常好。"

不过，这又有什么用呢？

尤建德来了，很好。尤建德补充了我的不足。

而且，尤建德很会协调干部之间的关系。给连长端一缸子热开水，那必定也要给孟坤和景霄各端一缸子热开水；而且送开水时，脸上的笑容都属于一个级别。不过，你如果细心观察，就会发现，他给连长递开水时动作更加温柔。

尤建德有许多我所不具备的优点。他是个好同志，我自愧不如。

酥　油

连长自从有了尤建德，就像鱼儿得了一瓢水。而且，尤建德一直跟着他，围着他，绕着他转，使他精神焕发。

连长高兴了，不由自主地就哼唱几句豫剧：

"银环儿……那个嗨嗨！"

那时候，《朝阳沟》这部豫剧电影被解禁了，收音机里已经能听到《朝阳沟》这出戏了。连长特别爱听爱唱这部豫剧，他认为这部豫剧对我有教育意义，动不动就对我说："你看人家银环！"

我也不知道我和银环的差距在哪里。我已经在农村插队三年了，我又到了明铁盖，我的身上是不是还有丝娇气？

那天一大早，热孜克骑着毛驴踏雪而来。到了哨卡的大门前，他把毛驴留在雪地里，踩着积雪走进院子。

老兵们又都跑过去围着他。热孜克笑眯眯的，手上端着一个搪瓷碗，碗里面装着半碗酥油。

连长招呼热孜克进屋，热孜克把酥油捧给连长。那是半碗黄澄澄的固态酥油。连长闻了闻，说："好香。"他用勺子把酥油扒拉进自己的一个搪瓷缸子里，让尤建德把碗洗干净还给热孜克。

我闻那酥油有一股浓浓的膻味。我不习惯这个味道。

连长说："好东西！"

连长对尤建德说："通信员，让肖元给热孜克灌一瓶柴油。"

肖元除了放马，那台柴油发电机也归他管。柴油发电机平时没有办法发电，肖元就管柴油。柴油放在发电机房的油桶里。

在雪山上，牧民用羊油照明。用柴油照明会好很多，对他们来说，柴油也是好东西。

肖元用一个空酒瓶给热孜克灌了一瓶柴油。热孜克给我们行抚胸礼。这次，连长亲自把他送出营区大门。

我后来深深体会到，在明铁盖，热孜克离不开哨卡人，哨卡人也离不开热孜克。

比如，在古尔邦节和开斋节，我们慰问热孜克，给他送去雪山牧民很少能吃上的面粉（他们主要吃青稞粉），我们平时送给他盐巴、砖茶，还有柴油。在冬季，当热孜克的羊群受到狼群袭击时，我们也曾骑马持枪帮他打狼。有一次，热孜克的一只手被狼咬得血淋淋，卫生员肖国骑马前往给他包扎。

而热孜克，我们每次巡逻前都要找他帮我们烤馕。热孜克祖祖辈辈在雪山上放羊，所有道路都装在他的心里。巡逻时，那些我们不太熟悉的山沟，有的地段看起来根本无法通行，有热孜克带路，我们都能够顺利通过。

热孜克走后，连长用筷子头挑了一点酥油在嘴里抿了抿，对我说："好香，你也尝尝。"

我说："我不习惯这个味道。"

连长说："你太无知了。这个酥油特有营养。羊吃百草，羊奶里面就有多种维生素，酥油又是从羊奶里提炼出来的精华。你看看，我们缺乏新鲜蔬菜，我们唇裂，我们脸上掉皮，我们的指甲盖翻盖；而这些牧民没有菜吃，你见过他们哪个人缺乏维生素？维生素都在羊奶和酥油里。吃了这酥油，身体特别有劲。"

下午吃饭时，连长把一碗大米饭端回连部，在米饭里面拌了一筷头酥油。他吃过酥油拌饭后特兴奋。于是，他就又大声唱了一段豫剧《朝阳沟》。

第二十三章

雪山的春天来了

梦境般的冰河

塔木泰克山上，我之前用望远镜看见的那一抹浅绿，现在用肉眼也能看见了。然而，当我骑马到冰河那边看时，那片绿色却不见了。

哨卡大门口有一条小沟渠。沟里的冰碴儿化净了，泥土表面悄悄地变青。

夜里，大黑狗和黑母狗汪汪叫。冰河那里传来一声闷响。连长说："明铁盖冰河开了。"

第二天早晨，我来到河边，只见冰河中间塌了一个大坑。中午，下游又是几声闷响，下游河道也出现了冰坑。从这天开始，冰河白天和晚上都传来响声。不断塌陷的冰坑变成河沟了。河面还出现了冰洞和冰桥。好清澈的河水呀！河冰断层的截面好厚啊！垮塌的冰块，在流水的冲刷下加速融化。

有天中午，我又到冰河边，河水没有明显上涨。我下到河底，踩着石头顺河道在河床上跳着走。河水哗哗有声，总体十分平缓。

我在河中间一个卧牛一样大的石头上坐下，晒中午的太阳。

我点燃一支烟，听着河水声，很快就找到了内心的平静。

仔细看那冰岸的断面，颜色有所不同。这河冰，是在二百多个日日夜夜里一层一层冻起来的。最初一层冰封河后，第二天中午，有河水依然从上游流下来，到夜间，这层水在冰面叠加上冻；下一个白天和夜晚，又是这样。日复一日，河冰像千层饼一样重叠，一直叠到三米厚。不同的山，不同山涧流下来的水，带来不同的矿物质。这一层一层河冰，就呈现出相近或各不相同的颜色。有的冰层像白玉，有的冰层像水晶，有的冰层呈现出淡淡的青铜色，有的冰层呈现橙红色，还有的冰层呈炭灰色……

太阳高悬在头顶。阳光投射在璀璨的冰河断面。河水光影变幻。

冰岸边沿，挂着长长的冰凌。经过三五个昼夜，有的冰吊子有手臂那么长了，有的则像一排排透明的山羊的胡须。在阳光照耀下，冰的截面像镶嵌了无数闪光的宝石，红的、绿的、紫的、黄的、蓝的……河道便如梦境一般了。我坐在河中间的大石头上，感觉自己好像进入了童年时看过的多棱镜的万花筒。

好美丽的河呀！

眯着眼睛，我感觉有一只雪山鹰从河的下游飞过来。它顺着河道飞。难道这河里有鱼？那只鹰盘旋在空中，凄厉地叫了一声，飞到悬崖那边去了。

从冰河里回来，恍若隔世。哨卡的营房、土色围墙、站在大门口的哨兵……这一切也像在童话世界里。

这会儿，在那里站哨的是我的同乡辛伟。他背着枪在哨卡的大门口走动，好像走在远古时期。在古代，我们中国军队的士兵，手持冷兵器，也是这样在雪山下的营盘大门口走动吧？

我使劲眨眨眼睛，盯住哨卡看，那里才是我的职责所在呀！

不过，这并不妨碍我浪漫一番。于是，我又回到河岸边，趴下，在冰岸边，伸手去折了一截冰凌。我把它折下来，拿在手中，然后贴在脸上……又凉爽、又冰冷、又刺激。

我从梦境回到现实世界中了。

上山的脚步

哨卡的狗显得很烦躁，它们不时趴在地上听远方传来的脚步声。游牧的牧民，正沿着瓦罕走廊往雪山上走。

夜幕降临时，大黑狗和黑母狗在冰河边汪汪叫。

牧民们从塔什库尔干河的河谷地带到明铁盖河流域来了，他们在追逐水草。他们进入瓦罕走廊后，看到一片草场里的枯草已经返青，就在那里住下来，让羊群、牦牛、骆驼和马群在谷地里狂欢。

在他们的后面，还有游牧转场到雪山夏季牧场的大队人马。

那些后来者，就不会在这里停留了。他们夜宿昼行，继续朝着明铁盖河的上游走。他们在山谷里露宿的时候，雪山上的狼和雪豹已在黄昏时走出梦乡。在雪山的夜里，这些猛兽比白天清醒，也比白天更有精神。这时，就要考验那些忠诚的牧羊狗了。

在远方，牧民的牧羊狗在黑夜里与狼和雪豹厮杀，那血腥的场面，从远方撩动着我们的大黑狗和黑母狗的神经。大黑狗和黑母狗可以感知远方的动静，甚至能嗅到空气里飘过来的血腥味。

听见大黑狗和黑母狗在河边叫，我往冰河岸边走。一轮明月正从河的下游升起来，河岸月光皎洁。如此美丽的冰河，河里不光有月亮还有星星。我到河岸边看，在水里看见了一双媚眼，那双媚眼也在看我。我盯住它看，才看出来那是一双狐狸的眼睛。狐狸的眼睛居然也那么多情。多情的狐狸，变得简单而没有算计。

你也许爱一只鸟，你也许爱一匹马。如果你在雪山上，你就有可能喜爱一只狐狸，雪狐，或者红狐狸。明铁盖一带有非常漂亮的雪狐，还有非常漂亮的火狐狸。明铁盖的雪山上，还有像精灵一样迷人的雪鼠。它们灵巧的身体通体雪白，跑起来像一只灵活跳跃的小妖精，而且它们有幽亮的蓝眼睛。它们的眼睛是那样迷人。

站在明铁盖冰河边，雪山、夜空、月亮、星星，都离我那么近。那深远的夜空被黑暗拉近了距离，月亮好像要投进我的怀抱了。星星围绕着我，旋转，再旋转。我晕头转向了，我被星光包围着。

在明铁盖河边左走三步再右走三步，这不是在跳舞。我不会跳舞，我不会华尔兹也不会探戈。我只会走正步和齐步，我还会原地踏步。对岸的红狐狸像在伴舞，它的尾巴像裙摆一样摆起来。

其实这都是幻境。

因为缺氧，你的脑瓜有时可能会变成一片空白，看不清现实。

冰河开了，雪的味道淡了，空气里有了些许湿润。我闻见了河滩野草根系和它们萌芽时的芬芳。我知道我已经逐渐熟悉雪山了，我学会享受雪山旷古的安静了。

大黑狗和黑母狗又在河岸边汪汪叫，它们听见从下游过来的上山的脚步声了。

游牧的牧民快要来了。

他们带来了春天

上午，东边的坡上出现了两匹马。骑马的是两个彪悍的塔吉克男子。这两个骑马的人在坡上稍微停留了一下，好像在等待后面的什么人。接着，他俩就骑马朝哨卡飞奔而来。

他们中间有一个人穿着黑色的羊皮大衣，另一个人穿着黑色的羊皮袷袢。他们都骑着矫健的栗色黑鬃马，背后背着56式半自动步枪。他们的坐骑四蹄腾空地跑了一截路，快要到哨卡时踩踏出一溜碎步。

这时，是阎良在大门口站哨。那两个人骑马朝哨卡飞奔而来时，阎良解下自己肩头的半自动步枪。他的脸上露出警惕。

我听见马蹄声响，就从瞭望台上下来到大门口了。

这两个彪悍的塔吉克男子，稳坐在马鞍上。他们的马鞍是木头做的，鞍子上紧紧地缠裹着一层层花花绿绿的丝布。他们的马，看上去比我们哨卡的马身形瘦很多，马的个头倒不小，马的胸部、前腿根和后胯上，都有一条条腱子肉。由于常年奔波，这两匹马的筋骨和肌肉很好，没有虚膘，是那种适宜远行的走马，脚力好，擅长飞快地走碎步。

这两个人骑马在我们哨卡的大门外停下来。他们的马不住地扭动，眼睛里露出不安。长期在荒野环境里，他们的马时时刻刻保持着对危险的戒备。

值班班长易顺过来了，接着景霄副连长也过来了。

那两个骑马的人翻身下马了。

为首是那个身穿黑色羊皮大衣的人，四十岁上下的年纪，头戴黑色平顶圆皮帽，帽子四周翻卷着黑色的羊羔毛，黑糙的脸上眉毛浓黑，一双鹰眼一样机警的眼睛盯着人看时炯炯有神；高高隆起的鼻梁，一圈剪过的浅浅的络腮胡子。

在他身边的，是一个稍显年轻的塔吉克汉子，身材修长，看起来很机敏。他们一阵风似的走到哨卡的大门口。

他们斜背着步枪，枪口朝上。

他们在哨卡大门口站住了。

景霄过来了，用一种六亲不认的口气说："检查他们的证件。"

阎良说："通行证。"

他们两人都从怀里掏出"边防禁区通行证"。

易顺把"边防禁区通行证"拿过去看了一下。

司务长谭仕民过来了，说："哈，是阿斯买提啊？"他同那个穿黑皮大衣的人握手。

阎良对我说："他是东风公社东风牧业生产大队的党支部书记。"

此时，连长也到大门口来了，跟在他身后的是库热西。

阿斯买提和连长打招呼，上前与连长和库热西握手。

阿斯买提说话声音不大，他人虽长得彪悍，说话的声音却很柔和。

库热西翻译他的话说："阿斯买提说：他的人这几天都上山

来了，今天是第一批。跟着他的这位是大队会计，也是一名武装基干民兵。"

在塔什库尔干县，武装基干民兵都配备有半自动步枪和少量子弹。他们肩负着一边放牧，一边帮助哨卡协防边境的任务。但是，他们也得遵守边防禁区的规矩，比如说，有些地方他们是不可以去的。就说罗布盖孜沟吧，这条沟通往巴基斯坦，我们边防连在沟底那里设了一所临时哨卡。任何人进入这条山沟，到了我们临时哨卡那个位置，不经过我们的同意，不得再向前走一步。

连长和景霄其实都是认识阿斯买提的。

连长说："你好啊，阿斯买提！"

阿斯买提会简单的汉语，他说："你好，连长。"

阿斯买提和连长互敬香烟，交谈了片刻。

连长说："二班长，虽然我们和阿斯买提很熟悉，有的牧民我们也认识，但是，还是要一律查验"边防禁区通行证"，没有问题，才可以放行。"

易顺说："是！我知道了，就算是列宁同志来了，也不得搞特殊！"

连长说："阿斯买提，欢迎你们上山来帮我们协防边境啊！"

阿斯买提说："连长，请放心，我们一定尽力！"

说完，他和那位会计翻身上马，双脚一磕马肚子，掉转马头骑马原路跑回去，停在坡上。

一只硕大的中亚牧羊狗出现在东边的坡上。接着，出现了一个身穿红裙子的塔吉克牧羊少女。她的后面，是一拨一拨从坡那边冒上来的羊群。

山谷里一片咩咩的羊叫声。

马、牦牛、骆驼……都出现了。

阿斯买提和那个会计骑马站在坡上，后面上来的羊群和牧羊人不断。

牧羊少女红色的裙子在风中像火焰一样飘，又像鲜艳的石榴花在山谷里开放。

游牧人家

骑马走在前面的还是阿斯买提和刚才那个会计。到了哨卡大门口，阿斯买提拿来几本"边防禁区通行证"交给我们，当后面来的牧羊人经过时，我们拿着这些证件到他们的面前，一个人一个人地对照检查，核实身份。

走在羊群前面的那个塔吉克族牧羊少女，年龄不过十五六岁，手拿羊鞭。在她的身边，跟着一只中亚牧羊狗。这狗体形比我们家乡的土狗大一倍还多，白色皮毛打底，头上、肩胛和屁股那里，各有一片碗口那么大的黑斑。还有两只狗，在羊群两侧跑来跑去，把走散的羊聚拢。这三只牧羊狗，它们的颈项上都戴着一个厚厚的牛皮宽项圈，项圈上面，朝外竖着尖利的铁刺。

阎良对我说："这叫防狼项圈。"

羊群一拨一拨，络绎不绝。羊一边走一边低头找草吃。骑马的人一边走，一边等。后面走着一个手拿羊鞭的中年塔吉克妇女，紧跟着的是几匹双峰骆驼。它们是塔吉克牧羊人移动的家。

骆驼体大腿长，昂首阔步，它们是力大无比的大力士。牧民在双峰骆驼的驼峰两边，在肚皮那里，用毛绳吊着两大捆长长的、带点弧度的、每根都有手腕那么粗、有硬度、也有韧性的长杆；这种木头长杆是用来做骨架搭建毡房的。它们被捆绑成捆，吊挂固定在骆驼肚子的两侧，再把那些卷起来捆绑好的干羊皮呀、驼毛毡呀、地毯呀什么的垫在上面，捆绑紧，使之在骆驼驼峰的两侧形成稳固的平台。然后在上面铺上褥子，在四周围上被子，围绕驼峰布置出一个温暖的"窝"。在这个"窝"里面，坐着走路困难的塔吉克老婆婆和不会走路的小孩子。这些老婆婆和小孩子，在"窝"里面随着骆驼的脚步一摇一晃地前行，到了哨卡门口，抬头朝我们张望。

在这些移动的"窝"后面，则是一群牦牛。有几头牦牛的身上也驮着捆绑好的驼毛毡、地毯、挂毯和被褥，有的牦牛脊背两侧用毛绳捆绑固定着装有青稞粉、鲜奶、酸奶、奶酪等食物的羊皮袋子，还有的牦牛驮着提水的水罐、烧水的茶炊、大铁锅、铝壶等盆盆罐罐。

走在最后面的，是一个骑马的年轻的塔吉克男子。

他们都接受过边防检查，然后向西去了。

一只大狗随主人走过来

一天早晨，天空中雪花飘舞。又有一家牧羊人来了。带领这些羊群的不是牧羊女，而是一个沉稳的，有着毛茸茸胡子的中年男子。他叫卡德·巴都。

他身穿一件羊皮袄袢，脚蹬羊皮靴，一步一步地在飞雪中走得很沉稳。他没有骑马，而是步行。在他的身边，跟着一只我从来没有见过的威风凛凛的大狗。这只狗比一头小牛犊的个头还要高，青灰色皮毛，大脑袋，它的身形看起来比中亚牧羊狗还要强壮。关键是它的气势。它一步一步走在主人身边，就像是一个正在出场的重量级拳击手，又像是一个就要出场叫阵的大将军。像武士扎腰带一样，它的脖子上套着项圈。那个项圈又宽又厚，项圈上，朝外竖着又长又锋利的铁刺。它的目光阴郁、凶狠、沉静。它的大脑袋很像狮子的脑袋，不过看上去却比狮子接地气。它不是藏獒，阴郁的眼神却比藏獒凶恶。

这只大狗，我后来得知它是一只高加索牧羊狗。在帕米尔高原，高加索牧羊狗并不多见。

它在哨卡大门外的荒野里站住了。我们的大黑狗和黑母狗试探着想靠近它。它用眼睛的余光看着大黑狗和黑母狗，轻蔑地、力道很足地、从容地用后足划了划地面，就有小石块朝后飞起来，迸射出火星。

它的颈毛没有立起来，身子也没有紧绷，但它的身上却透出一股战斗的力量。

卡德·巴都的身材不高，偏瘦，骨骼紧凑，看起来身手敏捷；稍稍有一点尖的下巴上，留着毛茸茸黑乎乎浓密的圆头铁铲形状的大胡子。

他的年龄在四十岁上下。老兵们都认识他，但是，对他显然不像对热孜克那样熟悉。他是一个牧羊人，也是一个猎人。

"哈！是卡德·巴都呀？"库热西说。

卡德·巴都给我们行了一个抚胸礼。

我们检查了他的证件。

他也不说话，拿好自己的证件，带着羊群和他的家庭翻过西边的土冈。雪花在他的身后编织出雪幕。

这些牧民，有一部分过了西边的坡冈，就在罗布盖孜河口附近谷地的沟沟岔岔，找有水源的地方搭建毡房，安顿下来。还有的人继续往前走，到托克曼苏和克克吐鲁克去了。

在明铁盖冰山的背后，罗布盖孜河从罗布盖孜沟流过来，在塔木泰克山沟口对面汇入明铁盖河。从罗布盖孜沟口，一直到罗布盖孜河汇入明铁盖河的河口，有一片大约两公里长的宽谷。这片宽谷一年四季阳光都很好，在夏天，这里是个不错的牧场。

在这片宽谷的东边，明铁盖冰山下，有片小山坡，这片小山坡中间有块洼地，一条小溪从洼地旁边流过。这块洼地最适合夏季放牧的人在这里搭毡房居住。

卡德·巴都一家，就把他家的毡房安顿在这里。

生命在这里蓬蓬勃勃

黎明，寂寞的骆驼沉睡在寂寞的山沟里。哎！你这荒漠的舟船哟，难道这里是你歇息的码头？在塔木泰克沟口对面，有一缕炊烟升起来。风吹过，飘过来人、羊、牦牛、骆驼的气息。山谷里的羊多了，牦牛和马也多了。小毛驴很快找到了自己的玩伴。

华魁说："好几天都没有看到小毛驴了。"

詹河说："小毛驴嫖风去了。"

阎良说："牧民那里有母驴呢。"

这冷寂了一个漫长冬天的雪山，有了春天的景象。

鹰在高空盘旋，羊群漫山遍野地跑，在洞窟里钻了一个冬天的旱獭也都出来了。动物多了，鹰看花了它的眼睛，眼花缭乱。鹰是那么兴奋。鹰啼叫了一声，这一声好有激情。鹰不知道它到底该抓哪一只动物。鹰把它的爪子在天空伸开，又收回去了。

詹河举起手中枪。他没有上子弹，用枪刺指着在空中盘旋的鹰。鹰大叫一声，躲到云彩后面去了。

牧民有时顺着河岸，把羊群赶到我们哨卡前的谷地里，让羊群顺着河岸吃草。有时也赶着羊群绕到我们哨卡的东边，那里的枯草也都返青了。

野花开始在谷地里开放。

我们开始在营区外面走队列和练投弹了。

我们排队走出来，出营区和回营区时高声唱歌。我们唱得那么雄壮、嘹亮。除了我们自己听我们唱歌，正在游牧的牧民也能听见我们唱歌。

我们投了一次实弹。手榴弹爆炸后没有多少硝烟，不过弹片飞得比我想象的还要远，有不俗的杀伤力。

我们操练拼刺刀，喊杀声震天，阳刚之气就在空中弥漫了。

河滩边野鸽多了，公野鸽在河滩上咕咕叫，向母野鸽展示自己胸脯上闪亮的紫色羽毛。小毛驴玩了一个星期的失踪。黑母狗也有好几天不见踪影。它们都在放纵自己。它们不知道什么是自律。

在河滩，我看见了紫色的、黄色的花。金玉医生看见了一株鲜红的罂粟花。金玉医生说："罂粟花虽好看，但是它的果实有毒。"

在雪山上，即便是春天到了，花骨朵也没那么容易开放；即便是开放了，花期也非常短。刚开花，就开始结籽了。雪山的春天非常短。春天来了，牧民和羊群走在春光里。但是，这里的春天雪说来就来，上午可能还走在阳光下，傍晚时可能会披着风雪回家。某个早晨起来，哨卡院子里的雪，又积到四指厚了。

第二十四章
连长和豫剧

射击标兵

涂振国连长进屋来。他解下腰间的皮带，把手枪挂到床头墙上，又提起办公桌上的暖水瓶，给搪瓷缸子倒了半缸子开水，端起缸子喝一口开水后小声哼唱道：

亲亲娘，祖奶奶，
谁叫我到山沟来，
上午挑，下午抬，
累得我腰疼脖子歪。

这几天，收音机里很多频道都能收听到豫剧《朝阳沟》了，连长非常高兴。

自从他搬过来与我和肖元同住一室，我们这间屋子里就增添了一股生气。

连长喜欢豫剧，也崇拜岳飞。他自豪地对我说："我是安阳人。安阳那个地方，你知道吗？"我记得安阳那里有个殷墟，但有些拿不准，一时没有回答他。

连长说："岳飞是我们安阳人。"

我们中国军人，对自己的家乡都有着与生俱来的尊重。

我在心里轻轻吟诵："三十功名尘与土，八千里路云和月。"

连长目光炯炯地扫视一下，然后像岳飞那样挺胸收腹，想象着手上拿了一支长枪，豪迈又潇洒地打了一个转身。这个动作，使得他更加英姿勃发。

他是大练兵、大比武年代过来的人。凡是那个年代过来的军人，如果十三年后还留在部队的话，必定在军事技能上有他的过人之处。

就说孟坤吧，他搞刺杀很厉害。他那多肉的屁股和大腿根部很有弹性，刺杀时像青蛙一样跳来跳去。由于上年纪了，脸上有一点赘肉，刺杀时腮帮上的肉稍微有一点抖动。除此之外，他刺杀的动作干净、标准、麻利；而且他刺杀时就像敌人就站在他面前，敌人已经把他的一个好兄弟撂倒了，因此，他的心里充满了仇恨。他突刺有股凶狠劲，眼露凶光，除了凶狠劲外，还有一股蛮力，恨不能把眼前的敌人撕个粉碎。

他用河南腔喊："杀！——杀！——杀！"

他这种蛮力，可以挑飞一只黑熊。

涂振国的优势却在射击这方面。

他个子高，跑步时身体有一点摇晃，所以，他打篮球打得不是很好。助跑投手榴弹时，他的身体也有一点摇摆，所以，投出去的弹着点就有一点偏离。

除此以外，他的其他军事项目都堪称优秀。尤其是射击，更是没说的。

卧姿射击、跪姿射击、立姿射击、山地射击，对于他来说都不在话下。

我们只打自己手中的枪，他却是手枪、半自动步枪、冲锋枪、轻机枪都打。

尤其是轻机枪，他打出一个连射，子弹全部命中靶心。我们全连的机枪手，没有一个能打出他这样的水平。

他说："靶子立在那里，你就把它当作敌人碉堡上的一个射击孔来打，只有这样打，才能压制住敌人的火力。"

这太不容易了！

孟坤说："你们知道吗？连长过去当过机枪手，1964年大比武时，他就是射击标兵。他用自己手中的机枪，打出了全营第一名的好成绩！"

这话没有一点吹捧的意思，连长的射击水平在那里摆着呢。

我也喜欢射击

我也喜欢射击，我想当一名神枪手。说起射击，我的水平也算说得过去。

自从换了那支七成新的56式冲锋枪后，每次射击训练回来，我都要把它仔细擦一遍。它是我在哨卡的最爱。我熟悉它后，用起来既顺手又可心。只要用这支枪，不论打什么射击，我都能打出很好的成绩。我的射击技能在摸索中不断提高，我打枪不再像在新兵集训连时那样用力扣动扳机了。我瞄准时沉静，呼吸平稳，即使在刚刚奔跑后，只要开始射击，我就会很快使自己的心沉下来。我的视力非常好，在高原明净的天空下，空气的能见度很好，在这样的条件下，只要我用我这支枪，在一百米距离，取卧姿打胸环靶我每次都打的是10环，百发百中。我托枪稳，平稳地扣动扳机，打半身靶、移动靶，或夜间射击，我都能打出好成绩。特别是山地射击，在五十米距离，我从山上或山下朝人头靶射击后，在崭新的靶标上，我能清楚地看见我刚刚打出的子弹命中靶标后留下的弹孔。这时，我就非常兴奋。

连长每次在我射击之后，都要稍微流露出一点遗憾，表示我在射击方面还存在差距。他或说我出枪慢了，或说我击发不果断。

他说："就是那一秒钟的时间，敌人就有可能把头缩回去；就是那一秒钟的时间，敌人就有可能先干掉你。"

但是，他也流露出一点对我的偏爱。干部们都集中在哨卡的大门口打靶。他们打的是半身靶。他们使用54式手枪，每人打五发实弹。

我从连部出来。连长说："你过来。"在众目睽睽之下，他掏出三发手枪子弹给我，说："你也打三发试试。"

看见其他战士露出羡慕的目光，他说："在我身边的人，各种武器都要会用。"

这是我第一次使用手枪射击。我不知手枪射击的要领。我连开三枪，只命中一发，还有两发子弹都脱靶了。

连长的眼睛里就全是遗憾了，就差三个字没有说出口："不争气！"

尤建德也过来了，连长给了他一发手枪子弹，也让他开一枪。这一枪的子弹也不见踪影了。

连长叹了一口气。

意识到自己的差距后，我不再自满了。这时，连长就分外精神了。他端起搪瓷缸子，用筷子挑了一筷头热孜克送给他的酥油，把那一点酥油用舌尖卷着吃了，面露快意的笑容，小声哼唱道：

亲家母，你坐下，

咱俩随便拉一拉……

我为秦腔惭愧

半年前，常香玉复出了。没过多久，一批优秀剧目也随之解禁了。这里面，就有连长最喜爱的豫剧《朝阳沟》。连长最爱唱那句"梦醒来，听见了鸡叫三遍"，他用浓重的河南腔，把"鸡"字重重地婉转地吐出口。这么一唱，他就精神勃发，神采奕奕了。

他在刮胡子，用手摸自己的脸，哪里的胡子起来了，他就刮哪里。

这天傍晚，我关掉扩音设备，把收音机音量调小，收听歌曲。那时，已经能听到《我的祖国》这首歌了。

邮车送来报纸。我从报纸上看到，不久前，一批被禁老电影解禁了，其中就有电影《上甘岭》。

对于连长来说，最令他兴奋的是：豫剧《朝阳沟》这部电影也解禁了。团部的电影放映小分队，昨天坐着中吉普越野车，带着小型电影放映机，到我们哨卡放映了美术动画片《大闹天宫》和豫剧电影《朝阳沟》。大家看过电影后分外激动。

连长用他那浓重的河南腔，在房间里大声唱：

棉花白，白生生，

萝卜青，青凌凌，

麦籽个个饱盈盈，

白菜长得瓷丁丁。

……

他端起缸子喝水，突然问我："豫剧好听吗？"

我说："好听。"

他说："你们的家乡戏有什么呢？"

我想了半天，说："有汉调桄桄。"

他把噙在嘴里的一口开水喷出来，哈哈大笑，说："桄桄！桄桄是什么？"

我悲哀极了。我的祖籍在山东，可是我不熟悉山东的地方戏。我出生在陕南，可是陕南确实没有名头很响亮的地方戏。

于是，连长说："我知道，你们陕西人唱秦腔。秦腔是什么？"

此时，孟坤端着半缸子热开水过来了。孟坤进门说："秦腔像关中驴叫。"他"啊喔啊喔"学毛驴大叫了几声。

这对我简直是侮辱！

我必须站在这里为秦腔说一句公道话。可是，我不得秦腔的要领，只好哑口无言。

于是，连长就像岳飞那样打了一个转身。孟坤也打了一个转身。孟坤的架势，就像他是牛皋，就等着活捉金兀术呢。

兄弟俩"那呼嗨嗨"

　　连长这几天有空就唱《朝阳沟》。他痴迷这出豫剧到了一塌糊涂的状态。他又是唱银环，又是唱栓保；又是唱银环妈，又是唱栓保娘；又是银环妈和栓保娘对唱。

　　他对我说："你看看人家银环，也是城里人，高高兴兴地到大山沟来了。"

　　我想：我不是也高高兴兴地到雪山上来了嘛！

　　他又说："你看银环妈，见了亲家母就惦记着银环有没有开水喝。你们城里人，就爱喝开水。"

　　这些话戳在我的痛处。

　　我不也到雪山来了吗？而且我也觉得热孜克这个塔吉克牧民非常好，他好像与生俱来就是放羊和驻守边关的命。他自由自在，与天地合一，乐天知命。

　　其实，我也有一点自己的小秘密。

　　我从家乡入伍时，带来一个塑料皮笔记本，在这个笔记本里，我从《诸子集成》中全文抄写了《孙子兵法》，还摘抄了曹操、杜牧、梅尧臣等十位古代高人为《孙子兵法》加的注释。我也崇拜古代那些披肝沥胆的大英雄和将军！我还欣赏白袍少年岳云呢！但是，我这个人有什么心事都装在心里头，不表现给别人看。

　　突然有一天，收音机里在播放豫剧《花木兰》。这是常香玉的唱段。天啦，连长一下子就把持不住自己了，他激动得不得了，立即进入状态，摆了一个造型。这段豫剧，他之前可能学过。他一晃肩膀，一摇头，比画一个剑指，像常香玉那样开唱了：

刘大哥、讲话、理太偏，

谁说女子、不如男？

男子打仗、到边关，

女子纺织、在家园。

白天去种地（哪），

夜晚来纺棉，

不分昼夜辛勤把活儿干，

这将士们才能有这吃和穿

……

他这么一唱，孟坤也端着一个搪瓷缸子进这边屋里来了。

这时，收音机里常香玉的唱段播放完了。连长和孟坤咕咕咚咚各喝了一气开水。他俩清了清嗓门，突然唱起一段我从来没有听过的豫剧。这是一出传统戏，是《抬花轿》里的一段。

只听他俩大声唱道：

府门外、三呐、三声炮，

啊花、啊花、花轿起动！

那呀嗨那哈呀哈嗨！

嗨哷呀那呀嗨！

嗨那嗨哷呀嗨！

那呼嗨嗨那呼嗨嗨！

那嗨哷呀嗨！

哎呀嗨嗨那呀嗨嗨！

……

好像建房的人，在夹板里用木头杵子夯土打土坯墙；好像过去修铁路，修路的人抬着石头在夯路基。

他俩并排站在那里，像俩兄弟一样唱得激情澎湃，不亦乐乎。

谁说文艺没有战斗力？连长和孟坤一唱豫剧就精神抖擞。

我说句心里话："豫剧很好听，听起来也很振奋人心。"

从常香玉到马金凤

晚上，连长突然问我："豫剧的四大名旦，你知道有谁？"

我被他考问住了。我说："我只知道常香玉，我知道她在抗日战争时期，从河南辗转到我们陕西的宝鸡，她在那里唱豫剧，好像是从宝鸡那里唱出名的。她曾经到汉中唱过豫剧，我听老人们说过这件事。"

连长听见我这么说，好像就把他的优势给比下去了。连长毕竟当时也只有三十一岁，还有一点不由自主地喜欢争强好胜。于是，他用浓重的河南腔说："豫剧的四大名旦是陈素真、常香玉、马金凤、阎立品。"

这一下子就把我说得只有瞪眼的份儿了。

连长说："除了常香玉，马金凤的唱段你不佩服也不行。我觉得马金凤唱豫剧和常香玉不差上下。你听过马金凤唱的《穆桂英挂帅》吗？"

我说："没有听过。"

于是，他便原地打了一个转身，唱道：

听我令，必有赏，

不听令插箭去游营。

忙吩咐众三军老营动，

穆桂英五十三岁又出征。

唱罢后对我说："在军中，听将令最重要；服从将令，这是
第一位的。"

我赶快思索了一下：到目前为止，除了我在射击上达不到他
的期望，我在欣赏豫剧上达不到他的高度，其他方面，也还说得
过去。

连长用豫剧把我们的秦腔比下去以后，我并没有颓唐，因
为我的家乡在陕南，我不会唱秦腔，对秦腔也谈不上认同，而且
人家豫剧就是好听。特别是常香玉唱的《花木兰》，你不佩服
不行。

于是我摆出一副无所谓的样子。

连长坐在床沿边抽烟，他盯着我看，好像在思索。

他似乎感觉到：用豫剧并没有把我完全征服。

于是他说："我们家乡有岳飞，你们家乡有什么？"

我想说：我们陕西有个秦始皇，可是，话到嘴边，我说的
是："我们家乡有个诸葛亮，诸葛亮就埋在我们那里。"

连长愣了一下，突然嘿嘿嘿地得意地笑了，说："不对吧？
诸葛亮是我们河南人。"

我说："诸葛亮不是河南人。"

连长得意地说："诸葛亮就是河南人，他是我们河南南
阳的人，难道你没有听说过'南阳诸葛亮，稳坐中军帐'这句

话吗？"

我知道河南有个南阳，我也知道诸葛亮在南阳待过。我有时候不由自主、不知不觉中被人带节奏，和人较劲，连自己是什么身份都忘了。

我说："诸葛亮是山东人，他是山东琅琊阳都人，后来在我们那里屯兵八年，领兵北伐，死后就埋在我们那里了。"

连长的脸红了，说："不对，他就是南阳人！"

我说："他是山东人，有人说他在南阳的卧龙岗隐居过，也有人说他在襄阳隆中的卧龙岗隐居过；不过，他后来在我们那里屯兵八年，领兵北伐，死后就埋在我们那里了。我们那里的人每年清明节都要去给他扫墓。"

连长恼羞成怒，红着脸说："我不听你胡扯！"

他扔掉烟头，出门查哨去了。只听他小声哼道：

听我令，必有赏；

不听令插箭去游营。

……

第二十五章
一道水渠绕冰山

不一样的西北风

只有景霄是个例外，连长和孟坤在唱豫剧，景霄犀利的眼光左顾右盼，心不在焉。

景霄不欣赏豫剧，他欣赏秦腔。在甘肃地面，刮的是西北风。但他总体上不太操心唱戏这件事，在古浪那个地方，大家主要考虑的是如何先把肚子吃饱。这在当时好像也是一个普遍面临的课题。他当兵到新疆，干脆就到雪山上来，除了实现自己戍边报国的愿望，当兵吃粮也是一个实际问题。让他分管后勤，再合适不过了。他节约每一粒米、每一片青菜的绿叶。他精打细算，像珍爱生命一样珍爱粮食。

甘肃河西那一带苦寒，地域不同，文化便有差异。在西北地区，苦寒在文化表现中留下了难以磨灭的印痕。

在四周没有人的时候，比如说骑马出去巡逻的时候，景霄快马加鞭走到前面了，或者心疼他的坐骑落在后面了，总之，就他一个人的时候，他便瞅一眼四周的荒野，唱一段秦腔。只听他唱道：

四路里狼烟起战惠，

五典坡送夫跨征鞍。

柳绿曲江年复年，

七夕望断银河天。

八月中秋月明夜，

久守寒窑等夫还。

十八年、十八年

......

　　我骑着马在前面走，我没有回头，我听见景霄嗓音沙哑，唱得颇为投入。

　　景霄的家安在疏勒县营盘外的边防团家属院，那里住着他的妻子和幼小的孩子。他每年可以下山看他们一次。一般来说，像他这样的，都是在夏季道路好走时下山探家；如果希望在春节团圆，那就要骑马冒着被暴风雪吞没的危险下山。我后来接待过一个这样下山的古浪籍军人，他走到我们哨卡的时候，眉毛、眼睛、鼻子、嘴巴都结了冰凌。他心中揣着与妻儿团圆的一团烈火，骑着马在瓦罕走廊的风雪路上坚持前行。如果放在古代，那就是一个边关征夫的形象。

　　景霄对边境巡逻激情不减。骑马在征鞍上，他总是抬眼眺望，那是在眺望崇山雪岭中的边防线。他身形紧凑，骑马趴在马背上像一只山猫，走路快速移动脚步，像脚下生风。战术演练时，他端着一支半自动步枪，脚下飘忽着冲锋向前；或者，撤退时，他手握54式手枪，在山坡上倒退着，走出像狐狸一样飘忽的狐步。

连长就不是这样。连长有时候一根筋，有点固执。如果让连长守山头，他一定是死守。如果让连长守机枪，他一定也是死守。子弹打完了，他会举起机枪砸向敌人，和敌人血拼。如果弹尽粮绝，他会像杨继业那样一头撞向李陵碑，为国殉身。

他当然也许会唱一段豫剧：

为什么此一去不见回头？
西北风吹的我遍体飕飕。

但是，景霄不同，他会换一个战法，让面前的敌人吃一个大亏。

景霄是一个从实际出发，但又不失原则的人。

连长还在唱豫剧：

老嫂子你到俺家，
尝尝咱山沟的大西瓜。
……

景霄左顾右盼一阵，突然说："连长，明铁盖河水涨了。"

连长说："嗯？"

景霄学河南话的腔调："那河里的水就要变浑了！俺们就要没水吃了！"

连长如梦初醒，说："啊？你明天赶紧安排人到后山放水去。"

登高望远

我们扛着铁锹、钢钎和洋镐，出了营区，到营区后面，沿着那条给哨卡输水的沟渠，爬上山冈，到雪线下，绕着明铁盖冰山，在高坡上往后山走。

我们差不多去了两个班的战士。今天，是电台台长冯伟自告奋勇带队。他可能是在室内憋得太久了，说："景副连长，今天疏通水渠，让我去带队吧。"景霄说："好啊，再不把水渠搞通，我们就没水吃了。"

邱明和董良走在前面。我本来也走在前面，可是走着走着，我就和一班的王兵走在一起了。

王兵不爱说话。我们并肩走着不言语。

冯伟扛着一把铁锹，和华魁走在一起。

上到山冈上，就看见沟渠里的残雪和冰碴了。我们一路清理沟渠。六七个月没有使用这条沟渠，沟里面除了残冰，还有从山上滚下来的石头。

明铁盖河的河水一天天上涨，再过几天，河水就变得混浊，没办法饮用了。

我们要另外想办法解决吃水问题。而且，马上就要播种青稞了，得引水浇灌青稞地。哨卡的前辈，在山坡上开辟了这条既可以解决饮用水，又可以浇灌青稞地的水渠，它大约四公里长。每年夏天，只需在使用水渠前清理水渠里面的残冰，把水渠疏通整修好，就可以把清澈的流水从冰山后面冰原上冰舌断崖的冰瀑下引过来。今天，我们就是去干这个事情。

我们一路走一路清理沟渠。

在山坡上走，视野很开阔，心里面敞亮。

这个位置，接近雪线。水渠依山形而建。在背开阳光的山阴地带，长达几百米的沟渠里都充塞着残冰。我们得使蛮力用洋镐把残冰挖开，把冰碴从沟渠里用铁锹掏出来。

绕过一面高坡，有一道突出的山崖。站在山崖上，一眼就把罗布盖孜河口一带的山形和宽谷的地貌看得清清楚楚了。两千米以内，河谷和谷底的河流一览无余。这是我第一次上到明铁盖冰山雪线附近。我把眼前的风光好好看了看。之前僵冷的罗布盖孜冰河已经变得波光粼粼了，传来流水的哗哗声。这条河从冰山雪岭中蜿蜒而来，眼下，河的两岸是可以纵马驰骋的宽广的青草地；远处是皑皑雪山，近处是棕色的浅山；一些小沟小岔，也被青草染成绿色了。

这条秀美的河，到了塔木泰克山下，汇入明铁盖河就成了一条奔腾而下的湍流了。

这一带，谷地水草丰美，何止养活千百只羊呢？

登高望远，给我带来遐想；但是，我也看清了现实。

往日，在哨卡大门外，我们看到的塔木泰克山是那么雄伟，黑色的雄性的大山，威严而自信，它像父亲那样可以让人依靠；而现在，当我上到明铁盖冰峰雪线那里，在到达一定的高度后，回头看塔木泰克山，它好像衰老了，有一点弯腰弓背了；在它那平阔的山顶上，皑皑白雪像披散的白发一样，铺陈到无边无际的远方……

啊，塔木泰克山！你是一个老兵啊！千百年来在这里守护着我们的家门！

旱獭见人不躲

冯伟的体质比较弱，他只干了一会儿就气喘吁吁了。我用洋镐挖沟渠里的冻冰和冻土，我的心脏怦怦跳，感觉接不上气。邱明和董良干活最扎实。太行山人，又实在又踏实。

绕过那片山阴地段就好了。向阳的山坡上，有一小片平坦的坝子。那里有牧民搭建毡房的遗迹。三个废弃的馕坑，表明这里最起码曾经搭建过三座毡房。馕坑很久没有用了，但是，里面燃烧过的牛粪和羊粪的灰烬还在。这片坝子旁边，就是我们正在疏通的沟渠。

毡房遗址前面，有一个石头垒起来的高台，高台上安放着一具岩羊的头骨。这具岩羊头骨硕大，头骨上两个弯弯的羊角比水牛角还要大。我猜想：这可能是塔吉克族牧羊人的图腾。

我走过这个图腾的时候，心里有一种敬畏。

我对正在伸手的张社民说："你不要去动那个头骨。"

这个地方，不仅向阳，在坝子下面的斜坡上还有一条哗哗流淌的小溪。走下去二十多米，就可以从小溪里取水了，小溪的两边是青草地。

这一带，差不多是垂直落差。雪线、坡冈、绿草地，只有一箭之遥。冰山融化、冻土裸露、冰瀑流淌、小溪欢唱、河流在谷底蜿蜒……

一声鹰啼一样的叫声传来，但比鹰啼声短促。这是旱獭的叫声。小溪边，岩石上有旱獭睡在那里晒太阳。旱獭金黄色的身影，它们在洞窟里藏了一个冬天，身段肥胖。听见我们的脚步声，自立起来。它们挺着肚了，前趾抱在胸前，眼睛东张西望，看见我们后，显得异常镇定。

在明铁盖，哨卡人不会去抓旱獭。金玉医生给我们讲第一堂高原卫生课时说："你们别去动旱獭，它们曾经在这一带传播过二号病（霍乱），还有黑死病，也就是鼠疫，非常恐怖。"

因此，我们哨卡没有人抓捕和猎杀旱獭；旱獭因此恶名，反而在这一带繁衍得蓬蓬勃勃。

旱獭看见人，也不躲闪。它们的脑子好像短路了，看着我们发呆。一会儿，像突然反应过来似的，短促地叫一声，转身钻到岩石下面的洞窟里去了。

水 源 地

走到这个地方，我们的水源地就一目了然了。

冯伟说："大家好好看一看这里的山形地势。"

我们的左边，依然是明铁盖冰山。在冰峰下面，雪线之上有一道山梁，山梁上的积雪比较薄。而在我们的正面，是一片广阔的、明晃晃的冰原。太阳照在冰原上，光芒刺人的眼目。这片冰原从北向南渐渐抬升，在冰原尽头，湛蓝的天空下，是一排犬牙状的、银光闪闪的冰峰的尖顶。那个地方相当遥远，人迹难以到达。

现在，这片冰原被太阳照得湿漉漉的。

距离我们不远处，就是这片冰原宽阔的断崖了，断崖边沿伸出来肥厚的冰舌。从冰原上汇聚过来源源不断的融雪水，它们从断崖冰舌那里流下来，形成瀑流。

这道冰瀑很宽，瀑流形似水帘。

我们哨卡的前辈，在这瀑流下面，横着凿了一道石槽。瀑流落入石槽，大部分水从石槽里溢出来，顺着山坡流向山下的草场。剩下的融雪水，通过石槽引导到我们现在正在疏通的沟渠，绕着山坡蜿蜒，最后从山冈上流到我们哨卡，我们吃水的问题就解决了。

　　我们吃的是冰山之水，吃的是巨大的可融冰。

　　关键问题是沟渠被冻冰堵住了，又不知是什么野兽踩塌了前面的渠坎，渠水从瀑流沟槽那里引过来后，从垮塌的渠道豁口哗哗流走了。那斜坡草地上的溪水，就是从这豁口里流出去的。

　　我们一边清除渠沟里的冻冰，一边用石头和泥巴把垮塌的豁口堵上。我们用铁锹把堵上的豁口拍打结实，进一步加固。

　　渠水畅流了。水头在渠道里冲出混浊的沫子。

　　我们跟着水头走了一段路，看见流水往前淌，欣喜之余，在山坡上坐下休息。

　　一片阴影在山谷里移动，那是天空中飘过去了一朵云彩。

　　又有一片阴影在山谷里移动。飘过我们头顶的，是一只巨大的金鹰。它悬在空中，荡来荡去。它低头注视我们。我们也把它看得清清楚楚。

　　它好像发现溪水边的旱獭了。它的爪子伸出来了，又收了回去。它没有俯冲下来捕捉旱獭，它知道旱獭会在第一时间钻进洞穴。

　　金鹰随气流升腾起来，顺着罗布盖孜河，飞到下游去了。

　　冯伟拍拍屁股站起来，说："撤吧，我们今天的任务完成得不错。"他和邱明、董良、华魁一起，在前面追赶水头去了。

第二十六章

初夏，哨卡任务重

信号弹

这天，我半夜上哨，看见营区东边戈壁滩上，突然升起来一颗绿色的信号弹。这是我到哨卡后第一次看见来路不明的信号弹。我立刻回房间向连长报告。连长正在呼呼大睡。我说："连长！"我把他叫醒。连长说："什么事？"我说："发现有信号弹！"连长说："在什么地方？"我说："在营区东边。"他说："继续观察。"翻了一个身又睡着了。

天哪！这么大的敌情，连长居然翻了个身又睡了！

我赶紧回到哨楼上。

下一班接哨的是肖国。他背着冲锋枪，拿着个手电筒走过来，手电筒没有打开。我向他传递了口令。他说："有什么情况？"我说："刚才发现有不明信号弹升起来。"他说："在什么地方？"我说："营区东边戈壁滩，大约有两百米。"他说："你在这里警戒，我过去瞅瞅。"他在月色里走过去，打开手电筒看了一圈，走回来说："没事。"我说："是谁打的信号弹呢？"他说："当然是特务了。"我说："他人呢？"他说："没人，是遥控发射。"我说："总得有人把它放在那里吧？"

他说："他们过来收买牧民，牧民随便把信号弹扔在一个地方，他们想发射时就遥控发射。"我说："总得弄清楚情况呀！"他说："嗨！多得很！每年夏天都这样。所以哨兵不能大意。"

第二天，我早晨一起床就到那片戈壁滩搜寻，连一点痕迹也没发现。

我刚回连部，连长说："你昨晚发现信号弹了？"

我说："是呀。"

看来，昨晚连长虽然翻个身又睡觉了，但是，他心里记着这件事。

连长说："每年夏天都这样，见怪不怪。他们也就是骚扰我们一下。不过，我们还是要提高警惕，千万不要让特务摸到哨卡来了，千万不敢让特务把我们的哨兵干掉了。"

我说："有特务吗？"

连长说："怎么没有？"

正说着，孟坤进这边屋子来了。

连长说："昨天晚上发现了信号弹。看来，我们是该派人出去巡逻了。在我们哨卡跟前就敢这样，边界山口地带，还不知有什么异常呢？"

孟坤说："我要转业回家！"他又用手掐住自己的后腰，表情痛苦。看来，他是真的腰疼。

连长深深叹了一口气，对我说："今后，看见信号弹不要紧张，但是也不能大意；尤其是上夜哨，一定要提高警惕。"

巡　逻

这天，我对连长说："连长，我想去巡逻。"

连长说："你不能走，我要差使你呢。况且，这次巡逻要走三四天，对骑马的技术要求高，晚上得睡在雪地里，很艰苦，景副连长肯定也不想带你。"

去巡逻的人定下来了：景霄副连长带队，成员有郑芳、库热西、海平、董良，还有和我同年入伍的达成。哨卡就是这样，每次巡逻都要带一名当年入伍的兵，让他熟悉山口的道路，记住我们中国和别的国家边界的地形地貌和界碑标记，一代代往下传。郑芳和库热西骑马带着面粉，找热孜克烤馕去了。

连长对我说："你去库房看看我们有几个鸭绒睡袋。"

我说："不用看，总共六个鸭绒睡袋，都能用。"

连长说："董良要找你，你把鸭绒睡袋都交给他，让他们试试。你把达成的半自动步枪先收了，这次巡逻给他配一支冲锋枪。"

我带着达成去军械库选了一支冲锋枪，给他配足了子弹。

黄昏时，郑芳和库热西带着馕骑马回来了。董良和海平找我拿鸭绒睡袋，并试了试鸭绒睡袋的拉链。

这天后半夜，肖元起来给巡逻的人备马，他起床时我和连长也醒了。

听见一阵马蹄响。连长翻了个身说："景副连长他们走了。"

三天后，景霄他们回来了，六个去巡逻的人看起来都瘦了一圈。郑芳到炊事班的台秤上称了一下，说他掉了六公斤体重。董良给我还鸭绒睡袋。他的脸比三天前更黑了，颧骨和下巴都新蜕下来一层皮，嘴唇更加苍白、干裂。三天不见，人好像又木讷了一截。

我说："你怎么瘦了这么多？"

董良说："这三天出去，饿了就是吃馕，罐头都冻成冰疙瘩了，实在不行，就把罐头捣碎，把冰疙瘩强咽下肚。口渴了，只能吃雪。"

我说："睡觉怎么样？鸭绒睡袋还行吧？"

董良说："第一天，我们先到罗布盖孜，看了临时卡的营房设施，到冰达坂上看了中巴边界的三号界碑。晚上在临时卡的营房里睡鸭绒睡袋，还可以。第二天，我们天不亮就出发，上午到卡前乃沟的沟口，热孜克带着牧羊狗已经在那里等我们了，我们让他把我们的马牵到他家去，我们步行进沟上山。踏着冰雪上山，十几公里路，我们一直爬到天黑也没有爬到山顶。快到山顶的那一段路太难走了。山上的风太大了，吹得人站不住脚。我们在一道雪坡上找到一片背风的坝子过夜。我们又要背风，又害怕雪崩。睡觉时在雪地里钻进睡袋，把手放在外面，拉好睡袋的拉链，然后，用羊皮大衣把头脸、胳膊和手盖住。夜里山上下雪了，我们的身上又盖上了一层雪。我倒没有感觉到太冷。"

我说："在海拔这么高的地方睡觉，可不敢大意。"

董良说："那是。听说过去有的人睡下后就再也醒不过来了。早晨，我起来，看见四周白茫茫一片，大家都不见了。我喊了几声，景副连长、库热西和海平他们才从雪下面钻出来。郑芳和达成一时竟叫不醒来，一刹那间，我们都有一点害怕。郑芳醒来后说：'我梦见我们家乡白洋淀里的荷花了。'达成说：'我迷迷糊糊觉得走进了阿克苏农场的棉花地。'景副连长说：'别磨叽了，吃一口馕准备爬山吧。'"

我问："山口的路咋样？"

董良说："从我们宿营的地方再往上走根本就没有路，我们一步一步往上爬。我们在中午时爬到山口，那里是四号界碑的位置，山势陡峭，分水岭上全是冰，连个界碑也没法立。雪雾沉沉，风很大，我们在那里查看了一番，记牢地形地貌和山口特征，然后下山往回走。下山时，可以坐在雪坡上往山下面溜。"

董良说完后看着我的眼睛，我也看着他的眼睛。我突然觉得董良像一桩界碑。哨卡人的全部价值就在这里吧？

看见景霄回来，孟坤很是高兴。他亲自给景霄倒了半缸子热开水，给景霄点燃一支烟，说："景副连长，几年前，我还能带队去山口巡逻，现在我跑不动了，惭愧！"

景霄说："没事，你是老边防了，歇着吧。"

孟坤说："我真的该转业回家了。像我这样的，不中用了，再在边防上守卡，徒有其名啊！"

景霄说："我们都会有这一天的，你不必难为情。"

驻守临时卡

景霄对涂振国说："连长，罗布盖孜沟里的草已经返青了，临时卡那里的冰河也解冻了，有的牧民已经开始往罗布盖孜沟里面走了，我们守临时卡的人，得赶快上去。"

连长揉揉鼻子，说："是啊，可是谁带队上去守临时卡呢？"

景霄说："虎排长探家还没有回来，孟坤年纪大了，一心想着要转业，自然只有我带人上临时卡了。我在那里把一切安顿好了，摆顺了，就可以只留一个战斗小组在那里驻守。"

连长说："那就辛苦你了。"

景霄选了四名战士和他一起到罗布盖孜临时卡去，他们是阿布拉提、武志生、郝富贵和张社民，他们都是第三战斗班的战士。他们全副武装，除了带自己的背包，每个人都带去了配发的羊毛毡床垫和公用被子。这些东西都驮在他们身后的马屁股上。武志生本是机枪副射手，这次，他当机枪射手，带去了一挺轻机枪。

他们骑马在院子里走了两圈，试了试马屁股上的东西捆绑得结实不结实。

肖元和尤建德也骑着马跟他们去了，哨卡的两头毛驴也跟着去了。老毛驴拖着一辆板车。板车上面，装着引火柴、焦炭、烟煤，还有冻猪肉、冻羊肉、罐头和半麻袋土豆。肖元用绳子把这些东西在板车上绑牢固。那头小毛驴今天也给安排了任务，在它的脊梁两边，挂上了袋装大米和袋装面粉，还有桶装植物油，等等。他们还带上了大黑狗。

景霄说："临时卡的锅灶都是现成的，拉水的水车也有，这次去了，就把小毛驴留在临时卡，让它在那里锻炼锻炼，大黑狗也留在那里；我们的人撤下来时，再把它们带回来。"

他们一行七人出发了。景霄他们全副武装骑马在前面走，肖元和尤建德骑着马，背着半自动步枪，跟在老毛驴拉的板车和小毛驴后面。这景象，极像当年的驮队。

连长说："景副连长，到临时卡后，还缺什么东西你让肖元回来告诉我，我派人给你们送上去。"

景霄说："到那里看看再说吧。"

连长说："肖元，你和尤建德把他们送到就回来。"

肖元说："明白！"

肖元和尤建德回到明铁盖哨卡已是晚上了。除了他们自己骑的马，他们还带回来了老毛驴和那辆卸过物资后的空板车。

肖元向连长汇报说："景副连长把五匹马都留下了，说就在那里放养，那里的马草已经长起来了。"

连长问："路上的雪化得怎么样了？"

肖元说："快到罗布盖孜那一段，路上的雪还挺厚。"

尤建德说："有的地方，雪从山上塌下来了。"

我去炊事班，让吴明德给他俩端来了热汤面。

虎排长回到哨卡

这天，天气晴好，一匹马从山下到明铁盖哨卡来了。骑马的人从马背上翻身跳下来。这人二十四五岁的年龄，瘦高个子，瘦削的国字型脸，青春勃发，向上挑起的短刷子眉，一双圆眼睛黑亮，眸子炯炯有神，目光清澈，透出机灵、机警和坚定；鼻子不大，嘴巴也不大，下巴有一点前突，嘴唇线条分明。

他把身上的羊皮军大衣脱掉。他的头部和脖子摆得端端正正，胸部和腰板笔挺，腰细，臀小，双腿细长，走路带风。这是一个典型的英姿勃发的军人身形。

他把马缰绳交给肖元，也不停步，一路和人打着招呼，径直往战斗班走。一班长郑芳和三班长邱明跑出来向他敬军礼，他边回礼边径直往第一战斗班去了。

他是明铁盖哨卡边防连的排长，名叫虎见喜，是我的陕西同乡。

他很快到连部来，向连长报到，进门就先给连长敬了一个军礼。

连长从床沿边站起来和他握手，用浓重的河南腔说："虎排长，你回来了？"连长说话有一点卷舌。

虎排长说："连长，我回来了，有啥事你尽管给我安排。"他一口关中腔，声音洪亮，话语简洁。

连长说："你回来得正好。景霄副连长带人驻守罗布盖孜前卡去了，孟坤副连长身体不太好走不开；你回来了，我们就可以安排打柴了。怎么样，这次回去度婚假一切都好吧？我看你的精神状态还不错。"

原来虎排长是回老家度婚假去了。

虎排长不爱和人开玩笑，他不苟言笑地说："还行。"

虎排长和我一起到军械库去，他的手枪寄放在军械库，我从墙上摘下手枪交给他，在登记册上做了标记。

虎排长说："你是哪里人？"

我说："陕西汉中。"

虎排长说："我是乾县的。"

他顺手扯了一块擦枪布，说："我这枪得好好擦擦。"

我和他又一起到储藏仓库去，我在那里帮他搬了一张折叠式钢丝床。

虎排长说："我住在战斗班。"

于是，我提着钢丝床和他一起朝战斗班走。

郑芳和工兵出来了，他们把钢丝床搬进一班。在明铁盖哨卡，虎排长负责带三个战斗班。他和战斗班的战士一起住。郑芳和王兵在一班宿舍一进门口那里靠墙支好钢丝床，郑芳又到宿舍后面的储藏室拿出虎排长放在那里的被褥，他们很快把床铺好了。看样子，虎排长之前就住在第一战斗班。

虎排长在床沿坐下。

郑芳笑说："虎排长回家大喜，回来总要赏我们支喜烟抽吧？"

虎排长从身边的提兜里摸出来两包"宝成牌"香烟，扔给郑芳，说："你给大家散烟吧。"

二班长易顺和年小林笑嘻嘻地过来了，易顺说："虎排长回来了啊？虎排长，你回去大喜，总得让我们看看嫂子的照片吧？"

虎排长倒是干脆，从提兜里拿出来一个笔记本，又从笔记本里拿出一张四寸彩色照片，说："拿去看去。"

照片上是一个健康的女青年，有几分文静，齐肩短发，站姿大方，眉眼秀丽。她站在一棵苹果树下，树上的苹果繁密，苹果的个头很大。她的一只手扶着苹果树的枝丫。

郑芳说："好大的苹果！"

易顺说："去去去！人家看嫂子呢，你却盯上苹果了！想吃苹果啊？"

年小林说："排长，我嫂子她叫什么名字？"

虎排长已经倒头靠在床上了，说："她叫杨苹果。"

大家愣了一下。易顺哈哈大笑，说："什么？她叫洋苹果？"

虎排长说："她姓杨，杨虎城的杨，名叫苹果。好了，我累了。我睡一觉，你们拿去看吧。"他用被子蒙住头。

郑芳笑说："真的名叫苹果啊？这个苹果我可不敢吃。"

年小林说："排长，我嫂子她干什么工作？"

虎排长在被窝里咕哝了一句："她是老师。"

寻找有柴的山沟

这天晚上，连长对我说："你去把虎排长叫来。"

虎排长来了，问："连长，有什么任务？"

连长说："我们哨卡两年没有打柴了。哨卡的引火柴不多了，前几天又给罗布盖孜前卡带走了一部分，剩下的柴，可能连今年夏天都不够用。"

虎排长说："连长，你说吧，让我干什么？"

连长说："本来景副连长管后勤，但是，他到罗布盖孜驻守去了；孟副连长身体不好，让他去不合适。"

虎排长说："你说吧，让我干什么？"

连长说："这次打柴，得我亲自带队，你也得跟我一起去。你挑选两个人，你们三人明天出发，到派依克沟口那边，提前去找有柴的山沟。要进到沟里面去，看看沟里有没有柴；如果有柴，看够不够我们在那里打两个月的柴。同时你要把宿营的营地选好，要把水源地也选好，你们明天去，争取两天之内完成任务。"

虎排长说："那就让郑芳和库热西和我一起去吧。"

连长说："好。你们找到有柴的山沟后，看看那一带住的有没有老乡。如果有老乡，就让库热西交涉一下，到时候，看能不能借他们的骆驼帮我们运材料溏河。"

虎排长说："是！"

连长说："你们路上吃什么？"

虎排长说："天不太冷了，我们又是往河的下游走，带馒头和罐头就行了。"

连长说："就这样吧。"转头对我说："你去给他们拿三个鸭绒睡袋。"

第二天天刚亮，虎排长他们就出发了。他们三人骑马的技术都很高超。他们全副武装，骑上马就开始朝明铁盖河的下游飞奔。马屁股后面扬起一股烟尘。

天黑，熄灯哨响了。驭手肖元从马厩回来了。

连长坐在床沿抽烟，说："肖元，你别睡觉，再等等。"

连长对我说："我估摸虎排长他们要回来了，你给炊事班说一声，让他们给虎排长他们备饭。"

果然，过了一会儿，就听见外面有马蹄声。

肖元出门去牵马。虎排长、郑芳和库热西三个人风尘仆仆地进连部来了。他们都穿着羊皮军大衣，显得很兴奋。

郑芳说："报告连长，我们回来了。"

连长也很兴奋，说："好啊，你们找到柴了吗？"

虎排长说："找到了。"

库热西说："那条沟里的柴多得很。"

连长："是一条什么沟？"

郑芳说："就在派依克沟前面，离派依克沟不远，就是不知道它的名字。"

连长说："哦，我知道那个位置；那就是一条无名的山沟了？"

虎排长说：“也许有名字，是我们不知道。”

连长说：“就叫无名沟吧，我们马上制定到无名沟去打柴的方案。你们找到宿营地了吗？”

虎排长说：“找到了，就在沟口，那个地方很适合扎营。”

连长说：“附近有水吗？”

虎排长说：“有一股水从沟里流出来，有碗口那么粗。”

连长兴奋地说：“碗口那么粗？够了，水还要上涨的。”

第二十七章

无 名 沟

孟坤走了

虎排长他们出门走了，连长对我说："你暂时别睡觉，你帮我盘算盘算：这次打柴，我最起码要带走两个班；景副连长带走了半个班，还有半个班承担昼夜坚守明铁盖哨卡的任务；南疆军区汽车团，马上就要大批量给哨卡送给养了，全年的粮食、烤火用的焦炭、厨房烧火用的烟煤、马草和马料、过冬的大白菜、各种副食品和肉食……都要在这一段时间送上山。留下的人既要守哨卡，又要卸车储存物资，人手有点紧张。我们上山打柴的人，一旦进了沟，两个月以内没有办法返回。那时候，明铁盖河的河水暴涨，我们无法派人渡河兼顾。我们的人手有点紧啊！"

我说："不是还有我们连部的人和后勤的人吗？"

连长说："那是。你帮我记下来，我先做个初步方案。"

我做完记录，连长说："干脆，除了罗布盖孜前卡的人，我把战斗班的人全带走，你和通信员也跟我一起行动。你把记录整理一下。需要团部支援的，我要草拟一份电文，让电台报上去。"

连长制定的方案，还没有执行就遇到障碍了。

自从虎排长回到哨卡，孟坤就嚷嚷要下山。按理说，孟坤和连长一起在4月中旬才回到哨卡，现在是5月上旬，他就嚷嚷着要下山了。这让连长很为难。

孟坤身体不好，他老说腰疼。他的脸有点浮肿，有病是实情。本来，他回来了，有些工作他要参与。连长带队去无名沟打柴，想把哨卡交给孟坤，由他负责。但是，孟坤说："我要下山！我这次下山不是回家休假，我是要回老家，给自己联系工作。振国，我看转业回老家对我们来说，不过是迟早的事。我只不过是先走一步。"

他瞪着像青蛙眼睛一样圆的眼睛，等连长答复。

连长不好指挥孟坤，不光因为他们是同乡，关键是孟坤已经在部队第十四个年头了，如今，他还在一线哨卡当个副连职。像他这样的资历担任这样职务的，在我们边防团已经很少见了。况且，他腰疼也是事实。

连长没有办法，坐在那里闷头抽烟。

孟坤说："振国老弟，我看你还是让我走吧。营里和团里的领导，他们也都知道我的要求。我找过他们多次了，我身体不好，我就是要转业回家，没有别的。"

孟坤把连长叫"老弟"时我才知道，孟坤比连长还要大一岁。

连长说："你准备准备，明天有一辆车要给我们送菜，你跟车下山去吧。"

第二天，孟坤下山了。

连长晚上坐在床边喝闷酒。他拿着个搪瓷缸子，没抿几口酒，脸就红了。他不胜酒力，显得落寞，叹一口气说："孟副连长这一走，就不会再回来了。"

谁会想到，一年后，孟坤又杀了个回马枪，回到明铁盖哨卡了呢!

冀 银 生

就在哨卡人手紧缺的时候，冀银生回来了。

冀银生和肖国同年入伍，都是河北定县人。我到明铁盖哨卡前，冀银生已经担任三班的班长了。他因有文艺方面的特长，被抽调到团部的文艺宣传队去了，我到哨卡后，还一直没有见过他的面。

邱明虽然现在担任了三班的班长，但是，哨卡并没有宣布免去冀银生三班长的职务。所以，冀银生回哨卡后依然住在三班，大家都叫他老班长，邱明对他也很尊敬。

冀银生身段很好，一看就是个文艺坯子。大脸盘呈瓜子形，眼睛像女人的眼睛一样多情和水灵，鼻子端正，嘴巴欲开欲合，嘴角带着浅浅的笑意，一看，就是那种会通过控制嘴巴口型从而控制自己表情的人。而且他抿嘴一笑，腮帮上就出现两个酒窝。他这样的有酒窝的面貌，在我们明铁盖哨卡是独一份。

他回来时，带回来一把二胡，还带回来一把板胡和一支笛子。

他说："我听说我们连长要带领大家上山打柴了，这是一个苦差事，所以我专门要求回哨卡来，用文艺为大家鼓舞士气。"

于是，他坐在三班窗外台地的阳光里，拉了一段旋律激昂的二胡，自己还声音尖锐地喊了一嗓子。

好像是因为口干，他没能唱下去。不过，他已经表现自己的才华了。

他和肖国要好，他俩常凑在一起交谈。肖国很稳重，冀银生告诉肖国的任何话，肖国都不告诉别人。这不符合冀银生本来的想法。

于是，冀银生又跟郑芳和易顺交谈。

于是，大家都知道：老班长冀银生这次回来给大家带来了一个振奋人心的好消息。这个消息就是：在喀什地区的叶城县，新发现了一个大油田。

这其实没有什么，叶城发现大油田的事，报纸上已经有报道了。关键是我们哨卡的人不能及时看到报纸，而且在公开的消息后面，还有一些背后的消息。

冀银生说："那个油田的石油咕嘟咕嘟往外冒，因没有大型炼油厂，没有铁路运输，又没有那么多的油罐车在沙漠和戈壁滩运输石油，只好把油井暂时给堵上了。"

最有价值的消息是：为了开发和建设这个大油田，要从南疆军区明年退伍的军人当中，挑选一批人转业成为石油工人，我们边防团正在争取名额。

冀银生说："我是打死都不想回家乡的人。"

他给郑芳和易顺透露：部队的相关领导已经答应要在明年给他争取一个名额，他明年就要在那里当一名石油工人了。

他抑制不住自己内心的兴奋，见人就露出酒窝微笑。

他对连长说："连长，我也要跟你们到无名沟去。我要给大家鼓舞士气！"

连长半通过半欣赏地说："欢迎我们自己培养的文艺工作者回到我们一线哨卡来。"

动　员

出发前一天，连长做动员。他说："这次打柴，由我和虎排长带队，我负总责。留下金玉医生、司务长、机要参谋、冯台长还有电台的全体人员；炊事班留下靳仓和杜来喜；一班的霍良身体不好，把他也留下；连部留下驭手肖元。守哨卡的任务就交给你们这些人了，由司务长谭仕民和冯台长负责，谭仕民负总责。我们在雪山上打柴，很艰苦也很危险，去打柴的人，要特别注意自身安全。上山打柴，除了带打柴的工具外，还要带好武器弹药，那里离边境不远，我们要随时做好战斗准备。这个无名沟，在明铁盖河的北岸，再过十几天，河水就要暴涨了，我们要抓紧时间，争取在一天内安全渡河，提防河水突然提前暴涨，发生意外。今天晚上，各班要做好出发前的准备。炊事班的任务最重，准备工作一定要提前做充分。"

司务长谭仕民说："后勤方面，炊事班副班长汤廷遇、炊事员吴明德跟随连长一起行动。你们要收拾好立式高压锅和盆盆罐罐。这次要带足大米和面粉，两个月时间呢，粮食、罐头、冻肉、干货必须带够。炊事班现有的土豆和皮牙子（洋葱）全都交给你们带上。"

连长说："二班长，你带几个战士今晚到炊事班帮一把，协助他们打包。"

易顺回答："是！"

连长说："明天早晨，团部派来接我们的汽车就到了。现在安排一下分工：明天，到达渡河点后，那里有团部给我们送来的一顶大帐篷，还有钢柱、钢梁、钢支架，搭建好后可以住三四十人。这顶大帐篷和它的配件，要安全运到河对岸，再运到无名沟沟口，在那里搭建好，这个任务就交给一班。一班长！"

郑芳站直了答："到！"

连长说："明天渡河要保证万无一失，别让大水把帐篷给冲走了。"

郑芳答："是！"

连长说："渡河当天，炊事班的任务很重。汤廷遇！"

汤廷遇站起来答："到！"

连长说："你和吴明德渡河后不要停留，立即带上立式高压锅、大铁锅、案板和面粉赶到沟口，在那里垒灶埋锅。既然是去打柴，埋锅做饭的柴草就地解决。在天黑前，一定要给大家做一顿热乎饭吃。"

汤廷遇答："保证完成任务！"

连长说："二班长！"

易顺站直了答："到！"

连长说："运送粮食、罐头、肉食、蔬菜和副食品过河的任务就交给二班了。这些物资过河后，必须在天黑之前全部转运到沟口宿营地。"

易顺说："保证完成任务！"

连长接着说："明天，通信维护连会带来电话线和电话机，他们要从简易公路那里越过明铁盖河给无名沟沟口拉专线，两公里长的电话线要扯过河，任务也是很重的。三班长！"

邱明站直了答："到！"

连长说："维护连明天只派来三个人，三班要帮他们把电话线拉过河，再扯到无名沟沟口；另外，团部过来车，还会给我们送来十把伐木砍柴的大斧头，这些斧头和我们准备的洋镐、钢钎、铁锹和绳索，统一由三班负责运过河送到沟口。三班现在人员不足，三班长，你们能不能完成任务？"

邱明回答："请连长放心，保证完成任务！"

连长扫视肖国一眼，说："肖国，你除了自身的武器外，还要把药箱带上，把药品带够。"

肖国说："连长放心！"

金玉接话说："肖国，你把你的冲锋枪、子弹袋、手榴弹都给我留下。人手不够，你们走后，我这个老兵也要站哨了。你把我的手枪和弹匣都带上，这样，你打柴爬山就要省力一些。"

连长说："就按金玉医生说的办。"

他看我一眼，说："你除了自身的武器装备，把文件包带上，和通信员跟着我行动。"

冀银生说："连长，还有我呢。"

连长说："带上你的二胡吧。"

冀银生说："还有板胡和笛子呢。"

雪 水 河

第二天，天刚亮，虎排长就和库热西骑马先走了。他们要到渡河点接收后勤运来的物资，还要找老乡借骆驼。

后勤的汽车到了。我们乘车到达渡河点时，太阳已经高悬在河的下方。

渡河点河面宽阔。这里的水情，与我们哨卡门前河段的水情迥然不同。哨卡那里，河道切割很深，水流湍急；而渡河点这里，河水悠悠，像湖泊。其实，河道中间还是有暗流的。

老乡的一匹骆驼蹄子扭伤了，我们只借到一匹骆驼；后勤给了十五把用报废的汽车后桥钢板加工的大斧头，还给了两大盘铁丝。除此外，还给我们带来了五麻袋菜，主要是土豆和皮牙子。

连长对我说："你把望远镜给我。"我给他一架八倍望远镜，他举起望远镜观察对岸山沟。

对面无名沟，从河岸到沟口，是近一公里长的扇形冲击坡地。沟口那里，正中间有一小片台地。台地边是一条河这边肉眼看不见的山溪。沟两边山势险峻，峭崖壁立。越过山岭，冰峰在云雾深处浮现眼前。

董良拿着铁锹下河探水的深浅。水不深，最深的地方，齐大腿根。

连长大声说："传我命令：全体按计划有序渡河！"

我们纷纷下水，过河把武器弹药放在对面河岸，然后像蚂蚁搬家一样，往返于河水间搬运物资。冰冷的河水清人骨髓。我和三班的人扯电话线，让它在河的上空高悬起来，以免河水暴涨时把电话线冲断。

库热西不知从哪里搞来了一头牦牛。汤廷遇牵着牦牛，和吴明德一起把立式高压锅运过河。汤廷遇牵着牦牛在对岸等，吴明德又往返三次，背过去大铁锅、案板和一袋面粉。他俩把面粉和立式高压锅架在牦牛背上，一人背案板，一人背大铁锅，扶着立式高压锅，赶着牦牛急匆匆往沟口走。

冀银生抢先过河了。他在对岸坐在背包上，使劲拉二胡独奏。这是一个多么大的舞台呀，我们都听不见二胡的声音。连长骑着马，站在岸边指挥渡河，他勒马抬头，好像找到了当年岳飞的感觉。

海拔不低，往返于两岸的人气喘吁吁。买买提牵着骆驼，七八个人扶着骆驼背上捆绑好的大帐篷的篷布渡河；海平扛着半扇猪肉渡河；沙地克扛着一箱罐头；邱明和董良扛着钢钎和大斧头；库热西扛着一大盘八号铁丝……肖国脸色苍白。

冀银生展现出文艺工作者的风采，为大家加油鼓劲。等我走近他，才听出来他拉的是《保卫黄河》。连长听见这个熟悉的旋律，无可奈何地撇了撇嘴。

在 沟 口

大帐篷搭好了，我们平整帐篷里的地面，地面是岩石。

溪水那边，有一小块空地。冀银生变戏法似的，从一个包裹里拿出来一套细钢管做的支架和一块橄榄绿油布。他和肖国一起，在溪水那边空地上，支起一个类似现在旅游帐篷那样的单兵帐篷。他准备晚上和肖国在这顶单兵帐篷里过夜。

吴明德架火烧水蒸馒头了。他劈碎几个木罐头箱，无奈总共只有五六个木罐头箱，全部劈碎凑在一起当柴烧，可能也蒸不熟一锅馒头。汤廷遇有点犯愁。

库热西提起一柄大斧头，说："我去砍柴，谁跟我一起去？"

我和詹河拿起一把斧头和一卷绳子，跟着库热西走。

我们从帐篷后面乱石堆旁边穿过，走出台地，从悬崖边进沟。沟里一股寒气。前面几十米远的溪水边有几丛红柳，这些红柳的枝干只比手指粗一点。我们砍了几捆红柳梢子抱回来，扔在灶门前。

刚砌好的灶头太湿，不好使。吴明德把红柳枝条剁断，塞进灶门。红柳烧不着，直冒烟没有火苗。

汤廷遇急了，他用铁勺从菜油桶里舀了一勺菜油浇进灶膛，摘下嘴上的烟头扔进去。灶膛里这才"轰"的一声冒出火焰。汤廷遇又舀了一勺菜油浇进去，火苗蹿出来，燎着了正在灶门口观察的吴明德的头发。灶膛里的火越烧越大。

傍晚，我们吃上了热气腾腾的馒头。

天黑了，连长坐在地铺上，他背后柱子上挂的马灯点亮了。他手拿着个小本本，大家都坐在地铺上。

连长说："现在分组。明天，以班为单位，每三个人组成一个打柴小组。每个小组都要带斧头、铁锹、洋镐和绳索。除了带工具外，大家还要带上武器弹药。"他宣布了各小组的名单和小组负责人，继续说，"明天天亮进沟上山，可能到晚上才能回来，各班都要把中午吃的罐头带上。班长要协调自己班各个小组的行动。强调一句：大家一定要注意安全。"

他宣布肖国、我、尤建德三人组成一个打柴小组，具体由肖国负责。

这天太累了。尽管我的身下有一道石头棱，但我还是倒下头就睡着了。

半夜，我站了一班哨，只有一件站哨时穿的羊皮军大衣往下传。

阎良接哨时，起大风了。风一阵怒吼，像是有一群野兽突然从沟口那里蹿出来。帐篷的一角被大风掀开了。大家都醒来了，有人跳起来。

冀银生和肖国他们睡觉的那顶单兵帐篷被大风刮走了，冀银生跳起来大呼小叫。詹河和年小林帮他俩追帐篷，那顶单兵帐篷滚到山坡下去了。

大家都起来加固帐篷。把钢钎插进地缝，绑上八号铁丝，拧成绳，把帐篷拉住绷紧，固定牢。这样一番折腾下来，快黎明了。

拂晓前风停了，大家进帐篷又倒头睡觉。汤廷遇和吴明德干脆不睡觉了，开始生火烧水做饭。

早晨，从沟里滚下来一团团雾。浓重的雾气飘移到斜坡边，卧在那里，变成一朵一朵乳白色的云彩。

昨夜没睡好，起床后我有点迷迷糊糊。我去小溪边用缸子舀水刷牙，看见从雪山上流下来的溪水那么清澈，忍不住舀了半缸子，孟浪地噙一大口，准备漱口。冰冷刺骨的雪山溪水竟然把我的牙床和半边脸都冻麻木了，牙刷伸进口腔里没有感觉。刷牙，就像刷与自己神经不相干的木头。

手伸进溪水，手指刺痛。湿毛巾蒙在脸上刺激面部神经。刷完牙洗完脸，我捂住麻木的腮帮子想：今后不洗脸也不刷牙了。

第二十八章

有柴的山

走在最后的打柴小组

沟口的雾气还没有散，有人已进沟了。走在最前面的是巴郎子，紧跟在后面的是邱明和董良他们。涂振国站在台地边上，他整理好自己的衣装：腰带在腰间扎紧了，54式手枪插进枪套，枪套边挂着两个牛皮弹匣盒，里面是压满子弹的弹匣。

他整一整自己的帽子，再整一整自己的衣襟，雄赳赳气昂昂，像岳飞一样豪迈地在原地打了一个转身。

郑芳看见他这个样子，见样学样。他本来是水蛇腰，但是他也做出雄赳赳气昂昂的样子，并且打了一个转身。

连长潇洒地从地上提起一把铁锹，就像是提起一把钢枪；郑芳也见样学样，提起一柄大斧头，扛在肩头上。

冀银生看样子是不准备上山了。他坐在溪水边一块大石头上，用二胡拉起一段激昂的旋律，鼓舞大家上山一展雄姿。他面带微笑，像女人送男人出征一样，用水灵的眼睛看我们，极富表情。

精瘦的虎排长也上山走了。大家都全副武装，带着工具。

连长潇洒进沟口的背影，颇带一些豪气。

肖国在仔细检查药箱里的药品。我全副武装，斜背着56式冲锋枪和牛皮文件挎包，在肩头挎了一盘绳。尤建德背着他的半自动步枪，腰间挂着子弹袋，肩扛一柄大斧头。肖国腰间挂着带套的手枪，他说："我背着药箱呢，我就不拿什么了。"

我们这个打柴小组走得最迟，走在最后。

沟口那里，雾气还没有散尽。我们从悬崖和峭壁之间穿过，像穿过一道厚重的敞开的石头大门。这就算进沟了。

我又看见那溜红柳了。那溜红柳显然不是我们要找的柴，它们太细了。而且，昨天黄昏，库热西已经把它们快要砍干净了，沟边只剩下一溜红柳的根茬子。红柳晒干后不耐烧，我们看也不看就从这里走过去了。

那股一抱粗的溪水，在身边哗哗流淌。

顺沟往上走，云雾散开了。我们左边是绝壁，这面绝壁转头好像就能碰到鼻子。右面是陡峭的石坡，上面山石嶙峋。我和尤建德走在前面。肖国走走停停，他用手按住自己的膝盖骨直喘气。我等他走上来停在我的身边。

肖国说："我们那里是平原，你知道吗？电影《平原游击队》就演的是我们那里。"

尤建德往前走了。他的屁股看起来很瓷实。他个子小，上山的步伐很有力。

肖国羡慕地望着走远的尤建德，说："尤建德真行！"

进沟后，我有点晕乎。在我们左边，悬崖峭壁抵住鼻子直往天上蹿。我们的右面，出现了一面斜坡。肖国在后面直喘气。他动辄就站住，一只手撑住膝盖成了他的标志性动作。他说："说真的，我从来没有爬过这么大的山，我家乡是平原，我哪里爬过这么大的山呢？"

我说："你以前没有打过柴吗？"

肖国说："从来没有。我当兵第三年了，这是第一次。"

我说："怎么今年就碰上了？"

他说："三年不打柴，打一次烧三年嘛。"

我说："所有的哨卡都是这样吗？"

他说："南疆军区后勤只供给烤火的焦炭和烧饭的烟煤，引火柴都是靠自己解决。你想想：战斗班、连部、后勤各室，每个房间都生火炉子，炊事班每天要生火做三顿饭，夏天罗布盖孜临时卡也要供应一部分，这样下来就是一个不小的数目。"

我说："边防上怎么就这么难呢？"

他说："关键是这山上不长树，就算是有树，所有哨卡都来打柴，也差不多打光了。而且，像我这样在平原上长大的人，说实话，从来没有爬过这么大的山。"

我说："我倒是爬过大山，但是，我过去爬的山和这里的山不一样。在我们家乡，山有多高水就有多高，山顶上还有堰塘，还插秧种稻谷呢。我在秋天爬过米仓山，那时，从山下往山上望，山是绿的，我看见的是绿色的山坡和地坎；但是，上到山顶后再往下看，山就是金黄的了，因为山坡上梯田里全种的稻谷，稻谷熟了，你想想那是什么风景！"

我接着说："你看这里是什么山？焦黑的，像烟熏火燎过一般。"

肖国说："所以叫喀喇昆仑山嘛，喀喇昆仑翻译过来就是黑色岩山的意思。"

他又停在路边，于又腰直喘气。右边山坡下，溪水湍急。前面的山沟又陡又深。我琢磨右边的山坡比较平缓，说："要不，我们翻过这边的山坡看看，没准那边会有一片树林呢。"

有些缺氧，脑瓜就不够用了，我并没有想这么做是对还是不对。

为了一截树干

肖国说："行，瞅瞅去。"

我在前面，朝右边那面山坡爬。

没想到爬上山坡，上面还是山。我们顺着那座山爬上去，脚下是悬崖绝壁。山越来越陡峭了，这简直就是在攀岩嘛！石头山，哪里有什么树林呢？

就在这时，我突然看见上面悬崖边上有一块壁立的大山石，这块山石直立在悬崖边，像一截折断了的大烟囱。在那上面，却奇迹般地架着一截大树干。这也太神奇了吧！

这山上没有树，这截树干既没有根，也没有长枝叶，那是从哪里来的呢？我回望对面的山峰，对面那高耸入云的山峰上难道有树林？这树干难道是从对面山顶上飘下来的？这也太不可思议了！

不管怎么说，这是我们三个人发现的第一根柴，而且这截树干的个头还不小，我们决定把它搞下来。

一路爬山，缺氧，人晕乎乎的，判断力就出问题了。看那截树干架在山石上，我举起斧头去够它，还差一大截呢。

肖国说："要不这样，我们搭个人梯，你站在尤建德肩膀上，我在旁边扶着你，你把那根柴拿下来。"

我瞅了瞅，觉得这样取下那截树干没有问题。于是，尤建德蹲下去，我踩在他的肩膀上。肖国扶住尤建德站起来。我觉得尤建德的肩膀在发抖。

　　我说："尤建德，你抖什么？"

　　尤建德说："我怕脚一滑把你摔下去了。"

　　我低头往下看，下面是深渊，而且，我从来没有过在悬崖边站在人肩头上的经历。我倒吸了一口冷气。

　　我们的判断力出问题了。从下面看，如果我站在尤建德的肩头上，拿到那截树干应该没有一点问题。但是，等我站上去伸手拿时，才发现还是差了那么一截。于是，我在尤建德的肩头上立起脚尖。我发现尤建德的肩头抖得更厉害了。尤建德是个小个子，比我矮半头，只不过长得比较瓷实。他这么颤抖，我也有点怕，万一摔下去，那肯定是粉身碎骨了。不过，我还是想把这截树干搞到手。我说："肖国，把枪上的通条递给我。"于是，肖国抽出半自动步枪的通条，我拿着通条使劲拨这截树干。这树干失去了平衡，从石头顶上面滑落下去。它一下子滑到了空中，在空中往下飘，等我们下到山下面去找它时，我们连它的"尸首"也没见着。我有点后怕了：为了这么一截树干，我要是摔下去摔死了，那真的划不来。

　　我们下山时腿都有点软了。我们在山沟里连一块木屑也没有看见。刚才那山上的大石头上是不是有一根柴？我们是不是搭人梯去拿它而没有拿着？仿佛跟做梦一般。肖国坐在石头上，脸色发白。

　　肖国说："算了，我们回去吧。"

　　这是中午时分，我们　根柴也没有打着，真丢人！

尤建德说："不好意思。"

肖国说："没啥不好意思的。这个组我负责，有啥事有我担着呢。说句实话，我是卫生员，我来就是为了大家的安全，我们能平安地回去也就算不错了。"

尤建德说："这话也是，刚才在悬崖上搭人梯取那根柴，现在想起来就有点后怕。"

冀银生下山了

到了下午，二班长易顺他们也回来了，他们也是空手而归。接着三班的詹河和阎良也回来了，也是空手而归。于是，我们松了一口气。易顺的家也在冀中平原，他在家乡时也没有爬过大山，他说："满山都是石头，哪里有什么柴呢？"

年小林说："是不是把地方搞错了，这沟里哪里有柴？有个鬼！"

然而，天黑时，暮色里连长他们回来了。连长从沟里出来，他在肩头上扛了碗口那么粗的一棵树，树干连着树根和树梢。这是一棵松树，连长被这棵松树压得折弯了腰，像一个被开水烫弯了的大虾米。连长把棉衣脱下来垫在肩头上，身上的衬衣汗湿了，由于用手抹脸上的汗，他变成了个大花脸，看上去脏兮兮的。

我心想：连长早晨出去时还雄赳赳的，怎么这会儿就变成虾米了？

须知，在海拔这么高的大山里，空气稀薄，人极易脱水，又是低气压，人的关节变得不再那么结实，肌肉也变得稀松了，所以，连长就被压成了虾米。

连长耸动肩膀，把那棵树扔在台地边，顺势坐在一块大石头上，摘下头上的帽子。

尤建德跑过去，接过连长解下来的腰带和手枪。

紧跟着，库热西也扛着一棵松树回来了，跟着他的是郑芳。郑芳是水蛇腰，他也扛着一棵松树，这会儿被压得腰弓起，两只大眼睛滴溜溜转，尖下巴上全是汗，像一只小猴子。

"看来这山上真的有柴啊。"我在心里想。

肖国说："我真佩服郑芳，他也是我们平原来的，像他那样我真的做不到。"

后面是虎排长，他那样瘦削的身材，居然也扛回来一棵树。这棵松树弯弯曲曲，像一条蟠龙把他缠住。

他把这条"蟠龙"放下，等气喘匀了，说："都说这里的松树叫蟠龙松，果然没错。"

有柴了，阎良和詹河提起斧头去台地边劈柴。

我和年小林把劈好的柴抱到灶门前。

晚饭后晚点名，连长站在马灯下面总结今天这一天的工作。各个班组汇报并寻找存在的问题。肖国直言不讳，说："连长，我实话实说，我们这个组不行，真的不行。"在这一点上，我真佩服肖国，他好像也是一贯地不说假话也从不推诿。

连长说："好吧，肖国，你们那个组明天和易顺他们合并，明天，你们就跟着易顺走。"

冀银生只待了一天就下山了，看来打柴也不是好玩的。第二天天刚亮，他就背上自己的背包拿着二胡、板胡下山了。他说："趁着现在河水还没有涨，我先下山，不然过几天没有办法渡河。"

他过河后徒步往卡拉其古走，然后从那里坐便车回团部。

边上山边说话

西边山坡下，飘着两三朵白云。这会儿没有风。肖国对我和尤建德喊："走了，上山了。"

连长他们已经进沟走远了。我们还是和昨天一样，走在最后。

我说："在这山上，人有点晕乎乎的，而且耳朵里面老是有嗡嗡的声音，你们听见没有？"

尤建德说："怎么没有听见？好像还有唰唰的声音。那是什么声音？"

肖国说："也许是黄羊，也许是雪豹，它们在我们看不见的地方。也许雪豹就在我们身边看不见的地方呼吸呢。"

我问："肖国，你见过雪豹吗？"

他说："我见过。去年冬天，一只雪豹把黄羊赶到悬崖边上，两只黄羊从悬崖上摔下去了。"

我说："在什么地方？"

"就在塔木泰克。"

"在塔木泰克啊？那很近啊！那看得真真的。"

肖国说："是啊，我们开了一枪，那只雪豹吼叫了一声，跳起来打了一个旋子。雪豹的尾巴好长啊！"

我说："打着了没有？"

他说："不知道。总之它跳起来打了一个旋子。它那一声吼叫，像打了一个闷雷。"

前面的沟忽然变得宽阔了。从山坡上溜下来一堆堆碎石头。这些石头大都像碗口或脸盆那么大，见棱见角，棱角锋利。这些石头连成片，把前面的溪水埋起来了。

一只雪鸡突然从我们的前面跑过去了。

尤建德喊道："雪鸡！"

我说："雪鸡怎么长这样呢？和家鸡的样子差不多。"

肖国说："雪鸡在冬天是雪白的，到了夏天，它就换毛了。它变换毛色，对自己是个保护。"

我说："雪鸡只能从高处往低处飞，它是怎么到山上去的？"

肖国说："往山上爬呗。"

尤建德说："记得那只雪鸡吗？"

我说："怎么不记得？不就是詹河在院子里按住的那只吗？"

尤建德说："你说那只雪鸡，它怎么就落在我们营区的院子里了呢？而且它落在院子里吓得动也不敢动。"

我说："我说过，在这样的高度，人都有错觉嘛。雪鸡也一样，它从明铁盖冰山下来，一定是想飞到塔木泰克山下冰河那边去。它一定是估算错了距离。"

尤建德说："我才知道，雪鸡的嗉子里全是草节和草籽。"

我说："我也才知道。"

尤建德说："雪鸡的肉煮出来，汤是绿的。"

我说："雪鸡肉不好吃，有一股草腥味。"

肖国说："雪鸡有营养。"

尤建德说："连长说雪鸡肉是个宝，宝在哪里？"

面前的山沟变宽阔了，对面的山和我们拉开了相对远的距离。

肖国说："你们看，看见那山腰到山顶上的白线没有，那是路。"

我说："那路是谁走出来的？"

肖国说："黄羊呗。"

真的是羊肠小道啊，就在山上面挂着呢。

石 头 山

我喊："快看！快看！那是谁？"

有四个人就在对面的高山上，在山腰直挺挺的峭壁上挂着。

肖国说："那不是巴郎子吗？"

我仔细看，果然是。前面第一个是沙地克，接着是库热西，然后是买买提，最后是库尔班。他们都把身体摆成个"大"字，紧贴在峭壁上。他们要干什么？

我看见沙地克用一把铁锹在前面探路。风化了的石头被他从山上碰下来了。

肖国说："看见了没有？沙地克前面有一棵树。"

果然，在前面的峭壁上长着一棵树，也看不清树叶，不知道是什么树。树身是驼色的，和山的颜色一样，不仔细看，根本就看不清楚。

就这样找柴啊？

我说："这样找柴，要找到猴年马月！"

肖国的脚下闪了一下。肖国说："别看巴郎子了，看脚下的路。"

这里的山沟变得更加宽阔了。在我们的左前方，一座石山朝后面退去。

易顺他们在前面歇气等我们。海平大声喊："你们一路走一路说话，也不嫌累。"

尤建德说："正因为说话，才把累给忘了。"

我们会合了，一起往山沟上面走。

溪水到这里真的断流了，前面是一道深深的山涧。这山涧却是干的，一点水也没有。山涧右边石山如壁，而在左边，西北方向，那座向后退去的石山，满山坡都是风化了的碎石头。

这座石山的山岭那里是雪线，白雪皑皑。在我们面前，从山根山涧一直到山坡上，全是碗口和脸盆大小的石头。有的石头像房子那么大，矗立在半山腰和山岭上。我想：柴呢？

远处，连长他们正在山坡上往山梁上爬。

我说："前面是什么地方？快到苏联了吧？柴呢？我们不可能到苏联去打柴吧？"

海平说："苏联还在冰山那边。"

我说："我们已经到雪线跟前了。要不要拉一道警戒线？"

易顺说："他们过不来，这一片没有山口。"

小林说："已经到雪线了，到哪里打柴？打个鬼呀！"

达成说："连长他们到山梁上了。我们也爬山，跟着他们走。"

第二十九章

爬 地 松

雪线下的松树

海平和尤建德在爬山，我跟着往山上爬。这面坡很陡，踩着石头往上爬，石头就往山下溜。快爬到雪线那里了，突然听见尤建德喊："快看！这是什么？"我凑过去。

原来，石堆里有一点绿色。扒开看，是针叶。顺着叶子往下掏，就看见松树的枝干了。

易顺上来了，说："啊，这就是他们说的卧龙松啊。"

用洋镐往下掏，真的是一棵松树。山上溜下来的石头把它埋住了。

肖国上来了，说："啊！这就是他们说的蟠龙松呀！"

我四面看。我们正在爬的这座山朝东南敞开。白天，太阳照耀；夜间，骤然上冻；加上冰山上的融雪流下来浸泡，天长日久，这座山变酥了，它进入持续崩塌的过程中，悬崖高耸在山梁上；那像烟囱一样立在山上的危峰，摇摇欲裂。

郑德在另一边又喊："快看！这里也有一棵树！"

我说："没准这山坡上原来有一片松树林，它们都被这些石头埋起来了。"

一棵松树被掏出来了，树身被石头磨得满是伤痕。

我说："都叫它蟠龙松、卧龙松，我怎么觉得叫它爬地松更准确些。你们看：它在石堆下爬着长，把枝叶从石头的缝隙里硬刺出来，吸收阳光，不向命运屈服。"

达成说："可惜，还是被人挖走了。"

于是我有点惆怅。

易顺说："那也是没有办法，我们也要生存嘛。"

肖国说："如果后勤能给我们解决引火问题最好，那样，这些爬地松，最好叫它们都在阳光下面好好活着。"

往前走十几步，就到山梁了。山梁那里是雪线。

一般阴山的雪线在海拔4200米左右；这面山是阳山，雪线应该在海拔4500米以上。

我们把枪在山梁上交叉架起来。我把牛皮文件拎包放在我的冲锋枪旁边，在我目力能及的位置。

远处，邱明扛着一棵树，往山坡下走。他把那棵树扔在坡下，又反身爬上山梁。

对面阴山，黑色的岩山像巨大的石虎蹲在冰峰下，面目狰狞。它朝我们这边的山坡突出来一点，山涧在它下面显得幽深。

连长他们也在往山坡下扛树。

现在还不是返回的时候。第一步，是把这些树找到，挖出来，扛到山坡下；第二步，才是扛着柴顺沟下山，回营地。

我拉着一棵松树的树干往坡下拖，我脚下的石头跟着往下溜，站也站不住。

我说："尤建德，拿绳子。"

我和尤建德用绳子绑住这棵大松树的树根，远远地扯着往山下拉。树动了，山上的石头也动了。我们使劲拖着树往山下走。没想到树周围的石头一动，半个山坡上的石头都跟着动了。小石头往下溜，大石头也跟着往下溜，慢慢地，整个山坡上的石头都开始往下溜。一串灶台那么大的石头滚下来了。接着，从山坡的顶上，有块一间房子那么大的巨石滚下来了。它一开始慢慢地翻滚，接着越翻滚越快。

易顺在山上大声喊："你们赶快躲开！"

达成和海平也大声喊："快躲开！快躲开！"

我朝旁边跑了几步，闪身到一面石崖后边。尤建德却有点来不及了。

只见那块大石头越翻滚越快，它从高坡上跳起来。尤建德趴在一道石坎下，那块大石头飞身而过。大石头跃过山涧，撞到对面的石山上，又撞回来，再撞回去，在山坡和沟涧间的撞击中就变成石雨了。我这才知道，这漫山遍野的碎石头是怎么来的了。

尤建德从石坎下面爬起来了，满身都是石屑和尘土。

我跑过去问："你没事吧？"

他说："啊呀，吓死我了！我只听见轰隆隆的声音。"

肖国大声喊："你们没事吧？"

达成跑下来了，说："你们没事吧？"

尤建德说："啊呀，吓死我了！只听见头顶上轰隆隆的声音。"

易顺在上边喊："你们赶紧上来！"

年小林喊："班长叫你们赶快上来！"

我们爬上去，大家又聚在山梁雪线下边。

易顺说："那棵树就扔在那里，下午收工时再拉它。"

尤建德惊魂未定地说："我的魂都快要吓飞了！"

我想：难怪这些树都被埋在石头下面了，这山上的溜石，是一股多么大的势力啊！

和易顺交流

我们在雪线那里吃了一听水果罐头、一听牛肉罐头。寒气裹身，大家围坐在易顺身边。易顺很享受大家把他围起来的感觉，有点众星捧月的意思。

易顺有点膨胀了。他说："说说，大家都有什么理想？"

年小林说："我没有什么理想，我就想退伍后回我们汉江边，驾一条小船打鱼。"

易顺说："要说打鱼嘛，我们白洋淀的鱼多的是；但是，我是不想回家乡了。"

我说："为什么？"

易顺说："我们那里派性还是很严重。有的人一旦心坏了，此狼还可怕！"

郑德接话说："那咱们就待在雪山上，守哨卡。"

易顺摸出一包烟，给大家发烟，他拿出火柴盒，摸出两根火柴，把火柴头并在一起，划火柴，火柴头冒了一股青烟。易顺说："缺氧。"

达成从火柴盒里摸出三根火柴，把火柴头并在一起，把火柴划着了。大家都把烟点燃，雪山上，就有了一股烟草的香味。

易顺惬意地抽了一口烟，说："都说说，你们都有什么理想？"他看着我，说："你是知青，你先说。"

我想了一下，说："我就想守边防。"

易顺说："还有呢？"

我说："就想这么在雪山上待着。"

易顺说："雪山上有什么好？"

我说："安静。"

易顺说："医院才安静呢。"

我说："医院怎么能和雪山相比？"

易顺说："就没有想点别的？"

我说："没有。"

易顺说："你想没有想当将军？"

我说："当将军当然好；不过，当不上也就算了。"

易顺于是深沉地吸了一口烟，说："我直言不讳，我是想当将军的。马克思说'不想当将军的士兵不是好士兵'。"

我说："这话是拿破仑说的。"

易顺说："'那破轮'是谁？"

我说："是个很会打仗的人。"

易顺说："是吗？"他用眼睛询问肖国。肖国似是而非地点点头。

易顺说："总而言之，大家要有一个理想。"

我觉得易顺因为大家众星捧月地把他围起来，他就膨胀了，好像他现在就是大家的首长了。他轻轻地吸烟，徐徐把烟吐出来，并且挺起胸脯，他在这一刻显得非常豪迈。

就这样改变人

太阳偏西了。山坡下，沟涧阴冷。山梁上的人，开始往下走。

我们把两棵松树拖到山坡下，用斧头把树上的枝丫砍断，把树身砍断成三截。

连长像昨天一样，扛着一棵碗口粗的树往山下走。虎排长、郑芳、邱明、董良、库热西，每个人都扛着一棵树往山下走，数库热西扛的那棵树最大。

我们这几个人，海平、郑德、达成、尤建德、年小林，各扛着一截树干。海平扛的最大，他扛了一个大树根。易顺、肖国和我，把那些砍断的树梢捆起来。我们三人各背了一捆树梢柴。

在海拔4000多米的高山上，我们不光背柴，我们还背着枪支弹药，还拿着斧头、铁锹等工具。身上背这么多这么重的东西，在缺氧、低气压环境下，在崎岖的山路上走，肯定是苦役。倒不完全是因为重，关键是这么负重前行，心脏怦怦跳，感觉就像要跳出来了。加上呼吸困难、出汗，人极容易脱水。我一边背着柴走路一边呼呼喘气。我的嘴巴干得像要被撕裂一样疼。在低气压环境下，人的骨骼和关节也好像不那么紧凑和结实了，人的腰和脊梁都有些承受不住了。

我觉得我的腰、膝盖、脚腕子都不是那么有力气了。肩膀上，肌肉变得稀松了，背柴的绳子勒进肩上的肌肉，仿佛就硌在骨头上。我身上的衬衣也很快就被汗浸湿了。我走一阵子，就放下柴歇一阵子。

这样负重前行，同路的人都不说话了。把话憋回去，让它变成力气。

我背的树梢柴，重量相对轻一些，竟然渐渐赶上前面的人了。

山沟里，溪水往山下流。溪水边，那些歇气的人，全都面部表情呆滞，木讷地看着我，他们正在让自己"嘭嘭"跳的心脏平静下来。心脏剧烈地跳，这比下力气还要难受。有时候，心跳得像一部失控的马达。这时，人的表情就非常痛苦。

我看见海平站在路边，他把身上的棉袄脱了，只穿着一件衬衣，把棉袄搭在肩头。他把那个大树根放在一边，想让自己的心平静下来，脸上满是汗珠。

连长扛着一棵树走在我前面。这次，他砍掉了这棵树的树根和树梢。他也把身上的棉袄脱下来，只穿着一件衬衣，把棉袄垫在肩头。尽管这样，他还是被压成了烫熟的虾米模样。他弓着腰，脖子和头伸向前面，扛着柴一步一步往山下走，过去那雄赳赳气昂昂的模样荡然无存了。

在一段弯道边，连长停下来，站在一块大岩石下。他把肩头上的那棵树靠住岩石立稳，使劲直起腰来。他的头上和脸上全是汗水，表情木然，一副和大家平等相处、共度春秋的样子。他实际是在让自己怦怦直跳的心脏赶快平静下来，他控制不住自己的心脏剧烈地跳；他的一只手扶在黑色的岩石上，手掌沾上了黑色尘土；他木然地望着我，抬手抹脸上的汗水，在脸上抹出几道黑印子。

我背着柴一路走一路喘息。我的嘴唇流血了，上嘴唇正中间裂开了一道口子。我用手背抹了一下，手背上全是血。从这天开始，我上嘴唇的这道裂口，不管用什么办法，都不能愈合。直到我退伍回到家乡之后，才在空气湿度较大的情况下，慢慢自然愈合了。

不得已而为之

明铁盖河水暴涨，昼夜喧嚣，像野马群奔腾不已。我们被困在河这边了。

团部后勤给我们送过一次菜。这车菜送给沿线好几个哨卡，我们蹚水过河背回来我们哨卡那一份。河水暴涨后，再没有这样的机会了。

我们带来的粮食很充足，短缺的是蔬菜。没有料到的是：这次打柴，肉食消耗很快。一个月下来，带来的大肉和羊肉全吃完了，肉食罐头也不多了。伙食越来越简单，每天的劳动强度却没减。傍晚收工后，大伙儿都疲惫不堪，一进帐篷就去地铺上躺下。睡着了，叫也叫不应。

头脸和衣服脏分分的，棉袄和棉裤被树杈和石头刮破了，露出棉花。人也都瘦了，脸又黄又黑，嘴唇皮翻起，颧骨突出来，人都脱相了。要不是有帽子上的红五角星和领口的红领章衬着，就像一群囚徒。

每天，还是傍晚才正经吃一顿饭，而这一顿饭越来越没有油水了。汤廷遇和吴明德做饭越来越难了。馒头和用蔬菜罐头做的酸辣汤，成为每天这顿饭的标配。

弟兄们干这么重的活，肚子里没油水，连身体最棒的库热西和买买提这么多天没有羊肉吃，都变得蔫不唧唧的了。

每当汤廷遇用铁勺"吱啦吱啦"刮锅底时，连长和虎排长就不由得皱眉头。

傍晚，连长坐在石头上歇气。他眼窝深陷，脸颊下面是坑，胡子拉碴。

易顺走过去说："连长，弟兄们有点顶不住了，上山和下山腿脚发软。"

虎排长说："平时这么吃也就算了，我们巡逻时不是也吃不到嘴里嘛；关键现在是在山上打柴，人的体力消耗太大了，身体就算是有一点老底子，也被消耗尽了。"

连长说："你说咋办？"

虎排长说："河里的水这么大，指望后勤给我们送给养没有可能。"他把郑德的半自动步枪拿起来，在手上掂了掂，说："郑德，把你的枪好好擦擦。"

次日是星期天，按惯例休息。早晨，刚吃罢早饭，虎排长就拿着郑德的半自动步枪走了。

台地的西边是一道石坎，虎排长翻过石坎就不见了。我到石坎边看，只见石坎那边是一面斜坡，斜坡那边是一片洼地，洼地前面山石嶙峋。

半小时后，那边传过来四声枪响。十几分钟后，虎排长气喘吁吁地跑回来，站在石坎上大声喊："来几个人，跟我去抬猎物！"

又过了半小时，几个人抬着几只猎物回来了。

分享打猎经验

有食物了，连长又露出豪迈气概。他坐在帐篷里，像樊哙一样大口啖肉，极其粗犷。

连长说："尤建德，把虎排长叫起来，他打的猎物，让他也吃几口。"

虎排长用被子蒙着头说："我不吃。"

他说肚子疼。今天有一只猎物受伤后跑了很远，他追得太猛了。他在被窝里按住下腹部。

连长说那里是阑尾，叫肖国过来看看。肖国说："没错，那里就是阑尾。"

虎排长说："我肚子疼也不是一天两天了。"

连长说："这次打完柴后，你到团部卫生队去看看。"

虎排长说："不睡了。"他站起来出了帐篷，坐在台地边的一块大石头上点燃一支烟抽。

我走过去，把装着热开水的水壶递给虎排长，说："排长，听说你小肚子疼？"

虎排长把棉袄的下襟子撩起来，把裤腰往下扯了一点。他的肚皮好白呀！那个白啊，能赶上景德镇白色的细瓷器。

虎排长使劲盯住自己的肚子看，好像他的眼睛有X光机的透视功能。他说："他们说这里是阑尾，确定就不是盲肠？"

我说："虎排长，你的枪法怎么这么好？给我传授点经验。"

虎排长说："不稀奇。"

我说："哎呀，虎排长，你给我说说嘛。"

他不想显摆。

我说："哎呀，咱们是乡党嘛！"

于是他说："首先，打猎你要先辨别风向。你先撒　把土，看风从哪里吹来。你不要往上风口走，你要往下风口走。你在上风口，这些野物，它们的鼻子灵得很，它们顺风就能闻见人的气味。闻见人的气味，它们就跑了。"

我很佩服他的观点。

虎排长说："你躲在下风口，仔细观察。发现猎物所处的位置后，就悄悄地从下风口朝它们接近。你到达预期位置，一定要隐蔽好。然后，你就瞄准开枪射击。你射击后不要动。这时候，枪声在山谷里回荡。猎物不知道子弹是从哪个方向射过来的，它不好判断威胁来自哪里，在原地团团转，害怕逃跑时撞在枪口上。这时候，你连续射击，不要露头。"

我说："虎排长，你真有一套啊！你不光是枪法准，你打狙击打埋伏绝对是高手。"

虎排长说："这是平时摸索出来的。"

我们身边是堆在台地边的两大堆爬地松，这些柴是我们此行的最大安慰。

第三十章

第一次下山

奉命离开无名沟

晚上，电话铃响，连长抓起电话，说："我是涂振国。是的，他在这里。是，是，知道了；你确定？我来安排。应该没问题。"他一边通话，一边用眼睛看我。最后瞟了我一眼，把电话放下。

我觉得这个电话可能和我有关系，直觉上感到：我要离开无名沟了。

是什么事情会让我离开无名沟呢？我会怎样离开无名沟？我怎样才能渡过这冰冷又湍急的雪水河？

连长对我说："你过来，你得单独执行一个任务。营部打电话让你下山，到团部去汇报我们连的实力。"

我说："我怎么汇报？"

他说："你到团部去后，直接到军务股找庞股长，他会告诉你，他要哪些数字。他要什么，你就告诉他什么。"

我说："明白了。"

"这件事，只能是你一个人去了。"

我说："明白。我怎么下山？"

他说："你准备一下，明天一大早出发。你把你的被褥和行李都留下，下山只带随身的武器。你从沟口到河边，顺河往下游走。早晨出发，大概到下午两三点左右，你会在下游发现一座便桥。你过桥后就可以上公路了。那里离卡拉其古营部不太远。你今天晚上在卡拉其古过夜，明天乘红其拉甫过来的顺路车到团部。"

我说："明白了。"

他说："你汇报完了，就直接回明铁盖，不必再到无名沟来了。"

我一字一句，认真地听取和捕捉他说出的每一个字。

第二天，天蒙蒙亮我就起身了。我把我的背包和褥子捆好放在一边。我脱掉棉衣棉裤，换上了绒衣绒裤，脱掉了冬天穿的罩衣罩裤，换上了干净的夏天穿的罩衣罩裤。我把帽子拍拍干净，把帽徽擦亮。我把穿脏的鞋子别在捆好的背包上，换了一双新袜子和一双深勒胶底新鞋。

也不管三七二十一，我用冰冷的溪水洗了脸、刷了牙，把自己简单地收拾了一番。

我将一只扁扁的里面灌满开水的水壶斜背在左胯上。在它的旁边，我还背了一个挎包，里面装着碗筷、缸子、牙刷牙膏、一包雪莲牌香烟、一盒火柴、一把多功能小刀、一条毛巾，还有吴明德拿给我的一听蚕豆冰蛋罐头。我把手榴弹袋和里面的手榴弹斜背在右胯上，又用腰带把这些在腰间扎紧，然后在胸前挂上了子弹袋和弹匣，在背后斜背好冲锋枪。

我在原地跳了跳，着装没有问题。

这段时间，连长的背有点驼了。他的领口敞开，帽子在头上随意扣着，不是那么正规。他的脸不但黑，而且憔悴。他还是胡子拉碴，一边抽烟一边看着我。烟雾从他的嘴里冒出来，在他的络腮胡子和头发那里飘散。

反正又不是去和姑娘约会，又不是去见女同志，在大山沟里着装随便一点又有什么关系呢？

我看着那个牛皮文件挎包。

连长一边抽烟一边看着我。等我准备得差不多了，他说："你把那个牛皮文件挎包拿过来给我。"他好像就等着说这句话。

我把牛皮文件挎包交给他。他把翻盖的旋钮旋转了一下，翻盖打开了。他检查了里面的文件，检查了信号枪、信号弹、望远镜、指北针，等等。他说："这个挎包留下，我自己带。"他好像就等着说这件事。

天亮了，铅灰色的晨曦不见了，今天是个晴天。

炊事员已经把早饭做好了。我把枪立在帐篷边，蹲在帐篷外，喝了一碗胡辣汤，吃了一个馒头。我抹抹嘴站起来，把枪斜背在背后，觉得自己准备好了，可以出发了。

我回头望望帐篷角落里我的背包和提包。

连长说："你放心走就是了，你的背包和提包，到时候我叫通信员给你带回哨卡。"

在激流边

打柴的人已经往沟里走了。除了炊事员，帐篷前只剩下连长和我。

吴明德给我的挎包里塞了两个馒头。连长吐了一口烟,烟雾在他脸上胡茬子那里盘桓,飘散。

连长不放心地问我:"你记住怎么走了吗?"

我说:"记住了,我在下游要找到那座桥。"

他说:"你千万不可涉水过河,你顺着河一直往东走。记住:不要往北走。你要往北走,就有可能走到苏联。"

我立即意识到:今天,我在边防禁区单独执行任务,肩负着满满的信任。

我向他立正敬了一个军礼,说:"连长,请放心!"

我挥挥手,踩着斜坡上的石头,顺着流淌的溪水,朝河边走。河里翻着灰色的波浪。河岸边,有一条小路,这是4月和9月上山和下山的牧民赶着羊群踩踏出来的。今天,是我到明铁盖哨卡后第一次下山,我比较激动。

小路遍布石头。我把脚绷紧了,一点不敢马虎。在这荒无人烟的地方,若是崴伤脚,无法向任何人求助。

我突然发现这一带山谷是那么熟悉,似曾相识。稍加思索,恍然大悟:三个月前,柳显忠带我们这批新兵上哨卡时,这一带是明晃晃耀眼的冰谷。我们曾经在这里推汽车,汽车在冰面上飘移。原来是这个地方呀!

现在,居然波浪滔滔了;河对面,绿草如茵。在夏天,瓦罕走廊还是有点姿色的。这么一想,就有点心旷神怡了。

前面有个沟口,5月上旬,我们渡河到无名沟时,这里还住着一户牧民,现在已搬到河对岸去了。溪水呈扇形从沟口流出来,太阳明晃晃照在溪水里。浅浅的溪水,刚淹没脚背那么深。我踩着露出水面的石头走过。我在水里看见了几条鱼,它们像木筷子那么长，模样像我家乡的鮎鱼，姜黄带黑色花纹那种。它们一动不动，在水里享受阳光。我用手指触它们，它们也不动。

它们脊背上的颜色，和溪水下砾石的颜色相近。这是一种保护色。即便是鹰眼，在高空中把它们和砾石也分辨不清楚。

我说："鱼儿，你们好，我走了。"

我迈开大步。河水一直在我身边汹涌奔腾，小路在我脚下。一直照这个走法，时间就在我的掌握之中。

我必须按预期在下午找到那座便桥。我不知道那座便桥具体在什么位置，它的状态如何。

我已经走过五六条小山沟的沟口了。我现在紧挨着一座棕色的高山走，贴身在一面巨大的山崖旁。右边，是汹涌的铁灰色的河水，惊涛拍岸，飞沫溅到我身上；左边，山崖像顶天立地的高墙，崖壁碰到我的肩膀了。只要扭头，鼻子就会碰到峭壁。

这里实际上没有路了，小路被上涨的河水淹没了。

面对摩天高峰

我从悬崖边走过去，前面又是一条山沟的沟口。沟口没有扇形冲积物堆积，只是在溪水边有几块桌凳那么大的石头。在河对岸，有一道山冈，它把河道挤到这边来了。河流在这里差不多拐了一个九十度的弯，直接冲到我前面一座山的峭壁下；激流冲击着峭壁，卷起浪花，堆起泡沫，然后又向前拐过去，波涛滚滚顺河而下。

河道在这里收窄了，河水没有回旋余地，河水的喧嚣声更大了。在河对岸，简易公路爬上了山冈，在山冈上面蜿蜒而行。而在河这边，我面前却是一座黑色的石山，它从群峰中突兀出来，挺进河谷，挡在面前。

我连续跳跃，踏着露出水面的石头跨过山溪，往前走了大约一百多米，来到这座黑色石山跟前。崖壁下，小路被淹没了。我能不能扶着崖壁蹚水走过去呢？

我有时候胆大得离谱，有时候又格外小心。我抱起一块大石头丢进面前的河水里，过了一会儿，才听见它沉入河底的一声闷响。我知道：下面已经被河水旋成深潭了；我不可能从这里蹚水走过去。而且，崖壁前头湍流滚滚，还不知道有多凶险呢！

我退回去，到溪水边，坐在一块大石头上。我摸出挎包里的雪莲牌香烟，抽出一支烟叨在嘴上点燃，吸一口烟，让自己平静下来。

抬头看，太阳正在我头顶。我静静地观察面前这一座山，看我能不能攀爬上去。我仰头看了看，又在溪水边来回走了几步。我发现，这座黑色的石山，简直就是一个直逼云天的大石头。即使我会攀岩，也没有办法爬上去。

我把一口烟深深地咽进肚子里。好半天，这口烟才从我的喉咙里回到嘴边。我必须另外打主意。

我站在溪水边，观察北边这条山沟。这条沟，比无名沟狭窄，一条小路傍着山溪，从深处蜿蜒而下；反过来，从沟口往上走，第一步就需要攀登，没有什么过渡。关键是这条沟通向北方，从沟口望进去，可以看见远处的雪岭。

我想起连长说的话："你千万不要往北走。往北走，就可能走到苏联。"

我又点燃一支烟，坐在石头上抽烟。

不管怎么说，我必须翻过面前这座黑色的石山到河的下游去，否则，我在今天白天很可能就找不到河上的那座便桥。如果那样，我就惨了。

我想：看来我只有朝北走了。我可以往北走，我们打柴不是也顺着山沟往北走嘛。从这儿望过去，雪线离我还远着呢。我顺着这条沟爬上去，也许就能找到翻过这座石山的路。

我把烟头扔下，用鞋底把它跐灭。

我把冲锋枪取下来，往枪膛里顶上一颗子弹，然后，把保险机扳到闭锁位置。我得防备意外发生。如果发生意外，拿起枪，只需扳开保险机就可以射击了。我把枪背在背后，解开鞋带，把鞋带重新绑紧。我要爬山了。

在山顶走狐步

其实，我顺着山沟向上只不过爬了两百米，就在右手边发现了一面石坡。我手脚并用爬上这面石坡。石坡上还有山，我攀爬上去，以为上面就是山顶；然而，上面又是山；我继续攀登。

山坡上有野兽踩出来的小路。我顺着小路往上爬，那里有一条细细的淌过融雪的干沟。我顺着这条干沟爬上去，前面是一道高高的石崖。我顺着石崖绕，找到一个缺口，爬上了一个比两个篮球场还要大的龟背石。眼前豁然开朗了，这便是这座石山的山顶了。我急不可耐地走到山顶对面的边缘往山下看，发现从那里下山没有太大问题。只要下山，我就可以回到下游河谷。我早已气喘吁吁了，于是先退回来，在山顶仰面躺下。

我太累了。太阳越过头顶，偏到西边去了。

我看见湛蓝的天空没有一丝云彩，像平静的大海一般。我就这么平静地躺着。四周静悄悄，好像进入远古时期。远古时期就有这样湛蓝的天空。远古时期在喀喇昆仑山上，也是这般静悄悄吧？这真是前无古人，后无来者了。在这座山上，山顶上只有我。

"啊！"我想大叫一声，但是没有叫出声音。我坐起来，盘腿坐稳，从挎包里掏出蚕豆冰蛋罐头。这是一听比较袖珍的罐头。我用不锈钢多功能小刀把它打开，从挎包里拿出一个馒头，惬意地用餐。

在瓦罕走廊激流边的一座石山的山顶上，这么惬意地用餐，我觉得有一点浪漫，还有一种壮怀激烈的豪情。

我什么都不是，我只不过是在瓦罕走廊无名沟一带山上打柴的一名战士，现在是奉命回团部军务股汇报哨卡的情况罢了。不过，在这荒无人烟的大山里，我独身前往，也是挺豪迈的。

我掏出一支烟，把三根火柴的火柴头并在一起，划着火点燃烟吸了一口。我面朝天空吐出烟雾。

这座石山龟背状的峰顶，朝南边的河谷突出去。

我站起来，走到峰顶的边缘，朝南眺望。

我的前面是那么的辽阔。隔着河流和前面驼色的山谷，顺着正南方向，由近及远，延绵起伏的雪山像海涛一样奔涌。在太阳的照耀下，它们又灿灿地像奶酪一样快要融化了。我把不锈钢多功能小刀伸出去，想象着切一块，淋漓酣畅地吃上一口。我就是想吃这么一口。

李白呢？李白在哪里？诗仙如果在我身边，他一定会吟诗一首吧？有时候，我觉得浪漫派诗歌，虽然充满了想象，浪漫又飘逸，但它并没有大自然壮观。

没有李白，也就暂且算了吧。还是让李白来吧。来，李白，你就和我站在一起，手牵手，你吟诗一首吧……

我感到在我的身后，远方的冰峰一下子靠过来，离我那么近，我在天空和雪山之间一下子变得那么渺小，我想从这渺小里面突破出来，于是我放开嗓门大声地呼喊了一声："啊！——啊！——啊！——"这声音带着巨大的回声震荡。我感到前面的雪山都在眼前旋转了，而在我的背后，雪花从天空纷纷飘落。

这是一个无与伦比的大舞台，有谁来欣赏呢？管他呢，我在山顶上潇洒地走出一串狐步。

我会跳舞吗？我从来不会跳舞。我到现在还是不会跳舞。我对跳舞不感兴趣。但是，在这喀喇昆仑山的一座山顶上，我今天竟然无师自通地走出了一连串漂亮的狐步！

我在心里喊："漂亮！"

我好得意！

我听见了潮水一样的鼓掌声，这掌声一浪接着一浪。

我想起那些通讯报道："这已是第十六次鼓掌了，非常热烈……"

不，这是风声！我看见西边的天空，阴云在那里聚集。

我该赶紧走了。我得赶紧下山！

这时候，我听见李白站在山顶上豪迈地吟诗了，李白这首诗，超越了他自己，前无古人！

原来如此

我从龟背形山顶下去。碰到深壑，我就绕着走，就这样反复了两三次。

太阳一旦西斜，气温下降很快。在一个山坳里，我突然碰上野兽了。我刚从一道石崖绕过，这家伙就突然出现在我的面前，挡在路中间。猛地看见它，我吃了一惊。我至今也不知道它到底是什么野兽。它比常见的新疆毛驴个头大，青色皮毛，浑身上下充满了野性。它的头部既像岩羊，又像鹿。它是不是岩羊呢？但却没有岩羊那种像水牛角一样的弯弯的盘角。它是不是一只母岩羊呢？它睁着一双野性的眼睛警惕地盯着我，不给我让路；我也不想伤害它，从它身边绕过去。

黄昏快要来了，我终于下到谷底了。我急不可耐地往河边走。我看不见河，但老远就听到了河水的喧嚣声。在这一带，河在地表下切割很深。河道收窄了，站在河岸边，就像站在峡谷边一样。

我还是顺着河边走，加快脚步。已看见河对岸的简易公路了。黄昏来临，我终于在暮色中找到那座便桥了。在这里，河道收到不能再窄了，两岸都有巨大的黑色的岩石突出来，自然形成桥头。这座便桥就架在岩石之上，它离下面河道的激流有一二十米，汹涌的河水冲击着岩石根部，岩石好像在微微颤动。站在这里往下看，有点晕眩。

我定睛看清楚了：这座便桥，就是并列排着的三根长长的木头电线杆，它们架在两岸突出来的岩石上，之间用铁爪钉固定抓牢了，上面覆盖着麻袋片和一层黄土。不容得多思考，不容得你犹豫，如果犹豫，就有可能胆怯。我不假思索趁热打铁飞快地从桥上走了过去。

到了桥的那边，这才回头看了一眼，不由得倒抽一口冷气。

简易公路就在我脚下，暮色苍茫，我大步流星往前赶。我在路边看见了几棵小白杨树。久违了，小白杨树！小白杨树，我们又见面了！三个月前我曾经看见过你们。我的前面居然出现了一片耕地，这也太神奇了！耕地里种的是土豆。有几个少数民族男子站在地里。他们看见我一个人走过来，警觉地望着我。

我也顾不上和他们打招呼。

前面好像是一个小村庄，零零散散有几间低矮的泥石小土屋。

我加速往前赶。最先看见高坡上的岗楼，然后看见了营区。我离开公路，朝营区跑过去。

……

吃罢饭，营部通信员曹文俊对我说："书记让你到他那里去一下。"

在部队，营部书记是一个很特别的职务，它不同于地方上的党委书记或党支部书记，它是部队营一级单位设置的一个排级干部的职务，相当于营部的秘书或办公室主任，负责营部的文秘、档案、军械管理、人员往来接待、全营各连的军事政治实力的统计汇总和汇报。就说我们第二边防营吧，营部书记负责管理营部的通信班、汽车司机、驭手，同时，在业务工作上指导各个哨卡连队文书的工作。

曹文俊带我到书记的房门口，推开门，只见柳凤祥笑眯眯地坐在白炽灯下的办公桌前。他在等我。

原来是他！

我当然很高兴。但是，自从到部队后，我渐渐变得木讷了，已经不像刚当新兵时，在入伍途中，一路上在柳凤祥领导下为自己班抢饭时那么有激情了。我当时也弄不清书记到底是个什么职务，我只记得一个农村生产大队的党支部书记的权力就很大。

我的反应迟钝了很多。

我说："书记……"

柳凤祥说："吃好饭了没有？"

我说："吃好了。"

他说："专门让他们给你留的饭。"

我说："哦。"

他似乎没有觉察到我的拘谨。

他说："是我打电话让你下山汇报实力的。"

我又说："哦。"

他说："全营其他各哨卡连的实力，都给我汇报过了，我已经汇总上报团部了。因为你们连在山上打柴，把你们连落下了，你明天搭便车到团部，直接去军务股汇报，庞股长会告诉你他都要什么数字。他问你什么，你就回答什么。"

我说："是。"

我太木讷了。我当时没有想到这一层：其实，我只需把数字汇报给柳凤祥就可以了，柳凤祥可以转报给军务股。实际上，柳凤祥是给我争取了一次下山去团部的机会。但是，我当时太木讷了，我连一句谢谢都没有说。我只是说了一句："是。"

我当时可能也是太累了。

那个小名叫"丫头"的营部通信员在门口探头。

柳凤祥挥挥手让他退出去。

柳凤祥接着笑眯眯地说："你知道吗？是我把你从团直新兵连要到二营新兵连的，也是我把你推荐给柳显忠的；我原来在南疆军区给副司令员当警卫员，后来被派到明铁盖哨卡当文书。确定我提干调到营部后，我就物色谁来接替我在明铁盖哨卡的文书一职。我去接新兵时，就看中你了。"

原来如此呀！他的一番好心和苦心，我分外感激。可是，我太木讷了，我只是在心里说："谢谢你欣赏我！"

第三十一章

夏季的过渡色

庞 股 长

第二天，我搭乘一辆便车到团部，就直接到军务股去了。

庞股长是个大个子，山东人。他大脑袋，大脸，大眼大鼻子大嘴，胶东口音。我没有和他攀扯我的老家也是山东。

庞股长很和蔼，有点大大咧咧。他亲力亲为，了解我们哨卡的实力情况，和我一起填表格。我们先用铅笔填写一张张草表，然后核对。我手边没有原始资料，他让我回忆。他把往年我们哨卡上报的表格拿出来对照，找出变化和差别，然后细心修改，再认真检查一遍，最后才填写一张张正式表格。

他说："你的记忆力真好，一切都记得清清楚楚明明白白。"

我还是没有暴露我和他是山东老乡。我觉得这样拉关系没有什么意思。人家是团部的股长，我只不过是一个哨卡的小兵而已。

我只用两个小时就完成任务了。看来，柳凤祥真的是有意给我一次到团部的机会啊！

我后来才知道：哨卡的战士，如果有机会到团部来，是可以在团部多待几天，调整和休养一下的。但是，我这是第一次下山，我还不知道这是我们边防团优待我们哨卡战士的"潜规则"。

我独自执行任务，也没有人监督我。然而，我想起连长的话："你汇报完了，就直接回明铁盖哨卡，不必再到无名沟来。"我知道我们哨卡现在留守的人很少，我决定尽量不在团部耽搁太久。人家连长他们还在山上打柴呢，我怎么好意思待在团部招待所调整休息呢？我到哨卡三个半月了，木讷的外表背后，依然是激情。

我决定先回招待所休息片刻，然后去后勤车队，打听最近有没有去明铁盖的便车。

我要回招待所了。庞股长说："我和你一起走。我要去卫生队。"

我和庞股长一起穿过俱乐部前面的广场。

我偷眼看他，他坦然而从容。

那些滋养生命的东西

我打听好了：后天，有一辆卡车给我们哨卡送焦炭，我可以乘这辆车回哨卡。

次日，是个大晴天。上午，我到县城去，在民族商店买了一个蛤蜊油。我上嘴唇裂开的那个口子还没长好，我在那个口子上抹了蛤蜊油，盼望它赶快愈合。

中午，太阳很好，我来到塔什库尔干河边。宽阔的河面上，混浊的河水淹没了对岸的草滩。而在河这边，草滩上有大大小小的积水坑，水坑里的水与河里的水截然不同，非常清澈。

从元月6号在家乡泡过热水澡后，我已经半年没洗澡了。我来到一个大水坑边，用手试了试坑里的水温。我多么想下到水坑里洗个澡呀。然而，我又想：这草滩上一个连一个的水坑，实际上已经把草地变成湿地沼泽了。谁知道水坑下面的泥潭有多深？我可不想因为洗澡送了自己的性命。

我到步兵连，和老同学付川见面，他和蹇戚军陪我到草滩散步。

我摘了一朵白色的狼毒花拿在手上，说："真不错。"

蹇戚军说："在你们哨卡那里，应该有雪莲。"

我说："那是。"

付川说："雪莲能治风湿性关节炎。"付川下乡插队时在农村当过赤脚医生，他对花草的药用功效很感兴趣。

蹇戚军说："雪莲是好东西。"

付川说："听说你们那里山上有红宝石和绿宝石。"

蹇戚军说："好东西都在山里。"

我说："可惜我不认识红宝石和绿宝石。况且，这些东西有什么用处呢？"

我那时没有经济头脑，我觉得红宝石和绿宝石还比不上巴尔扎克的一本小说。一本《野性的呼唤》、一本《高龙巴》、一本《夏倍上校》、一本《哈泽穆拉特》、一篇《木木》，就能胜过阿里巴巴发现的藏宝库。我那时候就是这么无知和糊涂。

次日，天蒙蒙亮，我就到车队去了。我没有利用好柳凤祥给我创造的这个下山到团部的机会，我回明铁盖哨卡了。

秦泊醒

回到哨卡，我发现指导员秦泊醒和副指导员柳显忠都回哨卡了。这是我第一次见到秦泊醒。他也是河南安阳人，和连长同一年入伍。他很精干，三十岁出头的年纪，英俊、干练、敏捷，目光炯炯，说话从不拖泥带水。看起来，他不光是会做思想政治工作，在军事上也是一把好手。这大概就是大练兵、大比武年代过来的军队干部共有的特质吧？

我回到哨卡，住回连部我原来住的屋子，原来的床铺。我到储藏仓库给自己拿来两床公用被子：一床被子用来盖，一床当褥子。

景霄已下山轮休去了。在罗布盖孜，留下阿布拉提、武志生、郝富贵和张社民四个战士，他们继续执行驻守前方临时哨卡的任务。

秦泊醒和柳显忠住在连部我对面的指导员宿舍兼办公室里。

秦泊醒手枪射击很厉害。他打手枪射击，技术比连长还要过硬。他出枪快，几乎不瞄准，抬手就开枪，结果都是八九不离十。他拼刺刀的技术也很过硬。穿上防护甲，戴上面罩，用木枪演练对刺时，虎虎有生气。在拼刺刀这门技术上，他甚至比孟坤做得还要更好。孟坤搞刺杀，虽然有一股凶狠劲，力量能挑死一头熊；但是，他的动作没有秦泊醒的动作那样精湛，那样敏捷。

秦泊醒突刺时同样凶狠，咬牙瞪眼。

在我们这个哨卡连，涂振国、秦泊醒和孟坤这三个大练兵和大比武年代过来的老兵，特别是涂振国，最看重军事技术。我明显感到涂振国对政工干部，采取的是嗤之以鼻的态度；只有对秦泊醒例外。

秦泊醒还有一招：就是特别注重军容军姿。他英俊、相貌堂堂、体格结实，体形匀称。

他敬军礼最讲究。标准站立后，右手从右裤腿中缝线那里斜线直上眉梢，目光直逼对方的眼睛，颇有气势。即使给战士还礼，也是这样，一丝不苟。他过于认真，执着地反复给战士示范敬军礼，纠正微小的偏差，把小偏差看成大问题。

他偷偷告诉我："要不是身高问题，我差点被选入仪仗队。"

我不知道他说的是哪个仪仗队。

这么说来，在我们哨卡，面对秦泊醒这样的政工干部，涂振国一点也不敢小瞧，更何况他俩还是同年入伍的河南安阳老乡呢。

他不断有秘密告诉我

秦泊醒还有一个优点，就是特别爱干净。他洗衣服洗得很勤，他的衣服总是干干净净，擦嘴的白手绢也干干净净。他把手枪擦得铮亮，枪套也擦得明晃晃的。的确良白手套一尘不染，戴在手上很有仪式感。

他用雪白闪亮的手绢擦一下嘴巴，对我说："你嫂子是干部家庭。"

我愣了一下。

他说："她在干部家庭长大，特讲究卫生。她对我的卫生有特别的要求。"

我这才反应过来他说的是他家属。

他不抽烟。他说："我家属反对我抽烟。"

一提到他的老婆，他就乐呵呵的，这时候他就露出来一口雪白的牙齿。

但是，他不反对别人抽烟，显示出他有大肚量。

他和所有干部战士在交流上都没有问题。他喜欢嘻嘻哈哈，还没有说话就先开口笑。他喜欢用眼睛逼视你，好像要从你的眼睛里看出来什么。也就是说：看你回答他问题时是不是说真话。不过，他的这种逼视，好像没有什么后劲，更没有什么穿透力。

每当他逼视我时，我就想起电影《列宁在1918》中，捷尔任斯基那双审讯嫌疑人的眼睛。捷尔任斯基说："看着我的眼睛！"

但是，秦泊醒不是捷尔任斯基。当我还在思索怎么回答他时，他突然又呵呵笑了，紧接着嘻嘻哈哈。他在笑声里甩给你一连串问号，让你捉摸不定。

他和柳显忠绝对不一样。柳显忠说话诚恳，目光真诚，是容易和你交心的那种人。柳显忠的家乡承德过去属于东北，那里的男人们在一起喜欢结拜把兄弟。

通信员不在，我就主动承担连部的日常服务工作。打水呀，烧水呀，倒炉渣呀，提焦炭呀，打扫宿舍和门厅呀……好像也都还做得不差。

但是洗衣服这件事，秦泊醒必定要亲力亲为。

他说："我家属一定要让我把领口和袖口搓洗干净，洗衣服这件事不可马马虎虎。"

他突然主动给我透露了一个小秘密。他说："有一次，我去团政委家，他家居然铺地板了，政委跪在地上用毛巾擦地板呢。"他呵呵地笑了，说："真是的，不就是个地板嘛！到底是地板伺候你呢？还是你伺候地板呢？"

我不知道他突然跟我说这话是什么意思。大概是可以到团政委家去亲眼看一眼也是一种优越感。

他似乎感觉到我不在乎这个。于是说："嗨！你想不想看看我家属的照片？"

他拿出一张黑白照片，说："来，你过来看。"

我看了一眼，惊讶地说："啊！是个女兵呀！"

他得意地纠正我说："不对！不是女兵，是女军官。她是一名军医！"

秦泊醒很帅气。不过，要我说句实话，他的那位女军官妻子说不上美丽。不过，这女军官的气质还不错，不但优雅，而且文静。这就难得了。

于是我故作惊讶说："啊呀！恭喜恭喜！"

我还是太幼稚了，我还没有到炉火纯青的地步。比如说，我应该说："啊呀！嫂子好漂亮呀！"如果那样的话，秦泊醒的心里一定会像吃了蜜一样甜。如果我再说一句："什么时候让我见一见嫂子啊？"估计秦泊醒就会更高兴了吧？

可是我却说："啊呀！恭喜恭喜！"

他小心翼翼地把那张照片珍藏在自己胸口衬衣的口袋里了。这么铺垫了一番之后，他又神秘地向我继续透露："你嫂子她在库尔勒的野战医院工作。"

一位老师

库尔勒离我们哨卡有一千五百公里路，也在新疆的南疆。这么说来，秦泊醒探家就比别人回老家探家方便一些。他也可以利用到南疆军区开会或学习的机会，匆匆忙忙到库尔勒探一眼，与他的家属相会。

就这么和我来来回回几次交流，他的语气里都流露出幸福和满足。这让我感受到：军队的已婚干部和我这样的未婚战士有大大的不同。

我于是说："我上初中的时候，学校安排我们在当地一个省属建筑公司学工，我学习的是瓦工，当时带我们的有一个姓倪的师傅是八级工，八级工那就是工人的天花板了。这个师傅是上海人。别的师傅每天干完活后就把瓦刀留在装泥浆的灰槽里，这个倪师傅每天收工时却在沙堆里把自己的瓦刀擦得铮亮。那是一把小巧的瓦刀，他擦干净后就装进自己的裤兜里带回家去。八级工呀！工资也挺高。你看他对待他的瓦刀的态度，就会知道他对工作的态度了。"

秦泊醒不明白我说这话是什么意思。

他说："你跟我说这话是什么意思？"

我说："我看你擦手枪擦得那么认真，就想起这件事了。"

他说："瓦刀，怎么能和手枪相比？"

他还是不明白：我是要把关于幸福家庭的话题岔开。

他又说："八级工算什么？我们是边防军！"

拍马屁拍到马蹄上去了吧，显然我不会拍马屁！

我真的是想起了倪师傅。那个倪师傅虽然是瓦工，但他的穿着总是很清爽，他也像秦泊醒一样，喜欢把自己收拾得干干净净。他下班后就脱下劳动布工作装，换上裤腿中线笔挺的西装裤。

在我们哨卡干部中，秦泊醒也在追求生活品质。

秦泊醒不抽烟，他在那里愣神，想了一会儿，说："你是个弯弯绕！弯弯绕！弯弯绕！你有话不直说，你是在夸我吧？"

作为一名思想政治工作者，他和柳显忠一样，在组织干部战士开展文化娱乐活动方面，好像是少了一点招数。除了"丢手绢儿"，就是"瞎子抓跛子"，再没有其他新鲜的活动了。老玩这种小孩子的游戏，我想想就要崩溃。

柳显忠曾问我："你对我们哨卡的文化生活有什么建议？"

我能有什么建议？我想看一本书都看不上。然而，只不过过了一天，县邮局的邮车来了。大家都在找自己的信。我收到了一封信，还意外地收到了一小捆书。这捆书包裹得很好。我把信打开，匆匆看了一遍，心里特别激动。

秦泊醒看出来我特别激动，试探地问："收到情书了？"

我苦笑了一下，说："是我的一个老师写来的信。我没有说我想看书，我只是说哨卡缺少文化生活，太寂寞了，他居然给我寄来一捆书！这个我真没有想到。"

秦泊醒说："他是你的任课老师吗？"

我说："不是。"

秦泊醒说："她是一个女老师吗？"

我说："他是一个很关心我的老人。"老师这次寄给我的书，虽不是我痴迷的那类，但是他的拳拳之心已在其中了。

秦泊醒用眼睛逼视了我好一阵，只是，有些事他想不明白。

第三十二章

面对荒野的生灵

失去一匹好马

我离开无名沟后不过几天，库热西也奉命离开无名沟了。他乘车去喀什，到军马场接军马。这些军马没有办法用汽车运输，只能是由接军马的人赶着回高原，到团部后再分配。派去接军马的都是维吾尔族战士。他们一路赶着马群翻越冰山，风餐露宿。

库热西一路试骑自己相中的马，想为我们哨卡挑选几匹好马。他最得意的是一匹乌龙马。这匹马矫健、俊美。它通体乌黑，前胸和后胯肌肉有形，皮毛像黑色的缎子一样闪亮，奔跑起来疾如闪电，长长的黑鬃毛和马尾巴飞舞起来，像刮过去一股黑旋风。库热西一路牵着它。

还有一匹栗色的马叫25号马，是马场的人推荐的。这匹马耐力好，擅长远路。到了团部，分马时，库热西一直紧拉着那匹乌龙马和25号马的缰绳。

第二边防营的五个维吾尔族战士赶着二十七匹马。每个哨卡分六匹马，还有三匹马归营部。五个接军马的维吾尔族兵各怀心思。

路上，库热西结交了克克吐鲁克哨卡的雅力坤。雅力坤小脑门，淡眉毛，眉骨高耸，脑门上横着几道厚厚的肉褶子；眼睛小，眼皮厚，眼里却透露出狡黠的光；直筒鼻子，鼻梁和鼻头几乎没有什么过度，鼻孔却有一点向上翻；嘴大，厚嘴唇外翻。

雅立坤相貌一般，然而他身形不俗。他身体紧凑，筋骨结实。矫捷，好动，处事果断，眼珠滴溜溜转。他一路上巴结库热西，两人常在一起抽烟。

他也在马场挑选了几匹马，其中有一匹黑马比库热西相中的乌龙马还要高大威猛。他一路上也牵着这匹马，不止一次向库热西夸赞这匹马。

库热西仔细端详雅立坤的这匹黑马，说："它的眼睛发红。"

库热西慧眼识马。是的，这匹马像醉了酒的马，目光狂躁，似乎不太好驾驭。

那天，到明铁盖哨卡时，暮色已经快要落下来了，然而，雅力坤和托克曼苏哨卡的阿尔肯，却还要赶着自己的马继续往前走。

库热西说："雅力坤，你们在明铁盖住一夜吧。"

雅力坤说："不用了，我今晚到托克曼苏哨卡宿营。"

秦泊醒和柳显忠在大门口迎接库热西。库热西向他俩敬了一个军礼，见面就夸他选中的乌龙马和25号马，激动得眉飞色舞。

突然，库热西大叫一声："雅力坤！"一下子跳了起来。

只见雅力坤猛跑几步，翻身上了库热西挑选的那匹乌龙马的光背，夹紧双腿，双脚猛地一磕，那匹乌龙马就箭一样飞了出去。雅力坤骑着那匹乌龙马转眼就上了西边的坡冈。库热西跳起来大骂："雅力坤！去死吧！"他双手抱着头蹲在地上，快要哭了。

大黑马被大鸟撕得粉碎

好像秦泊醒和柳显忠也没有怎么不高兴。雅力坤不是还给我们留下了一匹大黑马嘛！而且这匹大黑马也高高大大。第二天，我们试骑新接来的军马。别的马都不错，试骑大黑马时，它却怎么也不让人靠近。

库热西抓住它的鬃毛翻身骑上去，它飞快地跑起来，步幅很大，速度非常快，而且尾巴向后直伸出去，挺直了，像一根又黑又直的粗棍子。库热西正在得意，它却突然刹住四蹄，把库热西从它的脖子上像扔包袱一样扔了出去。库热西在地上翻了好几个滚。

库热西跳起来再次抓住它翻身上了它的光背。它又飞奔起来，然而没跑多远，它突然直立起来，库热西抓紧它的鬃毛，却仍然被扔在地上。再骑上去，它原地转着圈蹦跳不已，库热西根本没办法骑稳，又摔下来。

库热西说："这匹大黑马太暴烈；不过，如果驯好了，就是一匹好马。我们给它压沙袋吧。"

我们找来两个麻袋，每个麻袋各装半麻袋沙子。我们把这两个装沙子的麻袋搭在它的光背上，压住它，想让它变老实。一天过后，我们把它背上的沙袋取了，然而，人骑上去它依然蹦跳如故。

库热西说："给它加码。"

我们又给它加了两个沙袋。现在，它的光背两侧一边挂两个沙袋，它就在哨卡大门前的谷地里负重吃草、游荡；然而，它的眼睛却更加暴躁起来，眼神变得更加不通情理了。

几天后，我们给它把压在身上的沙袋去掉。谁知，刚去掉沙袋，它就跑了，在谷地里狂奔，它疯了！它翻过坡冈，朝罗布盖孜河口跑。

从此，我们再也捉不住这匹大黑马了。每次，还不等我们靠近，它就撅起尾巴跑了。它成了一匹野马，在山谷里独来独往，昼夜游荡。

库热西诅咒它："迟早会让狼把它吃掉！"

我们怕它被狼或雪豹吃掉了，就跟踪它。可每次我们一出现，它就狂奔。

渐渐地，我们发现这匹马好像是有什么毛病。它的体内可能是缺盐，也可能是缺铁。每次狂奔后，它就跑到河边，大口吞吃沙子。

一天，我和肖元跟踪它到了罗布盖孜沟口，又看见它在河边吞吃沙子。然而，它吃着吃着，就一下子轰然倒地了。我们赶紧跑过去。只见它躺在河边，肚子胀得像一面大鼓。我们怎么也把它扶不起来。

我和肖元商量回哨卡套一辆板车，叫几个人把它拉回哨卡，让军医看看它得了什么病。

一小时后，我们套好板车回来，却看见一大群黑雕和秃鹫正围着大黑马，已把它撕扯得不像样子了。库热西骑马冲过去，怎么也轰不走那些大鸟。他说："大黑马这个倒霉蛋，没有喂狼，倒叫高原黑雕和秃鹫把它吃了。"

雪一样白的大狗

已经有牧民开始下山了。他们去别的牧场，或是提前回塔什库尔干河谷准备收割青稞。那里的青稞快要熟了。

晚上，我站第一班夜哨。我站在哨楼瞭望台上。月亮非常好，月光皎洁。

忽然，一团白影跃到瞭望台上。我还没有来得及反应过来，它就已经到我的身边了。很奇怪，我没有惊慌。它来到我的足下，依偎在我腿边。

趁着月光，我看清楚了：这是一只白狗。

我们哨卡的大黑狗被带到罗布盖孜临时卡去了。这些天，我也没有看到过黑母狗的面。

第二天，我在哨卡院子里又看见了这只大白狗。这是一只中亚牧羊狗，它带着中亚牧羊狗与生俱来的凶猛，也带着中亚牧羊狗与生俱来的对主人的忠诚。它的眼神却是温和的。它好像本来就是属于哨卡的狗，只不过是昨晚才回来。

它的体形，比我见过的所有中亚牧羊狗都要更大一些。它是一只像雪一样白的大狗。我很少看见这样纯白的中亚牧羊狗，简直像用雪堆起来的一尊雕像。

它是一只公狗。腿比大黑狗的腿还要粗一些；爪子大，走路沉稳；耳朵被剪过，耳根挺直；短尾巴。抬头望远方时，目光如炬。这双眼睛眼底有血丝，如见惯了沙场风云。

把它的皮毛分开，只见肩、颈、背都有伤痕。这是一只身经百战的牧羊狗。骨架子硬，毛色健康，昂着头，威风凛凛。

它为什么会到我们哨卡来呢？

掰开它的嘴，嘴里有一颗门牙折断了。是和猛兽搏斗撕咬时折断的吧？

我推测是下山的牧民把它留给我们哨卡的，算是给它找了一个归宿。

在帕米尔，雪山牧羊狗有两种死法：上战场，战死沙场；或者看着它病弱地倒在主人面前。这两种死法，大概都是它的主人不愿看到的。所以，当他的主人离开时，就打它，赶它，让它到我们哨卡来；而主人自己却骑着马，赶着羊群和骆驼，消失在夜色里，从此再也不到明铁盖来了。那么来吧，我的"好兄弟"！

因为它雪白，我给它起了一个名字叫"雪"。在维吾尔语里，"雪"发音叫"卡热"。我摸摸它的头，说："你的名字叫'卡热'，记住了吗？"它不回答我。但是，从此后，我只要叫"卡热！"它就会跑过来。

凯　旋

黑母狗回明铁盖哨卡了。它也许是从罗布盖孜回来的。黑母狗和大白狗互相望望，就彼此相认了。黑母狗回明铁盖哨卡半月后，我们发现它怀孕了。我曾经一闪念：大白狗会不会是黑母狗引来的？黑母狗肚子里，会不会怀的是大白狗的孩子？

大白狗不时到东边坡顶，朝河的下游张望。它在眺望它的主人，还有那曾经被它朝朝暮暮保护的羊群。

黑母狗回明铁盖哨卡没过几天，连长他们也回来了。连长从驾驶室里下车，依然胡子拉碴。他更瘦了，眼睛里有血丝。但是从精神面貌看，显然是凯旋。

连长把大部分人都从无名沟带回来了。

连长回来依然和我住一间屋子，还是睡他自己原来的床。

我问尤建德："怎么不打柴了？"

尤建德说："柴打够了。"

我说："怎么光人回来了，柴呢？"

尤建德说："河里的水太大了，没法把柴运过河，我们人先撤回来了。"

我说："好像没有全撤回来啊？"

尤建德说："库热西下山接军马时，虎排长和他一起下山，到团部卫生队看他的阑尾炎去了。沟口那里，留下了董良、阎良和汤廷遇三个人，他们留守看护那些柴，还有帐篷和锅碗瓢勺。"

我说："你们是怎么渡到河这边来的？下游有一段高山绝壁，河水在那里把路淹了。你们是怎么走过来的？"

尤建德说："营部提前从老乡那里借了骆驼。水潭那里，我们骑骆驼走过；水浅的地方，就拉着绳子蹚水过。"

第二天，全体休息。秦泊醒和柳显忠带领大家做游戏。大家劳累两个月了，娱乐一下，放松放松。

又是"丢手绢"，又是"瞎子抓跛子"。柳显忠把一条毛巾绑在头上蒙住自己的双眼扮作瞎子，秦泊醒用一截绳子把自己的右手和右脚腕绑在一起扮作跛子。

秦泊醒喊："嗨！快来抓我呀！"柳显忠就摸过去。

他俩在追和逃的过程中撞在一起，倒在地上了，躺在地上哈哈大笑。

连长凯旋后豪气满满，露出一丝蔑视的眼神。他对这种游戏嗤之以鼻。

黑夜里出现猛兽的眼睛

柳显忠全副武装，带着郑德和吴明德驮着背包骑马到罗布盖孜临时卡去了。到晚上，他带着阿布拉提、郝富贵和张社民回来了。这是一次正常的人员调换，是让更多的战士熟悉和适应罗布盖孜临时卡的守卡生活。

郝富贵回来后对我说："把郑德、武志生和吴明德留在临时卡了。本来我想留下，但是武志生是机枪手，得留下一挺机枪。"

下雪了，气温骤降。连长说："气温降下来，河水就会降下来；我们就可以把柴运回来了。"

晚上，我站夜哨，伸手不见五指。忽然，我看见荒野里有四盏灯，我大吃一惊。它们像四颗燃烧的炭球；一会儿，又像鬼火一样闪着幽蓝的光。我判断那是猛兽的眼睛！

我警惕地把枪从肩头摘下来。大白狗站在我身边。

肖国接哨来了。他问我："有什么情况？"

我说："你看前面，有四只眼睛。我判断它们是雪豹，或是狼。"

肖国说："我瞅瞅。"他把手中的长筒手电打开，照射过去。又说："千万别开枪，它们可能是热孜克的牧羊狗。"

我说："热孜克的牧羊狗怎么会跑到哨卡来？它们来干什么？"

这四只眼睛飘过来了。

就在这时，黑母狗一阵狂叫，从我们身后冲出来，冲到大门外面去了。黑母狗单枪匹马冲出去，大白狗却在我身边岿然不动。

那四只放光的眼睛乱了，退回到河边去了。黑母狗跑回来。

肖国说："肯定是热孜克的牧羊狗。"

我说："你怎么知道？"

肖国说："我见过热孜克的牧羊狗啊。"

我说："它们的眼睛怎么像野兽的眼睛一样，在黑夜里发光呢？"

肖国说："热孜克的牧羊狗长得像狼，有狼的基因，身上流着狼的血液。"

我说："它们怎么就害怕黑母狗呢？"

肖国说："是呀，我也觉得蹊跷。"

我要去罗布盖孜

一周后，一天中午，郑德突然骑着马从罗布盖孜回来了。他下马就赶快往连部走。我在连部门口碰见他。

我说："郑德，怎么回来啦？前卡怎么样？"

他说："还能怎样？就我们三个人。一开始还有话说，互相问一问各自的家庭情况。到后来也不知该说什么话了，成天你看着我，我看着你，都快成哑巴了。"

我说："我还没有去过罗布盖孜呢，改天去看看。"

我还想问郑德几句话，他说："等等，我有急事。"

郑德进了连部，还没有说几句话连长就勃然大怒了。只见连长跟着他一起山来，大声说："你给我马上赶回罗布盖孜去，临时卡只有你们三个人，晚上一个人也不能少！高压锅嘛，我明天派人给你们送过去。"

郑德吓得不敢多说话，赶快翻身上马，策马就走。

我说："郑德，你等一下！"我转身跑到炊事班给他拿了两个剩馒头。

郑德把馒头塞进自己的挎包里，掉转马头就走。

连长在后面喊："天黑前必须赶回去！"

我问："连长，怎么了？"

连长说："他们把高压锅烧坏了。没有高压锅，临时卡还怎么做饭？"

连长怒气冲冲，对尤建德说："你去把靳仓叫来。"

靳仓小跑着来了。

连长说："我们还有备用高压锅吗？"

靳仓："连长，我们哨卡就只剩下一个备用高压锅了。"

连长更加愤怒。

连长对靳仓说："你把这个高压锅准备好，我明天派人送到临时卡去。你赶快写一个报告，让后勤处给我们配备高压锅。"

回到房间，等连长气消了，我说："连长，明天给罗布盖孜送高压锅，让我去吧。"

连长说："明天再说。"

我一心想上罗布盖孜看看。我到明铁盖五个月了，几个山口一个都没有去过，太遗憾了。

晚上，我把收音机打开，播放豫剧，连长在默默地抽烟。

他突然说："明天，到罗布盖孜前卡送高压锅，你和肖元一起去吧。肖元去过前卡多次了，路上你听他的。"

我高兴地站起来，说："是！"

连长说："你们路上要多加小心。你去找肖元，要带什么东西我已经告诉他了。你到罗布盖孜后，告诉郑德他们，就说我说的，不能再把高压锅烧坏了，再烧坏，就处分他们。"

我在院子里看见大白狗。我说："卡热！"它跑过来了。我说："明天跟我到罗布盖孜去啊！"

第三十三章

西行古道

玄奘走过的路

肖元对我说："你骑老辕马，老辕马懂事，走远路也还行。"我俩一起去炊事班，检查了立式高压锅，还领了一袋面粉、半麻袋大米、半箱肉食罐头、半箱蔬菜罐头，又装了一大麻袋焦炭，捆了一捆引火的干柴。肖元说："不能再多带了，再多带老毛驴拉不动。"我们把这些物资在板车上绑结实。

天刚亮，我俩全副武装出发了。我骑着老辕马，肖元骑着小黑马。我叫了一声"卡热！"大白狗就跑过来了。我们后面，是老毛驴拖着板车。

翻过起伏的坡冈，就是罗布盖孜河口。这是8月底，明铁盖河水混浊，罗布盖孜河水却是清澈的。一座公路桥架在罗布盖孜河上，桥面铺着黏土和碎石子。过了桥左拐，草滩上有条路。

肖元说："这是条驮运路。"

我说："它看起来要被荒草埋没了。"

肖元说："指导员说唐僧走过这条路。"

我说："唐僧走过这条路？那马可·波罗也走过这条路了？"

肖元说："他是谁？我不认识。"

我退伍二十年后，有人到明铁盖来，据说经考证，这条路是玄奘当年取经回来时走过的路，且勒石为证。

瓦罕走廊河道切割很深，路边有时出现地陷，形成了一个个深坑，山谷里常有旋风起来，这些看上去就会联想到吴承恩笔下的妖洞、妖风。而在这一带，黄羊、旱獭、狼、狐狸、野兔、野牦牛、雪豹、棕熊……都能见到，它们会不会又变成作家笔下的妖怪呢？

肖元说："唐僧也真不容易，他真的需要有个孙猴子在前面探路啊！"

我说："肖元，大家都说你不爱说话，我看他们看错了啊！"

肖元亲密地对我说："我呀，不止一次地听见有人问你为什么到边防来当兵了，孟副连长特不理解，他们的想法好像和我们的想法不同；但是，我就理解你——谁还没有一点梦想呢？就说我吧，肖国说我们家乡有的是马和骡子，在哪里放马不是放马？可是，我这是在昆仑山上放马啊，那不一样啊！"

我惊讶地看着肖元。他差不多快要成为我的知音了！

我说："对啊，你这是在海拔4000米的雪山上放马，那就是在放一群天马啊！"

他骄傲地笑了，更是语出惊人。他说："《大闹天宫》里，孙猴不想当弼马温，那是他对那些马没有感情。像我，对小黑马、老辕马、老毛驴它们，都有感情了。话说回来，人家孙猴是想当齐天大圣。让我说，当那个有什么好？要操多少闲心啊。我就想在雪山上把马放好……"

没想到他竟然有如此深奥的哲学，没看出来啊！

老毛驴不平凡的过去

隔河而望，对岸有一座牧民的毡房。一个塔吉克族妇人掀起毡帘走出来，跟在她后面的是两个小巴郎子。他们隔着河朝我和肖元友好地挥手。

在夏季，一早一晚天还是很冷，塔吉克妇人为了防寒，在自己的脸上涂抹羊油，她们还用羊血勾画自己的嘴唇。热热的涂到脸上的羊油，干了以后变成蜡黄，羊血干了以后发黑。这样的一张脸，隔着河水朝我们笑，挺令人感动的。

我上雪山后，脸上掉皮，嘴唇裂口子。我后来想：如果我当年也用羊血抹嘴唇，也许我的嘴唇就不会干裂；如果我在脸上涂一层羊油，也许我的脸上就不会掉皮。那么，我那样一张蜡黄的脸和一张有黑嘴唇的嘴，又会是怎样一副尊容呢？

这条古道，直到60年代，还是中国通往南亚、西亚，甚至欧洲的一条重要陆路通道。70年代中期，通往巴基斯坦的道路改走红其拉甫山口后，这条千年来商贾们西去东来的驮运路，才变得寂寥了。它现在是我们哨卡的专用路，人迹罕至。

我们是一个完美的组合：小黑马是明铁盖哨卡最有灵性、速度最快的马；老辕马是明铁盖哨卡最懂事、行路经验最丰富的马；大白狗身经百战，它过去每年夏天跟着自己的主人在这一带放牧，应对过各种凶险；而肖元呢，性格沉稳，熟悉边境情况，遇事从容不迫；我呢，则满怀一腔豪情。

老毛驴在我前面拖着板车绕过一个坑洼。我双脚一磕老辕马的肚子，赶上肖元。

我说："肖元，老毛驴行不行？"

肖元说："老毛驴行的，它没有问题。"

我说："路边有旱獭洞，它会不会折了腿，把车拉翻了？"

肖元说："不会。老毛驴认得路，它去罗布盖孜很多次了。老马识途嘛。"

我说："肖元，都说老毛驴立过功，这是不是真的？"

肖元说："没错，是真的。"

我说："它怎么立的功？"

肖元想了一下，说："有一次，一个战士也像我们今天这样，用毛驴拉着板车给罗布盖孜临时卡送给养，返回时，他得雪盲了，看不见路，他趴在板车上，是老毛驴把他拉回明铁盖哨卡的。"

我回头看老毛驴，觉得这算不上突出。

肖元好像看透了我的心思，又说："还有一次，也像我们今天这样，有一个战士和老毛驴拉着板车给临时卡送给养，返回时，路上遇见了雪崩，这个战士被雪埋了，老毛驴在雪崩没有下来时就警觉起来，它拉着空板车疯跑，逃过了一劫。它跑回哨卡，给哨卡报了信，战士们骑着马，跟着它回到发生雪崩的地方，救了那个战士一命。"

我说："那是很久以前的事情吧？"

肖元说："是的，那时候老毛驴还年轻，又灵活又敏捷又机警。"

我说："这是你听来的吧？"

肖元说："当然，这是我前面的老兵告诉我的。"

我说："谁能证明它立过功呢？"

肖元说："我呀！团部军马所里有它的档案。它立了二等功，每年，后勤都给它发一公斤冰糖和五十公斤苞谷。这是给它的奖励，苞谷是细料。"

我说："冰糖和苞谷它能吃上吗？"

肖元说："哪里。我们是平均主义，冰糖和苞谷都拌在草料里让大家吃了。不过，老毛驴现在老了，吃苞谷卡牙。"

我勒马停下，让老毛驴拖着板车从我的面前走过去。

我细心观察这头老毛驴。它确实老了，脊背上和腹部两侧灰黑色的皮毛已经不太光亮了，脊梁那里，有了浅浅的白毛；灰黑色的长耳朵边缘也有了浅浅的白毛；眼睛也不很清亮，有点浑浊。它面相忠厚，表情诚恳，一副任劳任怨甘于吃苦的模样。在牲口里面，它是一个让人敬佩的母亲。它喜欢沉默，把一切艰难都自己扛了，有苦水也咽进自己的肚子。它是一头让我敬佩的牲口。

老毛驴后来死了，就死在我面前，我守在它身边，看着它永远闭上了眼睛。我叫了几个人，我们一起把它安葬了。这是后话。

望风者的家

我对肖元说："肖元，我想骑小黑马，我要感受一下速度。"

肖元和我换马。我翻身上了小黑马，夹稳后一提缰绳，小黑马"嗖"的一下就飞跑起来了，好快的速度呀！小黑马四蹄腾空，我耳边是呼呼的风声。

右手边出现了一条深沟。沟口滚出寒气，罗布盖孜河从沟里拐出来，大白狗在河前站住了。我和肖元在这里下马，牵着马到河边让马饮水。我们都点燃一支烟，抽着烟，观察沟里的动静。这是边防常识，进入一个新的变化比较大的环境，必须小心观察一番，千万不可大意。

这是西去的最后一段路了。在古代，商贾们就是从这条路走向天竺的。我的眼前仿佛出现了驮队。他们也改变和创造着历史，在雪山上踩踏出来这样一条路，有他们的功绩。

罗布盖孜河在谷地草滩展开，像一条宽阔的灰色锦缎；进入罗布盖孜沟后，河道非常窄，水流湍急。

我们的马喝好水了。肖元说："我们走吧。"

大白狗朝着沟里跑去了。肖元和我骑马并行，身后是老毛驴拖着装满货物的板车。我们这就算进沟了。

眼前豁然一亮，沟里闪出一片空地。一股风，迎面把浓重的羊膻味吹过来。在一道山崖下坐落着一座毡房。肖元说："看见了吧？那就是热孜克的家。他是我们哨卡的义务巡边员，住在这里，专门帮我们把望这沟里的风声。有陌生人来，就及时给我们报告。"

毡房前站着两只威猛的大狗。这是两只麻黄色大狗，外形很像狼，但又和狼迥然不同，正气满满。

热孜克从毡房里出来了，向我们行抚胸礼。肖元和我翻身下马，肖元给他了一包盐巴和一块砖茶。

热孜克请我们进毡房做客。毡房里很简陋：进门后，最醒目的是一个馕坑，它在正中间，有井口那么大、半米多深，坑里用干羊粪煨着暗火。馕坑边，靠门口这边垫着几张干羊皮，干羊皮的毛朝上，可以当坐垫。从这里绕到馕坑对面，那里铺着花地毯，而墙上，几张红色为主基调的挂毯增加了室内的暖色调，也增添了美观和层次。墙根位置，地毯上呈长条状叠放着厚实的被子和褥子，到了晚上，铺好褥子拉开被子就可以睡觉。毡房门里，门口左侧墙根放着几个羊皮口袋，有的装着青稞粉，有的装着鲜奶，有的装着奶酪和酸奶；皮口袋旁边，放着长嘴铜茶壶、铝铁壶、大铁锅以及装水和提水的陶罐；而门口右侧，靠里边的墙根，扯着一条羊毛绳，那里拦着三四只怕冻的刚出生的小羊羔。室内剩下的地方便是活动空间了。

蓝 眼 睛

烟雾从馕坑口冒出来，雾气腾腾，从顶上的天窗口飘出去了。

热孜克热情地招呼我和肖元在馕坑边干羊皮上坐。肖元和我盘腿坐下。

肖元问热孜克这沟里有什么动静。

热孜克说："邀克（没有），哈马斯邀克（全没有）。"

他往馕坑里添了一块干牛粪饼。蓝色的火苗起来。他的妻子给我们煮奶茶。

奶茶煮好，热孜克的小女儿从她母亲的手中接过奶茶，给我和肖元献奶茶。这女孩十五岁，自带纯朴，她背后有许多小辫子。

热孜克拿起现成的馕放在馕坑里烘烤。馕烤热了，热孜克从坑里拿出烤好的馕，用手拍拍，再用嘴吹吹。他拍拍吹吹，弄掉上面沾着的干牛粪，掰一块给我，说："霍西，霍西（吃，吃）。"

肖元掰了一小块馕，在奶茶里蘸了一下，咬了一口，对我说："你多吃点，多吃点他们才高兴。"

我也掰了一小块馕在奶茶里蘸了一下，咬了一口。香、酥、脆，蘸上加了盐的奶茶，奶香里带点咸味。味道还好。我又咬了一口。我看见热孜克的小女儿开心地笑了。

这姑娘有一双像潭水一样清澈的蓝眼睛，童贞荡漾。

我还是吃了一惊。在她那硬壳花帽后的十几根小辫子上，有许多我没有想到的饰品。这些饰品原本是被人扔掉的垃圾。它们是捡来的塑料墨水瓶盖、塑料象棋棋子、各种颜色的纽扣、破了的乒乓球，等等。这些东西都缀在她的辫子上。还有一些这样的东西被她用细线串起来，被她挂在脖子上当项链。

在那个年代，物资匮乏到了极限。而在雪山上，她没有什么饰品打扮自己。

她的项链上缀着的象棋棋子里，有一个"兵"字，还有一个"帅"字。

我笑了，这姑娘也笑了。

我想：何必要那样的饰品呢？你的笑容就很美啊！

第三十四章

老 营 房

阴冷的山沟

从热孜克家出来，肖元骑着小黑马走在前面，紧跟着老毛驴拖着装满给养的板车，我骑着老辕马和大白狗殿后。一转眼，大白狗跑到前面去了。

我们向南进入狭长的山沟。两边的山收窄了，路和路边的河挨在一起了。现在依然是早晨，太阳从东边升起来，我们在山沟里看不见太阳，沟里面阴冷。

罗布盖孜河流水哗哗，河水带着寒气。

不知不觉中，路渐渐拐向西南。铁锈色的山顶白雪皑皑，像满头银发的老翁在高空向我们低头注视。

大白狗在前面跑，它和我们保持一百多米的距离。它跑一阵，就站住侧耳听动静。

河水越来越湍急了，在山崖下激起乳白色的浪花。黑黄色的群山，形成屏障；有的地方，山头积雪滚下来，从路上一直铺到河边。

肖元的马和我的马都走着碎步。我们不能走得太快，以免把老毛驴落下了。老毛驴很吃力地走着。

我们感觉不到路在爬升，只是感觉到越走越冷了。我把身上的棉衣裹紧，紧了紧腰带。

在山沟两侧，宽一点的地方，坡上披着寒霜；顺山坡往上看，冰雪在山头摇摇欲坠。这些地方，极容易出现滑坡和雪崩。我突然看见有一只雪鼠从崖头跑过去。这雪山的精灵通体雪白，它在一块岩石上站住了，用蓝幽幽的亮眼睛温柔地看着我。它蹿到老辕马前面，在马蹄下面绕。我俯身低头看它，只见它蹿来蹿去。我的脑袋发晕了，如在云端。这小雪鼠直立起来，向我顾盼。

哦！你这雪山的精灵！

我定睛再看，它一闪一晃就不见了，消失了，不知去什么地方了。

茫然四顾，四周空空荡荡。这只雪鼠，是不是出现过呢？据说，到了一定海拔，人就容易出现幻觉。

以我的经验，在夏季，阴山面的雪线一般在海拔4200米左右，在这阴冷的山沟里面，雪线会下降一点。

我们已经走在雪线之上了。

卡前乃沟口

在一个山坳里，空地上铺满了霜雪，有大片乱纷纷的野兽的脚印。脚印有大有小，有黄羊的脚印，有狼的脚印，也有雪豹的脚印。脚印那么多，杂沓交织，好像野兽们在这里召开过庆功大会似的。

肖元骑马到前面去了。路依然是朝西南方向。大白狗在前面跑跑停停。

我双脚磕老辕马的肚子，骑马从雪地里穿过去。老辕马一阵小跑，追上了肖元的小黑马。我和肖元骑马并肩而行。

我说："肖元，临时卡都烧什么？怎么就把高压锅烧穿了呢？"

肖元说："还不是烧煤？有时候也烧干牛粪。"

我说："哪来的干牛粪？"

肖元说："夏季，也有牧民到罗布盖孜来，他们放羊，也放牦牛。"

我说："他们怎么就把高压锅烧穿了呢？"

肖元说："一定是忘了给锅里加水，或者是烧着火，人睡着了。"

我说："有这个可能。他们就三个人，夜里要站哨呢，白天哪能不打瞌睡？"

肖元说："赶快走，我带你去看老营房。"

之前，我只知道派依克沟口有哨卡老营房，而罗布盖孜沟也有哨卡老营房，从来也没有人对我提起过。我非常好奇。

肖元把小黑马的缰绳一提，小黑马跑起来，我也拍拍老辕马的屁股，让老辕马跑起来。老毛驴拖着板车落在后面，大白狗陪着它。

在这一段路上，不断看见山上有积雪滚下来。路边斜坡上，有棕熊踩塌的痕迹。

半小时后，穿过石峡，罗布盖孜河在这里朝正西方向弯过去。而正南方，闪出来另外一条山沟，这条山沟里也有一条河。这条河从雪山中间流过来，水比罗布盖孜河的水小一点；但是，由于它的落差很大，显得比罗布盖孜河湍急。在这条河边，依稀可见一条小路。

这条河到这里就和罗布盖孜河汇合了。在它们交汇的地点，冲积出一小片三角形河滩地，闪出一小片三角形河谷。在一道面北的山崖下，虽然流水哗哗，然而阴冷的石崖下还堆着积雪和残冰。这片小小的三角形山谷，太阳在中午可以照射进来。走到这个地方，视野稍微开阔一点了，我心里一亮。

肖元指着正南方说："这就是卡前乃沟，沟里是卡前乃河。从这里上去，在雪山的山岭上，是卡前乃山口。"

我举目向南望，只见那里雪山重叠，冰峰耸立。在那里，有我们中国和巴基斯坦边界四号界碑的位置。景霄、郑芳、董良、海平、库热西和达成，他们前不久组成的巡逻小分队，巡逻时曾经在那个山口的雪岭上住过一夜。

关于那些老兵的传说

阳光可以顺着南边卡前乃河的河沟照射到这片河滩地，而在卡前乃河口，越过罗布盖孜河，跨过驮运路，在北边一片空地前面有一道悬崖。悬崖的顶部前突，当阳光从卡前乃河谷照过来时，那道悬崖像照壁一样接受着阳光。我大致估了估，正午的阳光顶多能照射这里两个小时。在这道悬崖之上，一座黑色的高峰耸立。

从这里开始道路又上一个阶梯。我们深入到雪山腹地了，四周被重重叠叠的雪山包围。

肖元在卡前乃河口对面勒马站住了。卡前乃河口，是一个重要的节点。我们面对歧路。

肖元拨转马头。路右边那片空地布满砾石，肖元骑马往山根走，我骑马跟着肖元走向那道悬崖。在悬崖的绝壁下，有一大堆乱石头。

肖元翻身下马，说："老营房到了。"我也停下来翻身下马。肖元牵着小黑马走过去，我也牵着老辕马走过去。原来，那远看像一堆乱石的正是老营房的残垣断壁，如果没有人指点，任谁都会把它当作一堆乱石头。

它们是三间小屋的残垣，面积同一般农村村口的小土地庙差不多。断壁齐胸高，里面和周围都是石头。在一堆乱石后面，可以看见动物的骨渣。一处断壁上，有烟熏火燎过的痕迹。

肖元说："这就是老营房。"

我凝神看了片刻。那烟熏火燎过的地方，可能是他们生火做饭的地方；那残垣断壁里外的石头，可能是墙壁垮塌而成的。

我说："肖元，当年他们怎么在这里生活？"

肖元说："凑合着过呗。"

我仿佛看见一个老兵从营房里走出来，提着陶罐到对面的河边打水去了。

我说："谁见过这些老兵呢？"

肖元说："董副教导员见过。"

在我们这个边防营，董得水副教导员的资历最老。他的资历甚至比营长和营教导员的资历还要老。60年代初，《冰山上的来客》这部电影到明铁盖拍外景，董得水正好在明铁盖哨卡。他后来对我们说："拍电影取外景就在我们哨卡。阿米尔唱《花儿为什么这样红》时，杨排长用手绢测风向，背景上出现的那座冰山，就是夏季的明铁盖冰山，你们看是不是？杨排长双手'啪'的一声推开的那扇窗户，就是我们战斗班的窗户，你们看是不是？"

我们对他的话深信不疑。

董副教导员说："我刚来哨卡时，虽然我们现在哨卡的营房还没有建，但是已经开始准备建了。当时没有公路，我们骑着骆驼上哨卡，每个骑骆驼的战士，都在骆驼的身后用绳子拖着一根原木。待从山下把原木拖上山，原木在地上磨得只剩下半截了。现在的营房，就是那个时候建成的。"

恍惚间，一个老兵站在废墟上

肖元说："听董副教导员说，那些老兵适应哨卡生活，熟悉边境道路和山口，去山口巡逻，指望他们带路呢。董副教导员还说：他和那些老兵聊过天，那些老兵在这里守卡可怜得很。他们哪里像我们现在有大米和白面吃，他们能有青稞粉吃就算不错了；他们也不像我们现在有罐头吃，他们就是在山上自己抓黄羊煮黄羊肉吃；他们也不像我们现在有羊皮军大衣穿，他们就是把老羊皮自己用羊肠线缝住，做成皮衣裹身……"

董副教导员最爱讲传统。后来有一次，他又到我们哨卡讲传统。我说："董副教导员，我听肖元说你见过那些老兵？"董副教导员于是把今天肖元给我说的这段话重复了一遍，和我一起真情交流。

有战士说："哇！董副教导员又给我们讲传统了！"

我问董副教导员："有没有这样的老兵在帕米尔永久留下

来呢？"

他想了想，说："有。有一个老兵后来在县城那里道班当养路工了，他和当地一个塔吉克女人组建了家庭。"

我想：什么时候我能见一见这个老兵呢？

肖元平时话语不多，怎么这次和我一起出来，就显得特别放松。我不是一个古板的人，有时候会稍稍来一点浪漫。

恍惚之间，我似乎看见一个老兵站在废墟上，他像塔吉克人一样吹响了一支鹰笛。他竟然把鹰笛吹出了雪山的韵味。

肖元突然笑了，说："你知道我此刻想起谁了吗？"

我说："谁？"

肖元说："想起我爸爸了。我们家乡那里，青纱帐一望无际，我爸爸正在地头眺望雪山呢。"

我不由得心里一酸。

老毛驴拖着板车和大白狗在路上已经等我们多时了。

肖元说："在这条沟里，也就是这里有点人气。这里的老兵太孤单了，我每次走到这里都要停下来，和他们说说话。"

我说："肖元，冬天大雪天封山，他们怎么办？"

肖元说："董副教导员说，到冬天他们也和我们一样，就从这沟里撤走了。"

我说："他们撤到哪里去呢？"

肖元说："他们可能撤到派依克沟口，这个我也说不准。"

幻觉过于真实

这座老营房建在这里，可以同时兼顾卡前乃和罗布盖孜两条沟。

我在想汉唐时中原的铁骑是如何到达这里的。那些向西而去，探索南亚、西亚和欧洲的人，必定会走到罗布盖孜沟的尽头。最早走这条路的人，有没有探索卡前乃沟呢？

一定探索过。

这座老营房，在古代也许就是一处小小的驿站，门口就是拴马的地方；汉唐西征的军队，也许在夏天进入过这条沟，面前那片小小的山角形河滩地，也许就是他们当年休整歇息宿营的地方。

他们的战马拴在哪里？

那个玄奘在哪里？这个坚韧不拔的和尚，会不会趴在罗布盖孜河边，喝河里冰冷的水？会不会点燃野牦牛的干牛粪，烧一堆篝火，给自己烧一陶罐热开水喝？或者烤烤火呢？

这样的地方，只要有人来歇脚，驻守的人就会感到幸福。

我掏出一包雪莲牌香烟，抽出两支烟，给肖元一支，我自己嘴上衔一支。我摸出三根火柴并在一起，在火柴盒的磷片上划了三次，才把火柴划着。我点燃我的烟，也给肖元点燃烟。

肖元瘦长脸，食指和中指夹着烟，抽烟时仰着头眯缝着眼睛。

山沟里空气清新，香烟的香味就显得格外浓。

抽着烟，一个老兵提着水从河边走过来了。那个老兵的面孔一片模糊。那个老兵好像也没有看见我们。我摸出一支烟给他递烟，他居然没有看见。他把水罐提到老营房的废墟里，不知什么时候，他已在废墟上垒砌了一个灶头，他在灶头上架起一口毛边铁锅。他把罐子里的水倒进铁锅里，又从屋后崖边抱过来几块干牛粪饼。他用火镰打火，点着了干牛粪。灶膛口，冒出来蓝莹莹的火焰。他不知道从哪个角落里翻出来一只剥了皮的黄羊腿，用罐子里的清水冲了冲，把黄羊腿搁在铁锅里。他抓了一点青盐扔进一个陶瓷盘子里，往里面倒了一点清水。

他似乎朝我们这里看了一眼，然而还是目中无人，也不和我们打招呼。

这雪山上，水烧到八十五摄氏度就开始沸腾了，黄羊肉只能煮到七八成熟，肉里有血丝。这老兵捞起黄羊腿，扯了一块羊肉，在陶瓷盘子里蘸了一点盐水，粗鲁地大口啖之。

我闻到了一股香味。

我说："好香！"

肖元吐出口中的烟，说："你在和谁说话？"

我说："老兵。"

肖元说："你也看见他们了？"

我点点头。

肖元说："我也看见他们了！怪事！我们赶快走吧！"

在那片废墟上，鹰笛又吹响了，却看不见人……

第三十五章

绿 眼 睛

这段路一抬眼就是雪

现在，大白狗在前面和我们保持着差不多一百米的距离。我和肖元一前一后骑马而行，老毛驴拖着板车跟在后面。山沟里越来越冷了，路通往正西方向。路两边的山又高又陡，我们在雪山的夹道中间穿行。从去年秋天开始，加上一个冬天，再加上今年春天，太阳一直在南方运行，这段被冰山雪岭重重包围的东西向的深沟长期见不到阳光，隆冬季节山沟被积雪掩埋了。现在，沟底的积雪虽然化了，但沟里还是阴森森、冷飕飕的。

有的路段，山上的积雪滑下来，扑到路边。

大白狗更警觉了，路边陡坡上，有猛兽脚印的痕迹。有的脚印，明显是棕熊的。

大白狗上前嗅这个脚印，抬头张望。它颈上的毛立起来，向某个地方注视。它的后足也像就要冲锋陷阵的战马一样，刨了一下地面。碎石头从它的足下飞起来，进出火星。它准备应对袭击了吗？它看见了什么呢？

我把斜背在背上的枪顺到前边来。

在高海拔地段走路，马很吃力。马在呼吸之间，口鼻边喷出白雾。

我警觉地朝两边望。我看见斜坡上有雪豹的脚印，它们呈梅花状，从雪地里踏过去。我把一颗子弹推进枪膛。

我想象一只雪豹从坡上跃过来。它跳起来，在空中用凶恶的眼睛逼视我。我毫不犹豫地打出一个点射，在空中给这只雪豹开了膛。不过这小子还是咬住了我的马头。我的老辕马也不是吃素的，它也是一个见惯场面的老兵了。它在这只雪豹的大腿上使劲咬了一口。我听见了骨头折断的"咔嚓"声。

这只雪豹滚到地上去了。

我说："好样的！"

肖元回头说："你又在和谁说话？"

我说："和老辕马说话。妈的，在高海拔地段，人总是出现幻觉。"

我摇摇头，眼前当然没有什么雪豹。

大白狗又在前面的公路上警觉地跑。它跑跑停停。

我勒马让老毛驴拖着板车走到我的前面去。

我对肖元说："我走后面！我断后！"

这一段路，一抬眼就是雪，而且山沟这么窄，最怕山顶的雪塌下来。老毛驴虽然拖着板车，但它也是一副警觉的样子。它的脚步明显更加用力了。它的耳朵不停地颤动，它是不是听到了什么声音呢？

也许，在山腰某个大岩石后面，就藏着一只凶猛的雪豹；也许，在山的另一端，刚刚发生过雪崩。谁知道呢？

当年，老毛驴是不是在这里遇到过雪崩呢？山上的雪崩，是不是因为雪豹的踩踏而引起的？它就那么踩踏了一脚，一块冰落下去，就引得山上的冰雪连动了。结果，半边雪山都塌下来了，整个山沟被堵死了。动物和人一样，也许都是好了伤疤忘了疼，也许都会故意避开痛苦的记忆；但是，等到了熟悉的地方，到了让自己吃过大亏的地方，出于本能，一下子全都记起来了。那些往事，并非都是过眼烟云，它能唤醒记忆。

雪山谷地被太阳照亮

山顶上，不知什么时候，一道雪崖塌了。从石坡上，雪冲下来，冲过我们面前的路，冲到流淌着的罗布盖孜河边了。

河水冲击着雪堆，卷走飞沫。

路上，积雪里有往返而过的马蹄印，这是郑德昨天骑马经过时留下的吧？

肖元骑着小黑马在这一片雪地里踩踏了好几个来回，他给老毛驴和板车踩踏出来一条路。老毛驴拖着板车在我前面摇摇晃晃地过去了。

大白狗突然冲到河岸边，河水边出现了一只雪狐。好美丽、好风骚的一只雪狐呀！它回头看我们，亮眼睛一闪一闪，勾人魂魄。它像一个妖精，妖精有时候就是那么美丽。狐狸，它的眼睛有时候比人的眼睛还要迷人。不过它太高估自己了，我们的大白狗不为所动。大白狗冲过去。这只雪狐在水面跃了几跃，踩着河水中间的石头跳到对岸去了。它一闪一晃，到一座山崖的后面，不见踪影了。

大白狗放弃了追赶。

大白狗经验很丰富。它知道这次跟我们出来，探路、保护好老毛驴才是它的首要任务。它不会被雪狐调虎离山。

我看看老毛驴，老毛驴拖着板车在我前面走，它不慌不忙，勤勤恳恳。

在大山深沟里，看不见太阳，你会失去方向。没有带指北针，如何判断方向呢？

我的经验是看山上的积雪。如果山坡上的雪线很高，像智者的发际线一样，裸露出他那白发下伟大的额头——黑黄色的山坡，那这面山就是阳山，那它的位置就在我的北边。只要找到了北，东南西北就清清楚楚了。

现在，我判断眼前的道路又向西南方向拐过去了。这条路，从东边过来向西行，再拐向西南，在莽莽苍苍的冰山雪岭中间画了一道弧线。

从南边突出来一座黑色的山峦，它挺到北边的山根下，想截断罗布盖孜河。河在这里擦着这座山峦流淌，河水喧嚣；路沿河到右边的坡岸，又上到一个新高度。

山沟突然开阔了，河面出现了一道石头垒砌的拦水坝。河变宽展了，上游河水波光粼粼，也或平静到不见波纹。前面出现了碧波荡漾的水泽，像小湖泊。

肖元说："快看，前面是我们哨卡建的水坝。"

这道石坝把河面抬高了两米多。石坝有一百多米长，河水从坝的石头缝隙中间和坝顶哗哗流下来。

从石坝旁边走过，天空和山谷豁然开朗了。

我看见了正午的太阳。大白狗在前面向着太阳跑，它一下子变得欢快了。

肖元说："罗布盖孜快要到了！"

好宽好长的一片山谷啊！道路的北边依然是冰峰相连，南边的雪山却明显矮了一头，并且纷纷退后。罗布盖孜沟在这里加速拐向正南，中午的太阳就高悬在山谷上，把整个山谷都照亮了。平静的河面，河水映出雪山的倒影。这里，是一片绚丽的世界。

我和肖元放松缰绳，两匹马在路上飞奔起来。

一个美丽的世界

这里已经在海拔4200米以上了，因为有充足的阳光照耀，在夏季变成了一个美丽的世界。

我后来问过维吾尔族战士买买提。我说："罗布盖孜，翻译成汉语是什么意思？"

买买提说："是绿的眼。"

我怕不准确，后来又问过新入伍的维吾尔族战士艾诺艾江，他的汉语讲得很好，普通话比我说得还标准。我也同样问他："罗布盖孜是什么意思？"

他说："是绿的眼；或者，绿色的眼睛。"

单听这个名字，罗布盖孜应该是一个美丽的地方，是不是这样的呢？

我和肖元一路纵马飞奔。

抬头看，只见河的两岸，山坡下面有广阔的滩地。河水被水坝拦起来后，两岸的滩地都得到了河水的润泽；加上充足的光照，大片青草在河滩长起来，有的草就长在浅水里。我感觉这里的草比明铁盖河谷的草还长得要好一些。也许是因为被冰峰重重包围，加上这片山谷在群山中间呈牛眼睛形状，风被高耸入云的冰峰挡住了，因此，这里在夏季形成了温暖的小气候。

呀！河滩上竟然开满了鲜花！绿色的草滩上，亮晶晶的河水，像美人眼底的秋波一样，鲜花在两岸星星点点连成片。这些花的花朵都不大，有红色的、粉红色的，还有蓝色、黄色、白色……都在微风中摇曳。以我的见识，我知道它们大部分都是绿绒蒿花，还有狼毒花、雪山报春花，等等。

而在河的对岸，有四五座牧民的毡房坐落在山脚下、水泽边，羊群和牦牛在那里自由自在地吃草，牧羊狗在山坡上晃悠。它们的倒影和天上的白云、身后的雪山一起，投在平静的水面上。四周却看不见牧民。

日照那么强烈，阳光刺痛了我的眼睛。肖元的脸上，好像镀上了一层灿灿金色。老毛驴和大白狗的身上也镀上了一层灿灿金色。河流、绿草地、毡房、雪山，牛、羊、狗、毛驴和我们，好像进入了童话世界。

人有点晕乎乎了。

我回头看老毛驴，路宽敞了，老毛驴在阳光下拖着板车和车上的给养仍勤勤恳恳地走。

肖元说："快到了，跑起来吧！"

小黑马"嗖"的一下就蹿出去了。它在前面飞奔，刮起一股黑旋风。我抖一抖老辕马的缰绳，老辕马也四蹄腾空地飞奔起来了。五颜六色的花朵迎风摇摆，美丽的景色朝我们的身后退去。

这时我看见：在前面波光闪闪的河水边，有一只黑狗在跑；接着，我又看见一头毛驴拉着水车站在河边。在毛驴和水车边，站着一个被金色阳光塑身的战士。我看见他的脸转过来时也是金光闪闪。他一只手搭额挡住阳光，朝我们这个方向眺望。

那边的毛驴突然高声叫起来。河边的黑狗掉头就朝大路上跑，它迎接我们来了。

他们就等高压锅

迎面跑来的是大黑狗，这是它和大白狗第一次见面，它们在路上四目相对。大黑狗走过来，和大白狗碰碰鼻子。它们有共同的主人，它们友好地并肩朝远处的临时卡跑去了。

这片山谷，横向六七百米宽，纵向在一公里以上。

这里的海拔比我们一路走来的山谷都要高，然而，在这谷地水泽边，牧草却长到三四十厘米深，在金色阳光的照耀下，鲜亮嫩绿的青草分外养眼。

好一个神奇的地方啊！罗布盖孜——绿的眼。这片谷地，如果站在高山上往下望，它就是一只眼睛的模样。绿的眼，这名字很形象。

这片谷地草滩的阳光这么好，当年，没准玄奘曾在这草滩上休息过。也许，他还在草滩边岩石上晒过经书呢。夜晚来临时，也许这里还响起过单调的木鱼声和念经声。然后，玄奘在岩石边席地而卧，盖上袈裟……

肖元对我说："嗨！你知道吗？听说很久以前，山那边的驮队经过好多天跋涉，翻过冰达坂，就在这片谷地里，和我们中国人搞贸易。然后，他们带着易手后的货物再返回到冰山那边去。"

我惊讶地看一眼肖元。过去，他就是一个老蔫印象，眼下，他竟然如此博闻广识!

大白狗和大黑狗都突然加速往前跑了。

我抬头看,在一道高坎上面,是临时哨卡的营房。郑德从营房里出来,从高坎上一跃而下。

郑德一边往过来跑,一边喊:"来了来了来了!"

在河边,用手掌遮住阳光眺望的,是武志生。他放下另一只手上提的水桶,也从河边草滩朝大路上跑过来了。

武志生也在喊:"来了来了来了!"

肖元从小黑马上翻身下鞍。

我也甩掉马镫从老辕马上翻身下鞍。

在这静寂又寂寞的山谷里,所有的生物,都渴望看见自己熟悉的生物,何况他们是我们驻守临时卡的战友。

我和肖元的双手,同郑德、武志生的双手紧紧地握在了一起。

郑德接过我手中的缰绳,牵着老辕马;武志生接过肖元手中的缰绳,牵着小黑马。他俩陪着我和肖元一边说话,一边往临时卡走。老毛驴在后面拖着板车和车上的货物一步步跟着走。

阳光的金色更加厚重了,落在我们身上沉甸甸的。

临时卡建在一道高坎上,是敞开的院子,骑马可以在院子里掉转马头。靠山坡的那一面,有一排土木结构的平顶房,其中东侧那间是厨房,其余几间是宿舍。这排房旁边还有三间平顶偏房,它们是马房和草料房,用来堆杂物。至于阵地,我就不多说了,那里飘扬着一面红旗。

"来了来了来了!"我听见有人也一连串地喊。

是我的同乡战友炊事员吴明德,他满脸堆笑,一边叫喊一边从厨房里跑出来，浑身上下都充满欢喜。

吴明德咧开嘴笑，露出肉色的深深牙龈。

吴明德目光敦厚，他说："就等着你们来啊！面早就发酵好了，就等高压锅。"

他们共同的一句话就是"来了来了来了！"他们一定是等得很心焦吧？

季节性哨卡

我快步走上前，握住了我这个憨厚的老乡老远就向我伸过来的热情的双手。我指着他的鼻子说："吴明德，你小子，是你把高压锅烧穿的吧？"

吴明德咧着嘴笑。

我说："连长让我转告你们，这是最后一个备用高压锅了，可不敢再烧穿了，再烧穿了就处分你们。"

吴明德说："再不敢了。"

我说："关键是，再烧穿了，你们就只有吃生饭了。"

郑德和吴明德都说："是的，是的，再不敢烧坏了。"

武志生帮老毛驴把板车拖到院子里来了，停在厨房门口。肖元把老毛驴从板车上解下来。肖元摸摸老毛驴的脸，老毛驴出汗了，脖子那里湿漉漉的。

肖元揉揉老毛驴的肩胛，说："老毛驴太辛苦了。你们说话吧，我带它们去河边喝水。"肖元牵着老毛驴、小黑马和老辕马到河边去了，他放它们在河边喝水吃青草。

我和郑德、武志生、吴明德把板车上的货物卸下来，把立式高压锅安顿在灶台上。

郑德说："吴明德，你赶快做饭吧。"

吴明德架火烧水、揉面蒸馒头。

郑德、武志生、吴明德他们三人是一个战斗小组，由郑德负责。

郑德说："走，看看我们住的地方。"

他们都是我的同乡，见到我很自在，也很亲热。

宿舍很大。三个铺位的床是宽敞的通铺，支在墙边；一进门口那里，门里打了一个地铺，地铺边对着门外院子架了一挺轻机枪，子弹已经上膛了，要开火只需打开保险机后扣动扳机。

我伸手掀起地铺的棉褥子，棉褥子下面铺着一床公用被子，公用被子下面是羊皮褥子，羊皮褥子下面是羊毛毡，羊毛毡下面是几张干透的老羊皮。

我说："还行！晚上不冷吧？"

武志生说："不冷。"

我说："晚上遇到情况怎么办？"

郑德说："晚上遇到情况大黑狗就先叫了。它一叫，我们就起来了。有一只狗太重要了。"

我说："边界线在哪里？"

郑德说："边界线还在前面。"

我说："发生过什么事没有？"

郑德说："没有。就是巴基斯坦的牦牛跑到我们这边来过，我们把它们赶到边界线那里，让它们自己走回去了。"

我们走出屋子，站到院子里。

肖元任由老毛驴、小黑马和老辕马它们在河边吃草，他自己吸着烟回来了。

我们这是季节性哨卡。我们守卫的边界线在冰达坂之上，眼前河滩绿草如茵，它和四周的冰山好像不属于同一个世界。

罗布盖孜河从南边朝哨卡这边拐过来一点，绿色在那边消失了，前面白皑皑一片。前头的山谷又拐向西南方向了，那里两侧冰峰高耸，冰峰间是一条谷口。

第三十六章

冰山达坂

我站在河源

有点奇怪，我感觉到了这里好像就有错觉了。我第一眼看见郑德和武志生，就觉得他们的身材都比在明铁盖哨卡时缩小了。第一眼看见吴明德时也有这种感觉。是紫外线太强吗？还是因为缺氧，脑子不够使了？我不知道为什么会这样，说不出缘由。

实际上，我感觉头脑有点昏沉沉。

阵地的斜坡朝河谷突出去，而在河对面，从雪山下伸过来一道铁锈色山坡。这两面一北一南的山坡像一把锁，把前面的山谷锁住了。看起来，它们像是给这谷口扎了一个结，犹如眼角，使得这片绿色的山谷更像一只眼睛的模样了。

我探头朝那边张望，问："前面是不是就是边界线？"

郑德说："边界线离这里还远着呢。只是过了这里，就是绝对禁区了；除了我们哨卡自己的人，任何人不得进入。"

我使劲探头朝那边张望。

肖元从河边走过来。肖元走过来时，我看见他的身材也缩小了一轮。可能就是光线的原因，太阳的强光加上冰山反光的折射，光线太强了，金色把人包裹住，人的身体看起来就缩小了；

远处的狗、毛驴和马，看起来身体也缩小了。因为都缩小了，在视觉上好像也就拉开了距离。我的身体是不是也缩小了呢？这样的变化，给人梦幻的感觉。

肖元过来后我对他说："肖元，我想去边界看看。"

肖元抬头看了看太阳，说："还行，还来得及。"

他又说："让郑德给你带路，你们把武器带好，快去快回。"

他亲自到河边给我牵来了小黑马，说："小黑马快，你就骑它得了。"

郑德从马房里牵来了一匹年轻的赤色红鬃马。

他背上子弹袋和自己的半自动步枪。

我全副武装跨上小黑马；郑德也全副武装，骑上赤色红鬃马。我们下了营区地坎，纵马向西跑。

肖元在后面大声喊："快去快回啊！"

我回头向他挥了挥手，说："放心吧！"

前面冰山夹道，道路拐向西南。我俩向西南纵马飞奔，朝河源方向而去。罗布盖孜河到这里收得更加窄了，变成了一条三四米宽的小河，流水清澈见底。前面，河滩和河面上全是冰盖，小河在裂开的冰盖中间流淌。

这地方真的很神奇啊！哨卡前面谷地里绿草成茵，五颜六色鲜花盛开，只不过才往前走了三百米，海拔抬高了这么一点点，就到雪线了。

我们骑马从草地跃到冰盖上面，踏冰而行。

河流从三四米宽渐渐收窄到两米宽，最后收窄到一米宽，变成一条小溪了。

多么纯净的水啊！我跳下马，牵着马在冰盖上走。

我低头看这清澈的流水，真想用它洗一洗我蒙尘的眼睛。这么纯净的水，一定会把眼睛洗得清亮。用这样的水洗过的眼睛，就再也容不得杂质了。

河流到尽头了，冰盖下面只留下碗口那么大的一个洞，河水汩汩地从洞口涌出来。

我俯下身，想喝一口水。我用手指触了一下这刚刚融化的雪水，冰冷刺骨！

这里就是河源。我站在河源上，这是我第一次看到一条河的河源。这条河下游那奔腾的波浪，就是从这里开始形成的。我从头至尾，完完整整地见到了我们哨卡守卫的罗布盖孜河。我对它终生难忘！

冰达坂

我和郑德骑着马在河谷冰盖上飞驰。我把小黑马的缰绳放松，往前面送，小黑马不断地加快速度。这是我此生骑马跑出的最快速度了。小黑马载着我像一道黑色的闪电飞出去。我说："小黑马，再快点！"我居然把郑德和他的赤色红鬃马甩到我身后五六十米远。马蹄叩响冰盖，发出碴碴的声音。我知道，罗布盖孜河正在冰盖下面流淌。

这段距离，在一公里以上。

一会儿，马蹄声踏实了，我便知道这条河的源头彻底到尽头了。

我勒马极目眺望。远处，蔚蓝的天空下，白云缭绕，白云和冰峰连接、纠缠在一起，到底是白云还是冰峰，一时不好区别。

等郑德赶上来，我们骑马并肩而行。

太阳高悬在天空，阳光照在我们身上，洒在马身上。小黑马乌色浓密的鬃毛飞扬起来，鬃毛边闪着金色的光泽。

冷风吹在脸上，我没有觉得冷。我太兴奋了！

信马由缰往前走，冰山离我们越来越近。

举头看，前面全是冰峰，它们像矗立在云端的银色的哥特式城堡，亮闪闪的尖顶刺入湛蓝的天空，好雄伟、壮丽啊！

这些冰峰呈半圆形排列。回头看，刚才路过的冰峰绕到我们背后，把身后的视线遮蔽了。现在，我们前后左右都是冰峰。重重叠叠的冰峰旋转，壁立千仞，形成一个冰雪大回环；我们骑马进入到漏斗状的冰谷里了。四周银光闪闪，这是一个多么神奇的世界啊！

这是我做梦都梦不到的景象，我再一次进入到梦幻和童话世界了。站在这里，唯余感叹。

我骑在马上把四周看了一遍。这是一条死路啊！千年前，玄奘怎么可能从这里通过呢？这里又怎么可能走过驮队？

我翻身下马，手提缰绳，说："郑德，这哪里有路呢？"

郑德也翻身下马了。他说："你往右边看。"

右边是一面雪坡，它在我的身边高高拱起来。

郑德说："你抬头往上看。"

我向右仰头看，只见这面巨大的雪坡之上又是冰峰。看不见冰峰的真容，只看见上面乌云密布，阴雾沉沉，滚滚寒气从坡上涌来，直扑面门。

我用手抹了一把脸，说："路在哪里？"

郑德说："这就是明铁盖达坂，路就在达坂的上面。"

所谓达坂，就是山顶的隘口。冰达坂就是冰山上的隘口。

我说："是冰达坂啊？路呢？路在哪里？"

郑德说："从这里爬上去，就是边界山口的分水岭。"

这雪坡好高啊！

我问郑德："这里海拔多少？"

郑德说："我们站的这个地方，海拔4200米多一点。"

我问："山口海拔多少？"

郑德说："海拔4700多米。"

我说："只有500米高差啊？"

郑德说："如果爬山，距离在千米以上。"

我说："海拔4200米的高度我到过多次了，怎么这里到处都是冰雪？"

郑德说："你看见山上的雾没有，湿漉漉的，到了晚上，它们落下来就是雪。"

我说："现在太阳却这么好。"

郑德说："是呀，中午和后半夜，会有十几度的温差。太阳稍微往前面再走一点点，这条沟就阴冷了。晚上，我们站哨非穿羊皮军大衣不可。"

我抬头看了看天空的太阳，心想："我能不能爬上去看看呢？"

冰达坂怎么翻越

到了这种地方，就觉得阳光太宝贵了。被阳光照耀，就是奢望。

我往前走几步，探步过去，往雪坡上爬。一脚踩下去，积雪一下子就埋到我的大腿根了。

雪这么深，我却一心想到边界线那里看一眼。

我说："我想上去看看。"

郑德抬头看看天空，说："今天不行了，虽然只有一千多米，但是，爬上去至少得两个小时。"

我说："怎么要那么长时间啊？"

郑德说："我们身上的这一身装备，少说有三十斤吧？爬上山口很难。主要是氧气不够；雪太深，每挪动一步都不容易；心脏也受不了。再说了，你们今天还要返回去呢。"

我想想也对，我今天来，连长没有给我安排巡边的任务。

郑德看我打消了上山的念头，高兴地说："不过，从山上下来就容易多了。我们下山时，把枪横抱在怀里，把手榴弹也抱在怀里，往雪坡上一坐，'嗖嗖嗖'就溜下来了。我们把这叫'坐土电梯'，从山口溜下来不过十分钟。"

我舔了舔干裂的嘴唇。

郑德的脸有点发青。

我说："郑德，你的脸发青。"

郑德说："再往上面走，还要发绿呢。海拔高了，缺氧。你的眼睛发红了，眼珠上面有血丝了。"

一千多年前，玄奘翻过的就是这座冰达坂。在山口，那些南亚人、西亚人乃至欧洲人牵着牦牛爬上山来，他们与西去的人相互抱拳或吻面行礼，加深了东方和西方的联系……

我在想玄奘是怎么从这个冰达坂上翻过来的，那些驮队又是怎么从冰达坂上翻过来的……到了这里，一切我都应该知晓。

我想，玄奘这和尚，可能会从冰达坂上溜下来吧？他的行李，可能也会从冰达坂上面溜下来吧？他的那些经书，会不会用马匹和牦牛从山那边驮到山上山口，再驮到山这边来？如果玄奘能这样，那么，那些商人和他们的驮队就不用说了。

我说："郑德，牦牛爬冰达坂怎么样？"

郑德说："牦牛爬雪山比人强多了。我们好几次把巴基斯坦跑过来的牦牛赶上达坂，让它们走回自己的国家去。"

恍惚看见那个和尚

恍惚之间，我仿佛看见玄奘从雪山的背后闪身出来，他原本光溜溜的头上已经长出了一寸厚的头发。在这冰天雪地里，谁来给他烧热水剃头？他双手提起身上袈裟的前襟子，从冰达坂上面溜下来，连滚带爬，刚站起来，又摔了一个屁股蹲……

佛祖保佑！

那些脚力抱着他的行李包袱也从冰达坂上溜下来了。有一群牦牛踏着雪从山坡上驮着包裹往山下面走。

玄奘慌张地从雪地上站起来，往山上看。牦牛驮的那些经书，才是他最放心不下的东西。

我上前想和他打个招呼，但是他好像没有看见我。

他朝山上一个赶牦牛的人喊："买格乃！买格乃！"这是维

吾尔族人的话，意思是"过来！过来！"

我看见玄奘脸上都蜕皮了，神情疲惫。他从兴都库什山脉的崇山峻岭中走过来，那里也是冰山雪岭重重叠叠。他在冰山雪岭中间至少走了一个多月。他带青稞馕了吗？他走了这么远的山路，相貌已经有点脱形了。不过，他的眼神里还是透露出坚韧不拔的决心。人的意志有时候真的比钢铁还要坚硬。

我想和他打个招呼，可是他没有看见我。

不过，他只要到了罗布盖孜就可以歇口气了。那里，在夏季有我们游牧过来的牧民。他可以向他们讨要一钵新鲜的羊奶喝。出家人能喝羊奶吗？他也可以讨要一块馕吃。这个是可以的。可以在草滩上捡干牛粪，点燃一堆篝火……对那些帮助他翻山越岭的当地人双手合十，送一番祝福……

这个坚韧不拔的和尚，往返十七年，行程五万里，面对这么险峻的道路，他不缺乏执着，只为追求智慧的光芒和佛学的真谛。他那双看过大唐长安繁华和南亚美丽风光的眼睛，到了这里，再用我们罗布盖孜河源清澈的雪水洗一洗，那双眼就更加明亮了……

嗨！玄奘！阿弥陀佛！这和尚好像并不是傲慢，他真的是没有看见我。

郑德突然大声问我："嗨！你在那里发什么呆啊？"

我说："我看见那个和尚了。"

郑德说："哪个和尚？"

我说："玄奘。"

郑德说："玄奘是谁？"

我说："就是《西游记》里的唐僧啊！"

郑德说："是幻觉吧？我有时候也有幻觉，但不是和尚。"

我说："他正一步步走过来。"

郑德说："他在哪里？"

我说："他就在你的身后。"

郑德惊慌地转过身，说："你吓我一大跳！"

我说："他刚从冰达坂上溜下来了，连滚带爬，还摔了一个屁股蹲。"

郑德笑了，他的嘴巴张不开，嘴唇上裂了一道口子。我也笑了，我的嘴唇上也裂了一道口子。我们都噏着嘴唇笑，从喉管里发出笑声。

冰达坂上的一团雾气滚下来，冷飕飕的。这不是妖雾！我愣了一下就醒过神来了。

阿弥陀佛！

雪山暮归马蹄疾

我对郑德说："我们回吧！"

我翻身上马，掉转马头。郑德也翻身上马，抖动马缰绳。

我对郑德说："我一定会再来的！"

我在此下定决心，我一定要到这个山口巡逻一次。

你可能不知道，虽然我们是边防一线哨卡，但是，每次到山口巡逻，那都是要经过努力争取才能被挑选上的。身体素质啊、政治素质啊，都是要经过挑选和选拔的；其次，才是看你个人的要求强不强烈；还有，你在这个巡逻小分队的组合当中，占据一个什么位置。

我不管那么多，我一定要到罗布盖孜冰达坂上的边界线巡逻一次。想好了这个问题，我才放开小黑马的缰绳让它飞跑起来。

　　我和郑德纵马飞奔。太阳已经西斜了，再不能拖延时间。

　　老远我们看见武志生牵着老辕马在河边饮水。

　　一回到临时卡，我刚下马，肖元就迎面跑过来了，他拉住小黑马的缰绳说："我得赶快去放它，让它吃草喝水。"说着，就牵着小黑马往河边走。

　　我和郑德在厨房里胡乱啃馒头吃。吴明德给我们开了一听蚕豆牛肉罐头并加热。肖元和武志生牵着小黑马和老辕马在河边吃草饮水，老毛驴和它的儿子小毛驴站在河边，大白狗沿着河边跑。

　　我问："老毛驴吃好草了吗？"

　　吴明德说："应该吃好了。"

　　大白狗和大黑狗跑回来了。大白狗和大黑狗的嘴上沾着兽血，它们不知道在什么地方已经饱餐了一顿。大黑狗还得意地朝我挤了挤眼睛。

　　我说："小毛驴在明铁盖时不好好拉水，到这儿后表现怎么样？"

　　吴明德说："它在这里的表现乏善可陈。"

　　我惊了一大跳，没有想到吴明德说话也这么有水平！

　　吴明德说："可能我没有表达出我的真实意思，小毛驴在这里的表现还是可以的。"

　　郑德说："它在这里没有依靠了嘛。老毛驴不在，它还靠谁？"

　　好像我们在给小毛驴做鉴定，小毛驴在要求进步。

武志生牵着老辕马回来了，肖元也牵着小黑马回来了。吴明德跑去牵着老毛驴过来，把它套在板车的车辕中间。大白狗已经到路中间等我们了。

我和肖元披挂好自己的武器，老毛驴拉着空板车。

太阳已经西斜了。

肖元说："三位小弟，我们要返回了。你们三人要把临时卡守好啊？"

肖元的口气很像一位侠士。

大家在一起都很放松。

三人都说："没问题。"

我说："三位兄弟，我们走啦！"

肖元说："走吧！"

我骑上老辕马，肖元骑上小黑马，老毛驴拖着空板车跟在我们的后边，大白狗在前面开路。

郑德、武志生、吴明德把我们送到大路上。郑德说："天晚了，这沟里可能有野兽出来，你们在路上要多加小心啊！"

我们动身了。

武志生和吴明德大声喊："你们在路上小心啊！"

我大声喊："放心吧！"

大白狗跑到前面去了。肖元一抖缰绳，小黑马也跑到前面去了。我用脚镫磕老辕马的肚子，老辕马跑起来。老毛驴拖着板车紧跟在我后面。

太阳一旦西斜就落得很快。回头看，郑德、武志生和吴明德还站在路上目送我们，这条山沟里又只剩下他们三个战士了。

我把老毛驴让到前面去。我吆喝老毛驴，老毛驴拉着空板车飞奔起来。我们一路奔跑，苍茫的暮色落下来了。

回来时，我们没有在热孜克那里停留。沟口，月亮升起来，月光皎洁。

这天晚上，躺在床上我还依然兴奋。然而，第二天，我的脸颊颧骨那里开始一层层掉皮。

第三十七章
冬雪快要来了

四只小狗

夜里，我站夜哨。荒野里又出现了四盏灯，这是热孜克的狗，它们正朝哨卡接近。

黑母狗从哨卡冲出来，和它们咬在一起。哨卡岂是随便进入之地？这两只牧羊狗却冲进哨卡大门，黑母狗拼死拦它们。关键时刻，大白狗参战了。我见识了大白狗的猛士风采。它与热孜克的狗恶战时像恶魔。当然，它还是口下留情的。我后来见过它和一只凶猛的土佐狗交战，差点灭了那只土佐狗。

我心里纳闷：热孜克的牧羊狗，为什么要冲击我们哨卡呢？

第二天早晨，太阳照耀在卫生室和电台中间的过道口。沙地克大呼小叫地跑到电台后面去了。我和华魁、詹河跟着他跑到电台后面。

在一面墙下，架着一大堆干柴，下面有个空当。只见库尔班趴在地上，他从一个空隙里钻进去半个身子，从干柴堆下墙根那里抱出来一只毛茸茸的小狗，接下来又连续抱出来三只小狗。

好激动啊！原来在那个空当里，有被黑母狗暖热的一个狗窝。黑母狗不知道什么时候在这里下狗崽了！

一共四只小狗。我们兴奋地把它们抱在怀里，抱到卫生室外窗户下，放在阳光下。大家都过来看它们。

这四只小狗，个头比我家乡出生一个月的小土狗的个头还要大。它们都紧闭眼睛。一只母狗，三只公狗。两只黑色，两只黄色。它们趴在阳光里，好像脖子把头撑不起来；但是，鼻子碰触到自己的同伴时，张嘴就咬。看来，撕咬是它们与生俱来的天性。

两只黑色的小公狗，一只骨架大一点，另一只小一点，耳朵耷拉着，眼窝深，一看就是獒犬的崽子，毛色和形体随黑母狗了。

两只黄色小狗，那只小公狗的耳朵耷拉着，黄毛多一些，头上的毛自然弯曲；那只小母狗黄毛带栗色斑点，耳朵直立。这两只小狗的模样似曾相识。

金玉医生在阳光下鼻头冒了一点汗，他说："你们都发现没有，这两只黄色小狗，长得像热孜克的狗。在我们明铁盖这一带，只有热孜克的狗是这个品种。"

电台的铁民说："这不是一目了然吗？热孜克的狗是它们的爹爹。"

我恍然大悟，说："难怪热孜克的牧羊狗昨天晚上到我们哨卡来，它是要来看自己的崽子呀！"

那么，黑母狗昨晚拼死和热孜克的狗搏斗，不让它们到哨卡接近狗窝，那又是为什么呢？

热孜克的狗有狼的基因，身上流淌着狼的血液，它们又都是在蛮荒的环境中长大求生活，黑母狗一定是害怕它们把四只小狗叼走了，或是怕它们伤害小狗，这才和它们拼死搏斗。

我的这个看法，得到了大家一致认同。

命　名

三天后，小狗睁眼了。它们的眼睛又黑又大又亮，毛色也比前两天好看很多。

在我印象中，我家乡的土狗，生下来后过十几天才睁眼。雪山上的狗，生下来才三天就睁眼，它们怎么就会成熟的早一点呢？或者是黑母狗已经把它们生下来好几天了，只是才被库尔班和沙地克最先在柴堆下面发现。

它们睁眼睛后就无师自通地打架……下口凶狠，野性十足。它们简直是疯长。黑母狗的奶好像有特殊营养，它们每天都长大一轮。

我说："把它们看仔细了，根据它们的形状、特点和打斗风格，我们给它们把名字起了吧，这样便于区分。"

那只骨架大一些的通体全黑的小公狗，每次打斗，总是把头埋下，眼睛朝上望，从喉管里发出啸声，有虎气，好像能弄出很大的动静。我说："这一只就叫黑虎吧。"大家都说好。

金玉医生说："可以可以。"

那只黄色小公狗，头上黄毛卷曲，像狮子头，凶猛。我说："这一只就叫黄狮吧？"大家都说好。

金玉医生说："可以可以。"

那只黄色小母狗，身上的黄毛暗一些，其间有栗色斑点。别的狗，都是耳朵耷拉下来，只有它的耳朵是尖尖地直立起来的。它的精气神最足。也许，它是第一个生出来的，早熟一点。四只小狗，就数它最爱打斗。每次打架都是它先挑战，发起攻击。

它搏斗的风格凶猛。尽管是一母同胞，每次下口都极其凶狠。它上去就咬对方的脖子，咬住后不松口，并且猛烈地甩头；把对方摁倒，压住、撕扯。鼻子里发声，虽然奶声奶气，但也颇有威风。最厉害的就是它了。黄狮每次都败落下风。还有一只小黑狗总是被它掀翻，按在地上踩蹦。只有黑虎勉强能和它打个平手。就算平时，它也最活跃。走路昂首阔步，站定后神情专注。一旦在战斗中取胜，就趾高气扬。

它阳光、自信、勇敢、刚猛。我说："它像一只小豹子。看它身上那些栗色的斑点，就叫它斑豹吧。"

大家都说："这个名字最好。"

最后就是那只肉乎乎的老是吃败仗的黑色小公狗了。它的额头鼓起来，眼窝深陷下去，有点丑陋，没办法给它起个光彩的名字。不过，每次被别的狗压在身下时，它都拼命反抗，死缠烂打，永不服输；它滚在地上拖住其他狗，咬住其他狗的尾巴不松口；而一旦被欺负到忍无可忍的地步，它的小宇宙爆发后也是很可怕的。那时，它就进入疯癫状态了，乱咬一气。

我说："它模样怪怪的，又疯癫，就叫它黑魔头吧。"

大家想了想，说："这个名字也可以。"

明铁盖哨卡现在有狗二代了，大狗加上小狗总共有七只狗了，这是一个多么令人欢喜的阵容。哨卡的小狗都会成长为雪山上的好汉，它们最后都会成长为帮助我们守卫哨卡、守卫边防的忠诚卫士。狗崽子们，快快长大吧！

他们按惯例去汇报工作

我给小狗命名的当天，涂振国和秦泊醒下山了。

天冷了，牧民陆续下山。那些牧民的牧羊狗，走过我们哨卡大门口时，都发现在我们哨卡门口站着一只威猛的大白狗。这些牧羊狗走过大白狗身边时，眼睛里都充满了崇敬。这是晚辈对长辈、士兵对将军、勇士对英雄的崇敬。

卡德·巴都的高加索牧羊狗，和我们的大白狗对视片刻。高加索牧羊狗气度不凡，但是我们的大白狗有非凡的风骨：一副身披岁月沧桑的大将的模样。高加索牧羊狗虎视眈眈，大白狗的目光却平静而温和。

高加索牧羊狗露出崇敬的目光，这是英雄对英雄的仰慕。

这几天，柳显忠和涂振国之间又发生争吵了。我不知道是什么原因，好像不仅仅是理念不同。我刚到明铁盖哨卡时，柳显忠在哨卡快快乐乐，他和所有战士都很亲密。

我知道连长重视军事，而柳显忠曾在团部的文艺宣传队干过，想活跃哨卡文化生活。连长看不上"丢手绢儿"那一套。除此之外，我不知道他们之间还有什么不相投。

他们之间已经多次发生争吵了。秦泊醒似乎不便在其中搞调和。有一次，柳显忠刚进屋和我说话，连长进门来了，柳显忠扭头就出去了。他们在对面屋子争吵后，柳显忠满脸通红掀开棉门帘，气呼呼地到战斗班去了。从战斗班那里，传过来柳显忠和战士响亮欢快的笑声。连长站在连部的门厅里，脸色阴冷，点燃一支烟抽。笑声不断从战斗班传来，连长低着头抽烟，脸色铁青，他在门厅里站了好一阵子，然后把烟头扔在地上，使劲踩灭了。

我们哨卡重要的事情都是通过电台和上级联络。

没过几天，一辆崭新的北京牌越野吉普车开到我们哨卡来了。开车的是一个1974年入伍的四川籍老兵，他叫石荣。矮个子，圆头圆脸，圆眼睛，圆下巴颏，性格直爽。

连长在饭桌上说："这是团部刚给我们明铁盖哨卡配备的吉普车和司机，车和人都占我们哨卡的编制，营长和教导员提出来营部要借我们的车和司机，留在营部用，我同意了。"

他把"我同意了"这句话说得很响亮，表明他一锤定音。

这天，石荣开车把连长和指导员都接走了。

秦泊醒走时对我说："这是惯例，每年一次，我们去团部汇报工作。"

连长说："指导员是党员代表，他还要到喀什去参加一个会议。"

临时卡的人撤回来了

次日下午，驻守罗布盖孜临时卡的人撤回来了。郑芳和易顺两个班长，再加上肖元，他们三人骑马，带着老毛驴和一辆板车去接守卡的人回来。老毛驴拖着板车拉回剩余的粮食，还有前不久我们送去的那个立式高压锅。他们把小毛驴和大黑狗也带回来了。

柳显忠对我说："临时卡的人撤回来了，你把记录本拿来，一班长和二班长汇报情况时，你记一下。"

郑芳和易顺到连部来，郑重地给柳显忠敬军礼。柳显忠给他们还礼。

郑芳说："报告副指导员，达坂那里我们去看过了，上次下雪后，去达坂的那段路上，积雪一直没有化。达坂上的雪很深，我看连牦牛都没有办法通过。牧民撤离后，罗布盖孜那里再没有牧民了。我们把临时卡打扫了一遍，所有的窗户都关闭了，所有的门都锁起来了。阵地上的红旗暂时也收起来了。临时卡那里还留有少量的马草和烧火的烟煤。罗布盖孜河那里，哨卡前面那段河已经结冰了；我们撤得正是时候，我看冬雪很快就要来了。冬雪一来，罗布盖孜沟就没办法通行了。"

柳显忠说："二班长，你还有什么补充？"

易顺说："我们回来时，到热孜克家去了一趟，叮嘱他，要继续把望罗布盖孜沟的风声。"

柳显忠说："卡前乃沟那里是什么情况？"

郑芳说："卡前乃沟口河水虽然还没有断流，但是，沟口结冰了。我看，卡前乃这条沟眼下很难通行了；上面山口那里，就更不用说了。"

柳显忠说："不错，交给你们的任务都完成得很好！"

易顺说："副指导员，还有什么任务，你就尽管吩咐！"

室内炉火很旺。柳显忠说："你俩过来烤烤手。"

郑芳和易顺笑嘻嘻地凑上前象征性地烤了烤手，说："好了，我们回班里去了。"

柳显忠笑说："就不请你们喝开水了。"

易顺说："副指导员不必客气。"

这一幕场景，很正规，也很和谐。

我想：柳显忠如果在这个哨卡当指导员的话，也一定是如鱼得水。

但是，他却坐在火炉子边皱起眉头，有一点忧心忡忡了。

连长和靳仓回来

给哨卡送给养到尾声了。最后，再送一车过冬的大白菜就妥了。

天更冷了，明铁盖河结冰了。早晨起来，可以看见山坡上铺了一层霜。上午那会儿，天空飘落一阵雪花。一开始是小雪，过一会儿雪花就像飞舞的蝴蝶了。巴掌那么大的雪花飘下来时，我想起了李白《北风行》里的诗句"燕山雪花大如席"。太夸张了，就缺乏真实感；有时候觉得杜甫更靠谱一些。

这不是冬雪。真正的冬雪来时，先是暴风，暴风挟着飞雪而来，风吹过时，天空中像挥舞着白色的鞭子；又像是雪山老人把苍苍白发从天空垂下来，在疾风中飘舞。白色帷帐罩下来，五步之外的景物都看不见了；脚下的雪，像流沙一样翻卷。人呼吸都困难。

现在，上山和下山的路还畅通着呢。冬雪一来，狂风会把山崖上的积雪刮下来，上下山的路瞬间就隔断了。再下一夜狂雪，整个山谷都被大雪覆盖了；然后三五天暴雪不断，新雪压旧雪，层层叠叠。这时，哨卡基本上就与外面的世界隔绝了。只有电台的发报机嘀嘀嗒嗒地和上级联络。

今天快吃午饭时，我回连部，看见柳显忠刚接了一个从山下打来的电话，他看见我后欲言又止，转身出去了。我把炉火烧旺。

前几天，靳仓下山了。今天午后，他跟着一车大白菜回来了。我们这些人，看见大白菜，比羊看见青草还要兴奋，我们太渴望维生素了。我们都高高兴兴地把大白菜往菜窖里搬。有了这些大白菜，心里就比较踏实。装白菜的车厢角落里，放着一个从后勤处领回来的崭新的立式高压锅。汤廷遇和吴明德高高兴兴地跑过去，把那个立式高压锅抬回炊事班。

没想到连长从驾驶室下来了，他手提着一个灰色提包。尤建德跑过去，招呼了一声："连长！"朝连长敬了一个军礼，接过连长手中的灰提包转身提回连部去了。

我也敬了一个军礼。连长和我握手，兴致勃勃。他对靳仓说："那个家用高压锅呢？"

靳仓从车上拿下来一个家用高压锅。连长把这个家用高压锅交给我，说："这个家用高压锅，就放在连部用。"

连长刚进连部门，郑芳他们都跑过来了。这些正副班长围住连长，争相和他握手。

郑芳说："连长，你还搞回来一个家用高压锅呀？"

连长说："过年时开小灶。"

连长春风得意，说："我们今年打柴成果丰硕，受到后勤处表扬了。"

郑芳说："那还不是你汇报得好嘛！"

连长把脸定平了，说："后勤处的司机说，没想到我们在光秃秃的山上打了那么多柴！"

郑芳说："司机就是领导的耳目嘛。"

连长说："这还不是靠大家的努力嘛。关键是团长和政委也表扬我们了。团长和政委问我：'振国啊，你们还有什么困难，有什么要求啊？’”

邱明马上说："我们没有什么困难。"

连长说："团长和政委都不相信我们没有什么困难，团长说：'困难肯定有，但我相信我们的战士都能坚持住！'"

易顺说："要说要求嘛，就是要求首长多关心我们一线战士的进步。"

连长把脸定平了，用手抹一把下巴颏，说："好了好了，你们走吧，我要刮胡子了。通信员，打盆热水！"

尤建德马上就把热水用洗脸盆端过来了。

连长"哧啦、哧啦"刮胡子，看我一眼，说："怎么你嘴巴上的口子还没有愈合？"

我说："我也不知道，蛤蜊油抹过，金玉医生还给我了十几粒维生素让我坚持吃，都不起什么作用。"

连长说："你们城里人娇贵。"

他把手上的肥皂沫子在脸盆的水里涮了一下，沫子不见了。

他说："你脸上怎么还在掉皮呢？"

我说："大家的脸上不都在掉皮吗？"

连长说："我就不掉皮。"

他把下巴颏刮得青黢黢的，说："我皮糙肉厚。"

一小时后，给我们哨卡送白菜的那辆卡车下山去了。

第三十八章

断肠人在天涯

纸上谈兵

下午，我准备制作下周的科目表。

连长突然对我说："我记得你说你参军时带来了一个笔记本，上面抄写了《孙子兵法》；我还记得你讲过孙武练兵斩杀两名王妃的故事？"

我于是把那个笔记本从枕头边的包袱里拿出来，翻开笔记本，上面有我在1974年夏天抄录的《孙子十家注》。

我说："没错，这是我从《诸子集成》这本书上抄来的。这本书是我借的，看完后要给人家还回去。这本书里面收的有《孙子十家注》，有《吴子》，有《尹文子》和《吕氏春秋》；但是，其中我最喜欢的还是《孙子十家注》，里面除了《孙子兵法》十三篇，还有曹操、杜牧、梅尧臣等十个名家给这部书加的注释。"

连长说："那里面都说什么？"

我说："你想看吗？"

连长过来瞄了一眼，看见是文言文，说："我不看，你随便讲讲。"

365

我说："孙子的许多观点现在都还在用，我很佩服。比如第一篇《计篇》里讲的'攻其无备，出其不意'，这你肯定知道。"

连长说："那当然。"

我说："再比如第二篇《作战篇》里有一句'兵贵胜不贵久'，就是我们现在说的'兵贵神速'。"

连长说："这个我也知道。"

我说："第三篇《谋攻篇》讲'不战而屈人之兵''上兵伐谋''知己知彼，百战不殆'。"

连长说："不就是知己知彼，百战百胜吗？"

我说："对的。第四篇《形篇》里有一句'善守者藏于九地之下'。"

连长说："就是会隐蔽呗。"

我说："对的。第五篇《势篇》里讲'善出奇者，无穷如天地，不竭如江河'；还有其他各篇有'攻其所不守''兵无常形、水无常势''不动如山、难知如阴、动如雷霆''三军可夺气、将军可夺心''避其锐气、击其惰归''将在外君命有所不受'……"

我看见连长闭着眼在打瞌睡了。

我说："连长！连长！"

他揉揉眼睛坐起来，说："曹操是怎么说来着？"

我说："曹操说：'兵无常形，以诡诈为道。'"

连长说："什么乱七八糟！我就记得你给我讲的孙武发号令，那些宫女们不听使唤，他就让两名王妃当队长带领宫女们训练，宫女们还是胡乱打闹，干是他就把两名王妃杀了，宫女们马上就听话了，叫她们做什么，她们就做什么。"

他站起来打了一个哈欠，说："你学了那么多东西，在我们这个山沟沟里有什么用处呢？"

我说："那是。"

他说："我还是佩服穆桂英，帅旗之下无戏言。在我们哨卡，军人就要有军人的样子。"

我说："对的，《孙子十家注》里，曹操就加注释说'军容不入国、国容不入军'。"

连长说："什么意思？"

我说："就是治国要靠治国的那一套，治军要按照治军的办法来。军人和老百姓是有区别的。"

连长说："哦，有点意思。"

不听令插箭去游营

晚上，我在柴油灯下把科目表的草表列好了。连长说："下周，就不给柳副指导员安排科目了，给他安排的科目都改成室内学习，科目负责人先空下。"

我想了一下，问："柳副指导员要下山轮休吗？"

连长说："等团部来电报通知。"

他站起来，端起缸子，用小勺子舀了一点酥油，一口吞了，用热开水漱了漱嘴。

他出门去哨兵的岗位上转了一圈，又去战斗班各宿舍转了一圈。

这次回来，连长还没有和柳显忠照面，柳显忠也没有到我们这间屋子里来。连长回来了，自然就是连长主持工作了，柳显忠也不用多操心。他和连长说话总是说不到一块儿，不照面反倒少一点事。我觉得这样也好。

我拿出白纸，准备画科目表的表格。

连长说："我这次坐石荣开的吉普车下山，才发现，你说话和石荣说话口音很像。"

我说："那是。我们那里靠近四川，在三国时期，我们那里和四川都属于蜀国，有的人不知道，听我们说话会把我们当成四川人。不过，稍微留心一点，就会发现，我们说话和四川人说话还是有很大区别的。"

连长说："你会唱川剧吗？"

我说："不会。"

连长说："川剧不好听。要说好听，还是数我们豫剧。"

我说："那是，我特爱听你和孟坤副连长唱那个'那个呀嘀嗨嗨嗨嗨！'听起来特带劲。孟坤副连长已经转业了吗？"

连长不回答我。他兴奋地站起来，摸摸自己的光下巴，说："其实，我有时更爱听马金凤的唱段，比如《穆桂英挂帅》里面的那一段《打一杆帅字旗》，听起来特别有味道。"

于是，他斜眼看了我一眼，把衣襟子一摆，摇头唱道：

此一番到了辽东地，
管叫尔不杀不战自收兵。
我未曾兴兵先传令，
马步将官恁是听：
此一番到了军阵上，

368

努力杀敌把贼平。

那时候得胜回朝转，

黎民百姓得安宁；

沿途公买要公卖，

恁不要扰乱好百姓。

听我令，必有赏；

不听令插箭去游营！

忙吩咐众三军老营动，

穆桂英五十三岁又出征。

他一下子就陶醉得不成样子了，说："人家穆桂英五十三岁了还挂帅出征打仗，我们还年轻得很啊！"

我说："连长，插箭去游营在古代是什么刑法？"

他说："就是打八百大板后，给耳朵上插一支箭，拉出去游营示众；这刑法比杀头轻一个等级。"

我说："为什么要在耳朵上插一支箭呢？"

他说："他长着耳朵却不听从军令。军令如山，本来，他不听军令，是要扯住耳朵去游营示众的，但是谁有那么多闲工夫专门去扯耳朵呢？那就给他的耳朵上插一支箭拉出去游营示众，这是给他个教训，也给大家一个警示。"

我说："搁现在，就是关个禁闭得了。"

连长说："轻了，要军法处置！"

他的眼睛炯炯发亮，于是，我便知道了，连长一定想在边疆大展宏图。他和易顺一样，也是一个想当将军的人啊！

他突然对我说："景霄副连长提拔了，你知道吗？"

我说："不知道，他提拔到哪里去了？"

连长说："他在卡拉其古哨卡连当代理连长了。"

我说："那不是挺好嘛？"

董良敲门，他站在门口，他上第一班夜哨，来找我要口令。

一个意外消息

我把口令交给董良，和他一起到哨位上去查看。董良看看身后，回头小声问我："柳副指导员要调走了，你知道吗？"

我说："我没有听人说啊！"

董良说："大家都知道了，你在连部，怎么会不知道呢？"

我说："我没有打听啊！他是不是要调到山下去了？"

一般来说，在哨卡工作的干部，在山上待几年后，就有可能调到山下去。最次的，也会是调到海拔相对比较低，条件相对比较好一点的哨卡去。这几乎就是规律。

董良又看看身后，小声说："听说他要调到托克曼苏哨卡去了。"

我吃了一惊。托克曼苏哨卡比我们哨卡海拔还要高一些，虽然我们哨卡在冰窝窝里，但托克曼苏哨卡那里，听说天天刮大风。他们哨卡下来的人，脸上都像刮了一半的土豆，脸皮翻起；即使脸上没有翻皮，脸色也特别黑，这都是被大风刮的！

我喘了一口气说："他是不是调到托克曼苏哨卡当指导员，被提拔了？"

董良小声说："哪里？他去那里还是当副指导员。算了，不说了，你帮忙注意点，柳副指导员要走的话，给我们大家说一

370

声，我们都送送他。"

我叹了一口气说："好啊！"

这天晚上，我站哨时有点心慌意乱。我到明铁盖哨卡来，虽然柳凤祥说是他推荐我来的；但是，他只是把我推荐给了柳显忠，是柳显忠把我带到明铁盖哨卡来的，他可以不挑选我。我虽然到了明铁盖这个艰苦的地方，但柳显忠能挑选我，说明他看重我。总的来说，我在明铁盖哨卡还是比较争气的。我对柳显忠有好感，他对所有的战士都比较关爱，在雪山哨卡，寂寞难耐，有柳显忠这样的干部，哨卡就多一份温馨；而这一点点温馨，是最难能可贵的。

他怎么就被平调去托克曼苏哨卡了？柳显忠自己可能无所谓，但是，我觉得这样的安排不公平。我这个人，最看重公平。

今天晚上，大白狗、大黑狗和黑母狗都特别操心。大白狗一直警惕地待在哨卡大门口警戒，大黑狗和黑母狗分开两边跑到哨卡后面巡视去了，它们帮助哨兵观察周围的动静。

我要去各个房间检查火炉子了。天冷了，炉火不能熄灭。

我来到柳显忠住的那间指导员宿舍兼办公室，看见在一进门口的墙边，床上尤建德已经睡熟了。斜对面墙角那张床上，柳显忠也睡着了。我走到他的床边，探头看了看，他也睡得很熟。他盖着被子，被子上面盖着羊皮军大衣，羊皮军大衣的一只袖子拖到了床下面。我把这只袖子提上去搭在被子上，然后才去通火炉子，把炉火通旺，往炉子里添了焦炭。

我出门时，听见柳显忠叹了一口气。

他突然说："我知道你来了，你什么话也别说。这件事，你什么话也别说。服从命令是军人的职责。"

我以为他是在说梦话。我咽了一口口水，出门走了。

靳仓唱了一段京剧

我把战斗班宿舍、炊事班宿舍的火炉子都检查了。从司务长宿舍兼办公室门口走过，门缝有灯光。司务长谭仕民回家乡探家还没有回来，靳仓一个人住在这半间屋子里。

我敲敲门。靳仓说："进来。"司务长不在，他代理司务长的工作。他知道是哨兵来检查火炉子。

我推开门，看见靳仓还没有睡觉。他在柴油灯下记账，计算这次他到团部去，从买高压锅到进大白菜，用去了我们哨卡多少开销。

靳仓说："你来了？"

我说："看看火炉子。"

靳仓说："来，坐下聊聊。"

我于是在旁边的一个凳子上坐下。

靳仓说："我知道你有《艳阳天》这部书。"

我说："是我的一个老师寄给我的。"

靳仓说："这本书写的是我们冀中平原的事，我在上高中时就看过。"

我说："对的，写的就是你们冀中平原的事。"

靳仓说："这个作家是我们河北人。"

我说："柳副指导员也是你们河北人。"

靳仓老练地说："对的。不过，我们那里过去属于直隶省；他们承德那里，过去属于热河省；要说近，安阳还紧挨着我们河北呢——你听到连长这次回来说什么了吗？"

我说："连长在唱豫剧。"

靳仓说："他唱什么段子？"

我说："他唱的是'听我令必有赏，不听我令插箭去游营'。"

靳仓说："连长这次回来，在路上老是唱这一段。"

我问："有什么讲究吗？"

靳仓说："插箭去游营啊！"

我又问："有什么讲究吗？"

靳仓说："就是连长的一点心事。"

我又一次问："有什么讲究吗？"

靳仓说："我给你唱几句京戏吧。"于是他摇头哼唱了几句京剧：

杨宗保在马上传将令，

叫一声众三军细听分明：

萧天佐摆下了无名大阵，

他要夺我主爷锦绣龙廷。

向前者一个个俱有封赠，

退后者按军令插箭游营。

我说："又是'插箭去游营'啊？"

靳仓说："是啊，不然如何号令三军？——你不用看炉子、通炉子、给炉子添加焦炭了，我已经添加好了。"

我站起来。

他说："我们哨卡干部人事有变动你知不知道？"

我不开口。

他说："我这次走到卡拉其古哨卡连，才知道景霄副连长已经在那里代理连长了。"

我说："我听连长说过这事了。"

靳仓说："连长还说什么了吗？"

我不开口。

靳仓说："唉，在我们哨卡，都还是要听连长的啊。"

我说："那当然。"

他说完这一番话后就像刚喝过了烧酒，脸色有点红艳艳的了。他突然说："你知不知道，柳副指导员要调到托克曼苏哨卡当副指导员了？他没有被提拔啊！他总是和连长争吵，配合不上。你一个副指导员，就算你说的有道理，那也应该听连长的嘛！"

外面的狗叫了。

我说："我出去看看。"

靳仓好像意犹未尽，但我已经出门了。我出去后给他把门轻轻带上，然后放下厚厚的棉门帘。

冬雪快要来了。在屋里多坐了片刻，一出门来，我不由得感到很冷。

大白狗已上到哨楼的瞭望台上去了，它站在那里，在夜色中虎视荒野。

古道西风瘦马

柳显忠要走了，他走得很突然。这个老兵要走了，他在雪山哨卡已经待了八年，他要走了，哨卡会不会组织一场欢送会呢？我们大家有没有机会和他话别呢？

早晨跑操回来，洗漱完毕到餐厅吃早饭。端上餐桌的还是馒头，每个桌子上有一小碟开水泡开的酱萝卜条。菜不够，靳仓又端来了一小碟酱油腌制的干辣椒把儿。连长三口两口就吃完饭了，他抹抹嘴巴回连部去了。柳显忠过来在餐桌旁吃了一个馒头，他手拿一个酱油腌制的干辣椒把儿，把那个干辣椒把儿吸得"嗞嗞"有声。

柳显忠回到连部门厅时，机要室蔺参谋正好拿来了一纸电文。蔺参谋看了柳显忠一眼，就到连长和我住的这间屋子里来了。

连长接过电文看了一遍。蔺参谋出门走了。

连长拿着电文走进对面屋子。对面屋子传过来他和柳显忠的争吵声。

柳显忠在屋子里大声吼："我现在就走！我一分钟都不想多停留！"

……天上飘着雪花。

他是一个人走的。哨卡干部，也没有什么行李。他把铺盖卷绑在马鞍后面。他是爬上马，而不是跨上马的。他骑马在院子里转了一圈，又原地转了一圈，颓然地提起马缰绳，扭过头，掉转马头出了哨卡大门。

我就是在这个时候冲出去的。八个月前，柳显忠担任我们二营新兵集训连的指导员，后来，是他把我带到明铁盖哨卡。今天，他要走了，到条件更艰苦的哨卡去了。这个老兵就这样走了，我的心里不平静！我冲出哨卡大门，看见他佝偻在马背上，已经在路上了。

一出哨卡，就觉得西风紧。我喊了一声："副指导员！"风挟着雪花迎面吹来，灌在我的嗓子眼里，把声音堵回去了。我的喊声他没有听见。

我追上前去喊："副指导员！"

他停下了。

我跑到跟前，叫："副指导员！"

他回过头从马上看我，眼睛红了，眼里噙着泪花。

我仰头看他，眼睛也红了。

我们都说不出来话，彼此看着对方，心里有万语千言。

此时，雪下大了。

他的嘴角露出一丝微笑，轻声对我说："雪下大了，你回去吧。"

他抖一下马缰绳迎着风雪走了。我注视着他远去的背影，胸中涌动起波澜。在这西去的古道上，寒风猎猎，那匹老马算不上瘦，但衬着两侧的冰山，骑马人的背影越走越远，这副戍边人单人匹马前往托克曼苏雪山哨卡上任的图画，永远印在我的心里！他在坡上停下马，又回了回头，在风雪中消失了。

我想起了那句"断肠人在天涯"的诗句。

我曾经站在瓦罕走廊思考

我心里沉甸甸的。我想起柳显忠带我们到明铁盖哨卡来时，一路心怀内疚，又一路满怀激情；他曾经喋喋不休地向我们介绍明铁盖哨卡光荣的历史，他那时一腔热血，告诉我这亘古的寒冷不算什么，能站在这里的都是热血男儿……然而，今天，我看见他在爬上马背时摇晃了一下……

我走回哨卡大门时，看见金玉医生在卫生室门口朝我露了露头，他意味深长地看了我一眼。而在战斗班宿舍，朝着院子这边操场的第三战斗班宿舍窗户里，玻璃后面是一堆朝院子里观望的脸。

从此后，一听见"不听令插箭去游营"这句戏文，我的耳根子就疼。

我曾经站在瓦罕走廊思考：我这个人不灵光。用现在的话说：就是情商不高。不过，这不要紧，我的要求低。我就是为了到边防来，到昆仑山来，这个目标已经达到了，我已经享受在雪山上成长的经历了。这就是我的宿命！

我和小黑马、大白狗、老毛驴一样，注定要在雪山上滚一身风尘，铸就既卑微又皮实、能忍受又坚强的品格，那种人生体验会使我变得达观，从而破浪而行。

后来，我对涂振国的认识更深入了。这个看似刚强的硬汉，我有好几次在深夜里听见他暗自伤心地哭泣。他在边关那么深情地思念着、想着自己幼小的孩子。他这一份浓浓的父爱，深深触动了我，使我感受到他作为人父的别样柔情。他又是为了谁呢？我由此知道他并不拒绝温情。然而，对于我内心的这个变化，他并不知道；我也不需要表达。

我深知："不听令插箭去游营"是他的信条；这信条不容易改变，那就随便他吧，我不介意。我的边关情还在。这时候，我也真正认识到：在明铁盖哨卡，有一个人真正把哨卡当成了自己的家，他守卫哨卡，也因哨卡而存在，他把自己的命运托付给了边防。我们彼此走近，他就是金玉医生。之后，我也曾在生死线上挣扎，和死神擦肩而过，并且见证了死神如何在我面前夺去鲜活的生命。

此时，新来的指导员祁鑫已经闪亮登场了，他用一颗对哨卡战士的慈爱之心，使得明铁盖哨卡所有干部战士归心。我由此恍然大悟：所谓"慈不掌兵"，原来是个天大的谎言！

2022年5月8日至10月11日初稿于上海浦东

2024年5月1日定稿于汉中

后　记

　　我把这部《冰山之歌》呈献给读者。这部长篇小说初稿于上海浦东。每天黎明，当小孩子在我身边熟睡的时候，我醒来，创作两小时，历时半年。

　　书定稿时，我做了大量删改，下狠手删减了十万字。这是一个快节奏的年代，我仔细推敲每一节文字，尽量使之精炼，便于阅读。

　　这部书所写的故事，距今已经过去四十六年了。为了方便叙述，我顺手拈来人名，对人物形象加以升华，他们是经过塑造的小说人物，有雪山的背景衬托着，似曾相识，却多有不同。

　　有的人，把艺术的真实，当成生活的真实了。艺术源于生活，但是它是经过提炼、升华的，经过了再创造，注入作者的情感和理念，是不可替代的。艺术的真实，也脱离不了现实；更不用说作者独特的生活经历和生命体验了。

　　还是回到我们的哨卡吧。时过境迁，当我回首往事的时候，我看见的还都是一张张年轻的面容；我还看见一双双为了执念，饱含激情的眼睛。

　　今日的哨卡，已与过去大不相同了。但是精神面貌，那还是可以说一说的。

　　我们雪山哨卡，处在这支军队的神经末梢位置，现在回想起来，能在哨卡坚守的，都是好汉。想起他们每一个人，我都会为之骄傲。他们不完美，但是，作为边防军人，我都要用金色为他们塑身。

我们现在都青春不再，但雪山会永远年青；我们当年在哨卡经历的岁月会永远年青。我定格他们，留作纪念。

萧　青

2024年5月1日晨于汉中